इतवार नहीं

(कहानी-संग्रह)

इतवार नहीं

कुणाल सिंह

भारतीय ज्ञानपीठ

लोकोदय ग्रन्थमाला : ग्रन्थांक 1171

ISBN 978-93-263-5115-7

इतवार नहीं
(कहानी-संग्रह)
कुणाल सिंह

दूसरा संस्करण : 2014
मूल्य : 150 रुपये

प्रकाशक : भारतीय ज्ञानपीठ
18, इन्स्टीट्यूशनल एरिया, लोदी रोड, नयी दिल्ली-110 003

मुद्रक : विकास कम्प्यूटर ऐंड प्रिंटर्स, दिल्ली-110032

आवरण-चित्र : महेश्वर
आवरण-सज्जा : ज्ञानपीठ कला प्रभाग

ITWAAR NAHIN
(Hindi Short Stories)
by Kunal Singh

Published by : **Bharatiya Jnanpith**
18, Institutional Area, Lodi Road, New Delhi-110 003

e-mail : bjnanpith@gmail.com, sales@jnanpith.net
website : www.jnanpith.net

Second Edition : 2014
Price : Rs. 150

यह किताब भी माँ के लिए

कथाक्रम

डूब

चाहे आपका जन्म ही क्यों न हुआ हो, बेशक़ आप यहाँ पले-बढ़े-जवान हुए हों, लेकिन पंजाब का कोई भी शहर या क़स्बा या गाँव ही, आप पर पूरी तरह ज़ाहिर नहीं होता—अन्त तक। और ज़रा-सी मोहलत पाते ही वह एक जुदा रंगत के साथ इस क़दर नमूदार होता है कि आपको बाजदफ़ा लगे, आप ग़लती से किसी और जगह तो नहीं आ गये!

मेरी पैदाइश पटियाले के पास एक गाँव 'करमाँवाला' की है, जो अब एक बड़े क़स्बे-सा है। दरअसल यह क़स्बा नाभा नामक ज़िले में पड़ता है, पटियाला इसलिए कहा कि आप आसानी से ट्रेस कर सकें। इसी क़स्बे में पला-बढ़ा और अब चंडीगढ़ में एक मिडिल स्कूल में काम करता हूँ। काम करता हूँ मतलब पढ़ाता नहीं हूँ—घंटियाँ बजाता हूँ, पढ़ने-पढ़ाने वालों को पानी पिलाता हूँ (इसे मुहावरा न समझें) और छुट्टी के बाद हेडसर के घर जाकर मेम साहब के छोटे-मोटे काम—दुकान दौरी, सौदा सुलुफ वग़ैरह कर दिया करता हूँ। मेरी बीवी और दो बेटियाँ—जिनमें बड़ी पन्द्रह और छोटी बारह साल की है—इसी क़स्बे में दार जी के साथ रहती हैं। हर बार छुट्टियों में मैं यहाँ आता हूँ और हर बार मुझे यह क़स्बा नया और अजनबी लगता है।

मसलन, किसी ढलती दुपहरी मुख्य सड़क पर चहलक़दमी करते हुए, किनारे-किनारे कुकुरछत्तों की तरह उग आईं चमचमाती दुकानों, पार्लरों, रेस्तराओं, क़स्बे की इठलाती मुटियारों और उनके पीछे मँडराते शोहदों-लंगाड़ों की टोलियों को देखकर लगता था—ये क्या जगै है दोस्तो! हर तीसरी-चौथी दुकान से तेज़ वॉल्यूम में दलेर मेंहदी का तुनुक-तुनुक धूम नुमा कोई गाना बजता सुन पड़ता है। कानफाडू इस तरह कि जी घबराने को हो। मैं अक्सर तेज़-तेज़ चलते हुए बाहरी सीमाने पर आ जाता हूँ, क़स्बे के कोलाहल और भिनभिनाते बाज़ार से दूर, जहाँ एक तरफ़ सर्वेन्ट्स क्वार्टर्स और बाँज पड़े मैदान और खेत-डहर फैले होते। नरकट

की झुरमुटें, कीच-दलदल। बगुलों की क्रॉक-क्रॉक, छोटी-बड़ी गड़हियों में टर्राते मेंढक। क़स्बे का कूड़ा-कबाड़। हर दरज़ों-अँतरों में टिमकते जुगनू। बीचोंबीच सड़क सुनसान पड़ी होती—इक्के-दुक्के छोले-कुलचे वाली रेहड़ियों को छोड़कर, जो अब पूरी तरह सर्वेन्ट्स क्वार्टर्स में रहने वाली बिहारी मजदूरनियों और थिरायी अधेड़ सरदारनियों पर ही आश्रित हैं। क़स्बे के इस ओर चारों तरफ़ परम्परागत अँधेरों के कोने-तिकोने बिखरे होते और इन अँधेरे कोनों से लगाकर मुख्य सड़क की उन चमचमाती सतहों के बीच फैले करमाँवाला के पास छिपाने के लिए बहुत कुछ है।

बल्ली की ही लीजिए। आज बीस-बाइस साल से ऊपर हो गये, पता नहीं वह कहाँ छिप गया!

लेकिन आज भी जब कभी सड़कों के या रेल की पटरियों के किनारे पड़े किसी लावारिस कपड़े के जूते पर मेरी निगाह जाती है, बेसाख्ता उसकी याद आ जाती है। एक मद्धम अवसाद से भरी हुई टीस की तरह, जो इन बीस-बाइस सालों में कभी पुरानी नहीं पड़ी और जिससे मैं कभी सुर्ख़रू नहीं हो सका। बल्ली उर्फ़ बलकार सिंह वल्द सन्ता सिंह। बल्ली मेरा यार था, जब हमारे बीच था। वह आज भी किन्हीं औरों के बीच होगा, कहीं होगा। हम धीरे-धीरे पहचान की अपनी पुरानी केंचुल को उतारते चलते हैं। उसने भी उतार दिया होगा, जहाँ होगा। आज वह मिले, मसलन इन सड़कों पर चलते-चलते कहीं, तो मुमकिन है हम एक-दूसरे को पहचाने बिना खिलाफ़ दिशाओं में बढ़ चलें, बग़ैर एक पल ठिठके। बचपन से हम साथ-साथ रहे। उन्नीस साल। सन्ता सिंह ने जो इश्तेहार दिया था, उसकी हरफ़ें आज भी याद हैं—*'उम्र उन्नीस साल, छरहरा बदन, रंग गेहुँआ, क़द पाँच फुट सात इंच। भौंहों के बीच कटे का तिरछा निशान। थोड़ा-थोड़ा हकलाकर बोलता है। घी रंग की चौखानों वाली कमीज़, भूरी पैंट और नये पीटी शू पहने हुए है।'*

गुलाबी रंग के चौकोर थिन पेपर पर काले पसरते-से अक्षरों वाले उस इश्तेहार में उसका पासपोर्ट साइज़ फोटो भी छपा था। फोटो थोड़ा पुराना था—ठीक से छपाई न हो पाने के कारण थोड़ा धुँधलाया-सा भी। जानकारी देने वालों को 'ईनाम-इकराम' स्वरूप एक सम्मानित रकम बख़्शने का आश्वासन दिया गया था। पड़ोस के बेदी साहब का टेलीफोन नम्बर भी—एसटीसी कोड सहित। और सबसे नीचे गुरुमुखी में छपा था—*'जहाँ भी हो लौट आ पुत्तराँ। तुझे कोई कुछ भी नहीं कहेगा। तेरे जाने के बाद तेरी बेबे दी तबीयत चंगी नहीं रहती। मनजोश भी तुझे याद कर*

हमेशा रोत्ती रहन्दी है। लौट आ काके!'

यह उसके दार जी यानी सन्ता सिंह की तरफ़ से था। जबसे उसने होश सँभाला, सन्ता सिंह पहली दफ़े उससे सीधे-सीधे, बग़ैर बेबे की मध्यस्थता के, मुख़ातिब थे। इस्तेहार का मजमून तैयार करते उनकी आँखें भर आयी थीं। नाभा के एक लेटर प्रेस से छपे हुए इस्तेहार का बंडल लेकर जब मैं और गुरनाम करमाँवाला उतरे, साँझ घिर रही थी। रात भर जागकर हम दोनों ने उसे क़स्बे के गोशे-गोशे में चस्पाँ कर दिया था। हर नुक्कड़ हर गली में। जहाँ-जहाँ बल्ली हमारे साथ जाया करता था—सर्वेन्ट्स क्वार्टर्स की चाहारदीवारियों, फ़ौजी ट्रकों के पीछे, गुरुद्वारे और डाकघर की पुरानी दीवारों पर। बस अड्डे की दुकानों पर, आती-जाती बसों के भीतर-बाहर—हर जगह।

यह झूठ नहीं था कि उसकी बेबे की हालत ठीक नहीं थी। जब से बल्ली बिना कुछ बताये, एक दिन जो घर से बाहर निकला तो लौटा ही नहीं—तभी से उनने बिस्तर पकड़ लिया। छोटी बहन मनजोश घर के काम निबटाती सबसे छुप-छुपकर रोती रहती। सन्ता सिंह अपनी दुकान बन्द कर करमाँवाला से नाभा और नाभा से पटियाला किये रहते। पुलिस स्टेशन, मुर्दाघर, अख़बार के दफ़्तर और फिर एक बार पुलिस स्टेशन।

वे शुरू से ही बहुत कम बोलने वाले जीव थे। बल्ली के बाद उनकी चुप्पी और-से-और बढ़ती गयी थी। वे दरम्याने क़द के भरे शरीर वाले बन्दे थे। पूरा शरीर बालों से भरा। खुली लम्बी दाढ़ी पूरमपूर सफ़ेद। ज्ञानियों जैसे बुत वाले। जवानी के दिनों में पंच खालसा दीवान के मेम्बर थे। सिगरेट-शराब के परहेजगार और नानक साहिब के सिक्खी को पाबन्दी से मानने वाले।

बल्ली अपने माँ-बाप की चौथी सन्तान था। पहले की तीन औलादें पैदा होते ही मर गयी थीं। जब बल्ली पैदा हुआ, बेबे ने जैसे ठान ही लिया कि उसे मरने नहीं देंगी। सारे गुरुओं को दुहाई दे दी, बड़े-बड़े दरबारों में मत्थे टेक आयी, खानकाहों की खाक बटोर लायी। रब्ब राखे के गले में ताबीज़, बाँहों व कलाइयों पर धागे-कंडे बाँध दिये। कहा जाता है कि जब उसने साल पूरे किये तो सन्ता सिंह और बेबे ने मोहल्ले के प्रत्येक प्राणी को ग्यारह-ग्यारह पराँठे और आध सेर हलवा बाँटा था। बेबे मुझे और गुरनाम को जब-तब पकड़कर रोने लगतीं—मोया सारा-सारा दिन तुम लोगों के साथ डोलता रहन्दा था। क्या तुम लोगों को भी कुछ नहीं बताया कि कहाँ जा रहा है?

हमें सचमुच कुछ नहीं पता था। हम तीनों जमाती (सहपाठी) थे। एक ही

जौक–शौक के तीन यार। हर शाम साथ–साथ गुज़ारते। बाँज पड़े मैदानों में हॉकी खेलते हुए। अपनी–अपनी साइकिलों से क़स्बे की सड़कों को नापते हुए। सिनेमा-हॉल की अँधियारी बेंचों पर ऊँघते हुए। नूराँ की दुकान के पीछे छिपकर सिगरेटें पीते हुए। ...फिर एक दिन अचानक घी रंग की चौखानों वाली बुश्शर्ट, भूरी पैंट और सप्ताह भर पहले लाडो वाली रोड पर लगने वाली हफ़्तावारी पैठ से ख़रीदे कपड़े के सफ़ेद जूते पहनकर बल्ली ग़ायब हो गया। वह कहाँ गया, क्यों गया—हमें कुछ नहीं मालूम। हम जो एक–दूसरे से कुछ भी न छुपाते, एक–दूसरे को जानने का दम्भ भरते—उसकी इस गुमशुदगी से हतप्रभ थे। जब बेबे हमसे हमारी 'जिगरी दोस्ती' का हवाला देकर उसके बारे में पूछतीं तो हम और–से–और शर्मशार होते जाते। लगता, यह हमारी कमी है जो हम नहीं जानते। अपनी इस शर्म को बहलाने की गरज से हम उसकी तलाश में और–से–और शिद्दत के साथ जुट जाते।

लेकिन धीरे–धीरे हमने अहसास हो चलना था कि हमारी कोशिशें बेकार हैं। इसका कोई नतीजा जो निकलना होता तो अब तक निकल चुका होता। लौटना ख़ुद बल्ली के हाथ में था। वह जब तक न चाहे, उसे कोई नहीं लौटाल सकता था। कहीं न कहीं यह हम सब जानते थे। मैं और गुरनाम ही नहीं—बल्ली के घरवाले भी।

समय के बीतने के साथ–साथ ज़िन्दगी—हम सबकी ज़िन्दगी अपने पुराने ढर्रे पर लौटने लगी। सन्ता सिंह फिर से दुकान पर बैठने लगे। मनजोश स्कूल जाने लगी। बेबे घर के काम निबटाने लगीं। मैं और गुरनाम हॉकी खेलने जाने लगे। सब पहले जैसा था, बस बल्ली कहीं न था।

पर यह सच नहीं है। बल्ली अब पहले से ज़्यादा हर कहीं था। सन्ता सिंह दुकान पर बैठे सामान तौलते–तौलते यकायक ठिठक जाते। दोपहर में घर के कामकाज सुलटाकर बेबे चुन्नी से सिर ढाँपकर सो जातीं और नींद की गहरी गर्त में डूब लगाते लगाते अचानक उठ बैठतीं। मनजोश घंटों किताब के एक ही पन्ने को ताकती रह जाती। मैं और गुरनाम नूराँ की दुकान के पीछे छिपकर सिगरेट पीते होते और जाने कैसी बेख़्याली से हमारी उँगलियों में फँसी सिगरेट की पाइन्ट नीचे गिर जाती।

पता नहीं दूसरी जगहों पर ऐसा होता था या नहीं, लेकिन पंजाब मे तब ऐसा ख़ूब हुआ कि जवान–जहान लड़के या तो बिना कुछ बताये घर से ग़ायब हो जाते या बताकर और ज़मीनें–गहने बेंचकर कनेडा चले जाते। कभी–कभी अचानक पुलिस

की जीप रुकती और अपने खेतों पर काम करने वाले किसी बन्दे को ज़बरिया ट्रैक्टर से उतारकर साथ लिये जाती। और जनाब घंटे दो घंटे के लिए किसी पूछताछ के सिलसिले में लिये जाए गये उस बन्दे का फिर कुछ पता नहीं चलता। उमस भरी किसी अँधेरी रात मुँह पर कपड़ा बाँधे कुछ हथियारयाफ़्ता लोग अचानक गाँव में घुस पड़ते। दुआर पर कीकर के पेड़ के नीचे खटिया डालकर सोये आदमियों के मुँह पर टॉर्च की रोशनी फेंककर शिनाख़्त करते। अचानक दो-चार फ़ायरिंग होती और वे बुलेट स्टार्ट कर रात के निस्तब्ध अँधेरे में गुम हो जाते। पीछे गाँव में सियापा मच जाता। पंजाब में यह गाँव कहीं पर भी हो सकता था—माझा, मालवा या पवाध में कहीं भी। पंजाब में तब ऐसा ख़ूब हुआ।

दसवीं में फ़ेल होने के बाद मैं संगरूर के एक कारख़ाने में दिहाड़ी पर लग गया। कई बार काम मिलता, कई बार नहीं। सुबह-सकारे चार बासी रोटी चाय में डुबोकर खाने के बाद मैं पहली बस से संगरूर को निकल पड़ता। आसपास के इलाक़ों से मुझ जैसे कई नये-पुराने मजदूर आ जुटते। मुंशी गुरदित सिंह हममें से ज़रूरत भर के लोगों को काम पर लगा देता, बाक़ी लौट जाते। जिस दिन काम मिल जाता, लौटने में देर रात हो जाती। घर लौटकर खाना खा झटपट जो सो पड़ता तो सुबह ही बीजी की जपुजी सुनकर आँख खुलती। फिर वही गर्म चाय में डुबोकर रोटी खाना और संगरूर की पहली बस के लिए भागना।

मजदूरी शुरू करने से पेश्तर भी बल्ली के जाने के बाद मेरा और गुरनाम का उसके घर आना-जाना कम से कमतर होता गया था। गुरनाम तो ख़ैर दूर था, मैं तो ख़ास उसी मोहल्ले में रहता था जहाँ बल्ली का घर था। मोहल्ले की मुहानी पर ही सन्ता सिंह की दुकान थी। आते-जाते मैं भरपूर कोशिश करता कि उनसे सीधे-सीधे टक्कर न होने पाये। ज़्यादातर तो वे सौदेबाज़ी में मशगूल रहते थे, लेकिन देर रात जब वे दुकान बन्द कर रहे होते और मैं कारख़ाने से लौटता मिल जाता तो सलाम-बन्दगी के बाद वे ज़रूर कहते कि घर आया करो। उनके लहजे में तक़ल्लुफ़ की बजाय खुलूस की गर्मी होती—हमेशा। किसी-किसी रात वे बज़िद मुझे साथ ही लिये चले आते। रास्ते में घर के सामने वे ज़रा ज़ोर से कहते, ''ओए जग्या, इन्दर को मैं अपने साथ लिवाये जा रहा हूँ। वहीं रोट्टी खायेगा। परजाई से कै देणा।''

फिर बेबे ने मुझे बिना खिलाये लौटने न देना था। मनजोश आकर थाल लगा

जाती और बेबे मेरे पास तब तक बैठी रहतीं जब तक खाना न ख़त्म हो जाए। बेबे का ज़ोर मुझे और-से-और खिलाने का होता और मेरा जैसे-तैसे निबटाकर निकल भागने का। मैं बड़ी मुश्किल से आगे की चपाती ख़त्म कर चुकने वाला होता कि बेबे मनजोश को पुकार उठतीं। मैं 'ना-ना' करता रहता और मनजोश मेरी दशा पर होठों ही होठों में मुस्कराती हुई और चपातियाँ डाल जाती।

बेबे वहाँ बैठी कुछ न कुछ कहती जातीं और पंखा झलती रहतीं। पंखे में काले कपड़े का गोट लगा होता। हम दोनों की ही कोशिश रहती कि बात की सुई ग़लती से भी बल्ली की तरफ़ न घूम जाए। और विडम्बना यह थी कि मुझे उन लोगों से जोड़ने की सबसे मजबूत कड़ी बल्ली ही था। बेबे मुझसे नौकरी बाबत बातें करतीं। मैं ज़्यादातर सिर गड़ाये खाता रहता। हूँ-हाँ से काम चलाता। दरअसल बेबे की आँखों से बरसती रीझ को देखकर हमेशा ही लगा आया कि मैं किसी और की जगह पर ज़बरिया बिठा दिया गया हूँ।

कभी-कभी हमारे बीच हताश चुप्पियाँ पसर जातीं। बेबे की आँखें रात के अँधेरे में कहीं दूर जा उलझतीं। वे धीरे-धीरे गुनगुनाने लगतीं—'सजण बिन राताँ होइयाँ वड्डियाँ; माँस झड़े झड़ पिंजर होया, खड़कन लगियाँ हड्डियाँ।' बुल्लेशाह को गाती हुईं बेबे की आँखें झड़-झड़ बहने लगतीं। 'अश्क छपायाँ छपदा नाहीं, बिरहों तणावाँ गड्डियाँ; कहै फकीर हुसैन साईं दा, कमली कर कर छड्डियाँ।' महीन लयदार आवाज़ अन्त तक आते-आते विलाप में बदल जाती—चाँदनी रात कोई औरत अकेले में बैठ बिलख रही हो जैसे। धीमा होते-होते पता नहीं चल पाता कि गाने का कौन-सा आख़िरी शब्द रुदन में हिचकोले खाने लगा।

ऐसी ही जाड़े की कोई रात थी। पूनम की रात। तब बल्ली को गये तीन-साढ़े तीन साल हो रहे थे। मैंने पग्गे का पिछला सिरा खोलकर नाक-मुँह ढँक लिया था और दोनों हाथों को पतलून की जेबों में डाले लौट रहा था। सब ओर सन्नाटा था। चरिन्द-परिन्द का नामोनिशान नहीं। सन्ता सिंह दुकान बन्द कर जा चुके थे। बाहर की कोठरी में लेटे दार जी खाँस रहे थे। जाड़ों में वे सारी-सारी रात खाँसते और कीर्तन सोहिला का पाठ करते रहते हैं। मेरी आहट पहचानकर भी आदतन पूछा, "कौन?... इन्दर?" मैंने कहा, "हाँ!" और भीतर चला आया। बरामदे में लालटेन टँगी हुई थी। बीजी ने उसकी आँच नवा दी थी।

"आ गया काके?" दार जी के पूछने की तरह बीजी का पूछना भी रोज़ का होता था।

मैंने देखा, बरामदे में बीजी की चारपाई पर एक और आकृति मेरी तरफ़ पीठ

किये बैठी थी—उजली सलवार-कमीज़ में, बीजी के पाँयते रजाई में अपने पैर डाले। मुझे आज भी बख़ूबी याद है कि आँगन की खुली छत से होकर आती दूधिया चाँदनी में उस आकृति के नीचे फ़र्श पर सफ़ेद नीली हवाई चप्पल बड़ी ख़ूबसूरत दिख रही थी। मैं बीजी की चारपाई की तरफ़ बढ़ चला। आकृति थोड़ी हिल-डुलकर तरतीब से बैठ गयी।

''अरे मनजोश तू? इतनी रात गये?... सब ख़ैरियत तो है?'' पास जाकर मैंने मनजोश को पहचान लिया। सिर झुकाये दोनों हाथों से उसने अपने सिर के दुपट्टे को ठीक किया।

''शाम से दो बार आ गयी तेरी खोज में। पूछ तू ही, मुझे तो नहीं बताती।'' बीजी आहिस्तगी से लगभग कराहती हुई उठीं और लालटेन उतारकर उसकी आँच तेज़ करती हुई बोलीं, ''कल लौटती में ज़रा मुंशा सिंह के पास से मेरी दवाइयाँ लेते आना। पुरवई बहती है तो घुटने का दर्द मार ही डालता है! मैं तेरी रोट्टी निकालती हूँ। ...मनजोश पुत्तर, तू भी खा ले दो निवाले!''

''नहीं बीजी, आप सिरिफ इनका निकालो। मैं खा के ही चली हूँ।''

बीजी के जाने के बाद भी वह थोड़ी देर चुप बनी रही। मैं चारपाई पर बीजी की जगह बैठ गया। उसने मेरे बैठने के साथ ही रजाई से अपने पैर निकालकर नीचे गिरा लिये और थोड़े फ़र्क़ कर बैठ गयी। बैठी-बैठी पैरों में चप्पल डालते हुए उसने रजाई पूरी तरह मुझे दे दी। मैंने रजाई को अपने गिर्द अच्छी तरह लपेट लिया।

''कैथल यहाँ से कितनी दूर है?'' मनजोश ने चुप का टोना तोड़ा। वह सीधे मुझे देख रही थी—जमे लहजे में उजली-उजली आँखें कंचों-सी चमक रही थीं। उसने लट्ठे की सफ़ेद सलवार-कमीज़ पहन डाल था और सिर पर स्कार्फ़ की मानिन्द लिपटी चुन्नी भी सफ़ेद ही थी। वही सफ़ेदी चाँदनी में उसके गन्दुमी चेहरे पर मोतिए की कली-सा उजाला किये थी।

''हरयाणे में पड़ता है। क्यों?'' मैंने प्रतिप्रश्न किया।

''ज़्यादा दूर है क्या?'' उसने तपाक से यह दूसरा प्रश्न फेंक दिया, जो वस्तुतः उसके पहले प्रश्न का ही कटा-पिटा दोहराव था। इस दोहराव में एक ख़ास क़िस्म का अड़ियलपन भी था, जो मनजोश के मिठबोले स्वभाव से मेल नहीं खाता था। शायद इसलिए मैं फिर से 'क्यों?' नहीं पूछ सका।

''कोई ख़ास दूर नहीं।''

''मेरी क्लास में एक लड़की पढ़ती थी—प्रभजोत। याद है?''

एक तो मनजोश से ही मेरी बातचीत कुछ ख़ास नहीं थी, अपनी क्लास में पढ़ने वाली किसी लड़की को याद रखने की बात उसने भली कही! शायद बातचीत की कड़ी जोड़ने के लिए उसने 'याद है?' को अनायास रख दिया था, जिसकी जवाबदारी मैंने ज़रूरी नहीं समझी।

"प्रभजोत का रिश्ता हुआ कैथल में..." मैंने ग़ौर किया कि धीरे-धीरे उसके स्वर की आँच मद्धम पड़ने लगी थी। बातचीत के शुरू में बहाल आवाज़ के नुकीले कोने मिटकर जैसे गोलाइयों में घुलने लगे हों। "...आज वह पीहर आयी थी तो मुझसे मिलने चली आयी।"

मैं चुप रहा। उसके कहने के आरोह से लग रहा था कि वह अभी असली मुद्दे पर नहीं आयी है। मैं इन्तज़ार कर रहा था।

"...उसने बताया कि दो-चार दिन पहले वीर जी दिखे थे कैथल में।"

एकाएक जैसे मुझ पर हथौड़ा पड़ा हो। मैं चौंक पड़ा। "क्या?... कौन दिखा था?... बल्ली?" मेरी आवाज़ उत्तरोत्तर तेज़ होती गयी।

"श्शी... !" उसने झटपट अपने होठों पर तर्जनी रखकर मुझे बरजा, "आहिस्ता बोलिये।" उसने साँसों ही साँसों में कहकर रसोई की तरफ़ देखा।

"बल्ली की बात कर रही हो?" मैंने उत्साह के अतिरेक में किसी मूढ़ की तरह फ़ौरन उसकी बात मान भी ली और लगभग फुसफुसाते हुए पूछा।

"हाँ!... और कौन?" उसने ठंडे से कहा।

उसकी निरुद्विग्नता से मैं हतप्रभ रह गया। रीढ़ पर से ठंडी कँपकँपी गुज़र गयी।

"मैंने ये बात सिरिफ आपको बतायी है अब तक। बापू जी, बेबे या किसी को नहीं।"

"लेकिन क्यों? मतलब, आख़िर तुम..."

"गुरु दा वास्ता, आप धीमे क्यों नहीं बोलते!" वह जैसे मिन्नतदारी पर उतर आयी, "प्रभजोत ने सिरिफ एक ही बार देखा था वीर जी को। वो भी कोई चार-साढ़े चार साल पहले। वो गलत भी तो हो सकती है!" उसकी आवाज़ टूटने लगी। मुझे लगा, वह प्रभजोत के ग़लत होने की बात कह तो रही थी लेकिन जैसे उसकी यही कामना हो कि प्रभजोत ग़लत न हो। कहने और चाहने की इस विपरीत रस्साकशी में उसकी आवाज़ का परदा घिसकर कहीं-कहीं से फट रहा था।

"फिर भी, यह छिपाकर रखने की बात है भला? क्या पता प्रभजोत सही ही कह रही हो और बल्ली ही दिखा हो उसे कैथल में! ...मैं कल स्वेरे-स्वेरे ही

निकल पड़ता हूँ देखने। तू पता बता मुझे।'' मैंने फ़ैसलाकुन अन्दाज़ में कहा।

मनजोश चुप रही। अचानक रसोई में किसी छोटे बरतन के गिरने की आवाज़ हुई। हम दोनों ने चौंककर रसोई की तरफ़ देखा। रसोई की खिड़की से लालटेन की मसनूई रोशनी में बीजी की बेडौल परछाईं दिख रही थी। परछाईं उकड़ू बैठी अपने में व्यस्त थी। मैं अभी उधर ही देखता बीजी की थाह ले रहा था कि मनजोश की धीमी आवाज़ आई, ''प्रभजोत बता रही थी कि ...वीर जी के साथ कुछ और लोग भी थे।''

उसकी आवाज़ बीजी की परछाईं की तरह ही हल्के थरथरा रही थी। मैंने उसे देखा। चारपाई की दावन पर अपनी पतली छरहरी उँगलियाँ फिराती वह नीचे को देख रही थी। उसका लमछर पशेमान चेहरा जितना बाहर खुलता था, उससे कहीं ज़्यादा भीतर की तरफ़। मैंने सोचा, आगे वह कुछ और बोलेगी। लेकिन जब देर होने लगी, मैंने टोका, ''हाँ फिर?''

बीच की चुप्पी की भरपायी करता-सा मैं ज़रा तेज़ आवाज़ में बोल गया था। वह एक पल को चौंकी। उसकी पलकें उठीं और ज़रा देर में फिर झुक गयीं। उसकी पुतिलयों में आँगन के खुलेपन से गिरती चाँदनी दो चमकीले बिन्दुओं-सी टिमकी और ज़रा देर में फिर बुझ गयी।

''आज अखबार में जो ख़बर छपी है।... कैथल में धमाके की।... बस में बम।''

मैं सन्न रह गया। उसके इस कहे से नहीं, उसके कहे को पहले की रोशनी में सुनते हुए। वह अब भी नीचे देख रही थी।

''क्या मतलब?''

''प्रभजोत ने चार साल पहले देखा था वीर जी को। वो गलत भी हो सकती है न!'' मनजोश अचानक रुआँसी हो चली। उसके नथुने का एक बार हौले से फड़कना उस झिरी अँधेरे में भी साफ़-साफ़ दिख गया।

''क्या मतलब?'' मैं अभी वहीं टिका था।

''प्रभजोत अपने साथ अखबार लायी थी। मुझे दिखाने। दो लोगों का फोटो छपा है जो पकड़े गये हैं। उनमें से एक वह भी है जो वीर जी के साथ उसे दिखा था।''

''क्या मतलब?'' मैंने जैसे एक क्रूर उन्माद में तिहराया। तिहराने की बनी-सधी लीक पर शब्दों के अनायास फिसल पड़ने के बावजूद मेरी आवाज़ नींव से उखड़ रही थी।

''वीर जी के साथ जो कुछ और लोग थे न। उनमें से ही एक... ।'' चाँदनी के मद्धम उजाले में मनजोश की आकृति एक बार हल्के मरोड़ खाकर फिर शान्त पड़ गयी।

मैंने अब भी सदमे में रहना था, हवा में टँगा हुआ; जबकि मनजोश ज़मीन पर उतर आयी थी। आज सोचता हूँ तो बड़ी हैरत होती है कि चौदह-पन्द्रह साल की उस लड़की ने तब कितनी संक्षिप्तता से अपने अवसाद को आँखों के रास्ते दो गीली लकीरों में बहा दिया था। सारे सन्त्रास और विक्षेप को फ़ौरन निबटाकर वह जैसे किसी अगले मोर्चे के लिए तैनात थी, जबकि मैं अभी वहीं लिथड़ रहा था।

रसोई से फिर आवाज़ आयी। मुझे शक़ हुआ अब तक बीजी शायद जान-बूझकर देर कर रही थीं। यह आवाज़ उनके आने की सूचना की तरह थी। लालटेन की रोशनी धीरे-धीरे वरांडे की तरफ़ बढ़ रही थी। मनजोश ने तुरन्त चुन्नी से अपनी आँखें पोंछ लीं।

''कहाँ दिखा था बल्ली?'' मैंने दबी आवाज़ में जल्दी से पूछा।

''कैथल में।''

बीजी आ गयीं। पास की तिपायी खींचकर थाली रख दी। मनजोश चारपाई से उठ गयी।

''कैथल में कहाँ?'' मैंने यों पूछा जैसे अब तक कोई मामूली बात हो रही थी और वह अब भी जारी है।

''कैथल मेन मार्केट में। वो जो शाह ब्रदर्स वाली दुकान है न कपड़ों की, उसी के पास।'' उसने बीजी के हाथ से लालटेन लेकर खूँटी से टाँगते हुए कहा।

''तू भी खा ले पुत्तर।'' बीजी वहीं फर्श पर उकडू बैठ गयीं—दीवार से टिककर।

''नहीं बीजी। गले तक पेट भर गया है।'' मनजोश भी बीजी के पास बैठ गयी, उनसे लाड़ लगाती हुई। थाली में शक्करपारे को देखकर मैं चौंका। शक्करपारे का छन्ना भी जाना-पहचाना नहीं था। बीजी ने कहा कि मनजोश लायी है तेरे वास्ते। शक्करपारे मुझे बहुत पसन्द थे। मैंने उसे देखा। वह जान-बूझकर मेरी तरफ़ देखने से बच रही थी। बीजी ने उसे कोसा कि मरजाणी तूने कोई गर्म कपड़ा क्यों नहीं पहन रक्खा! ऐसा लगा वह पहले भी एक-दो बार इस बाबत डाँट खा चुकी थी। वह परवा किये बग़ैर बीजी से चिपटी पड़ रही थी। हारकर बीजी ने उसे अपने दुशाले में ले लेना था।

''प्रभजोत ने टोका क्यों नहीं?'' मैंने रोटी तोड़ते हुए पूछा। लालटेन की काँच

से एक भमक्कड़ उड़-उड़कर बार-बार टकरा रहा था, जिससे पट-पट की चिरचिराती आवाज़ आती थी।

"मुझे क्या मालूम!" वह बीजी से सट गयी थी। उनके कन्धे पर अपनी ठोढ़ी रख बड़ी ही गहरी नीझ से मुझे तकती हुई बोली।

बाहर से मनजोश के लिए सन्ता सिंह की आवाज़ आयी। वे जाने कब आ चुके थे और कोठरी में बोरसी तापते हुए दार जी से बतिया रहे थे। मनजोश उठ ही गयी थी कि बीजी ने उसकी कलाई पकड़ वापस बिठाल लिया।

"प्राजी, तुसी जाओ। आज मनजोश पुत्तर मेरे साथ सोवेगी।" बीजी ने ऊँची आवाज़ में कहा। मेरे गले में कौर अँटक गया। मनजोश फिर उठ रही थी कि बीजी ने उसे दुबारे से रोक लिया, "ओए मत्त जा... कहना माना करते हैं!"

"जा कहाँ रही हूँ! पानी दे दूँ।" उसने मेरी जानिब इशारा किया और रसोई की तरफ़ बढ़ चली।

सन्ता सिंह थोड़ी देर में चले गये। मनजोश वरांडे में बीजी के साथ सो गयी। मैं अपने कमरे में आ गया। नींद कहाँ आती! करवटें बदलता रहा।

पंजाब में कुछ रातें यों ही करवट-करवट बीतती हैं। भरे बाज़ार में किसी दुकान पर कोई हँसता-बतियाता दूध-जलेबियाँ खाता दिख जाता है और दूसरे दिन अख़बार में उसकी तस्वीर छपी दिखती किसी हादसे के मुख्य अभियुक्त के रूप में। किसी को गोलियों से छलनी कर दिया जाता है, किसी बस या जीप के परखच्चे बम के धमाके में उड़ जाते हैं। कोई पकड़ा जाता है, कोई मारा जाता है। किसी का बेटा, किसी का भाई, किसी का बाप। किसी की गोद सूनी होती है, किसी की माँग। कोई बेवा होती है, कोई यतीम। फिर आँगन सूना-सूना, गलियाँ ख़ाली-ख़ाली, रातें करवट-करवट।

जिस दिन बल्ली गया था, उस दिन की सुबह और दिनों की सुबहों जैसी होगी। पंजाब की ख़ास तरह की भोरहरी—जब पूरब का अकास नसवारी रंग में रँग जाता है। ग्रन्थ साहिब में प्रात:काल की जो छब प्रस्तुत की गयी है—अमृत वेले बोलिआ बबीहा तैं दर सुनी पुकार—ऐन वैसी ही सुबह। अस्नान के बाद सन्ता सिंह का पाठ ख़त्म हो गया होगा। ख़ाली बदन सिर्फ़ कछहरे पर ही मत्था टेकते वह अरदास करते होंगे। बालों से भरे शरीर पर काले फीते में बँधी किरपानी झूल रही होगी। बेबे आँगन में पीहड़ी पर बैठी लस्सी बिलो रही होंगी। मनजोश

पौंठों वाला चूल्हा बालकर कड़ाही चढ़ाये नाश्ता तल रही होगी।

पंजाब में आँगन (जिन्हें बेड़ा कहा जाता है) घरों के केन्द्र हुआ करते हैं। पौ फटने से लगाकर किरण डूबने तक घर के सारे क्रियाकलाप मुख्यत: आँगनों में ही हुआ करते हैं। ज़्यादातर घरों के आँगन ईंटों से चुने हुए पक्के फ़र्श वाले हुआ करते हैं, जिनमें एक तरफ़ हैंडपम्प गड़ा होता है। नहाना-धोना वहीं। बरसात को छोड़कर रसोई भी वर्ष भर आँगन में ही। खुले में हवा आदि से बचाने के लिए चूल्हे के गिर्द ओटिया बना दिया जाता है। रात में आँगन में ही अगल-बगल डली चारपाइयों पर खेस और दुतहिया बिछाकर घर की औरतें सोती हैं।

उस दिन बल्ली सोकर उठा होगा और आँखें मींचते हैंडपम्प के पास आया होगा। उसने रेब पाज़ामे पर खद्दर की डोरियों वाली बनियान पहन रखी होगी। पैरों में सन्ता सिंह की पुरानी फ्लीट, जिसे उन दिनों वह घर में इस्तेमाल करता था। हैंडपम्प के पास ईंट के कुछ टुकड़े-अधेले पड़े होते। पानी के जगह पर होने से उनके कोनों-तिकोनों में काई की लकीरें लग गयी होतीं। नहाते वक़्त औरतें उन टुकड़ों से एड़ियाँ घिसतीं। साबुन की बट्टी, ब्रुश, दन्तमंजन की डिबिया आदि वहीं रहतीं। बल्ली ने मंजन करने के बाद वरांडे में खूँटी पर टँगे अंगोछे से मुँह पोंछते-न पोंछते चाय की फ़रमाइश की होगी। उसी खूँटी पर नुक्कर में खीरे, लौकी, कोंहड़े आदि के बीज टँगे होंगे। अंगोछे को वापस टाँगते हुए ग़लती से बीज से भरा हुआ नुक्कर गिर गया होगा और बीज वरांडे में फैल गये होंगे। बेबे 'वाहिगुरु-वाहिगुरु' करती हुई उठी होंगी और बल्ली के जल्दबाज़ स्वभाव पर झिड़कियाँ देने लगी होंगी। बल्ली ने मुस्कराकर कहा होगा, "तसल्ली रख बेबे, जो मैं न होऊँगा तो किसे डाँटा करेगी रोज़-ब-रोज़!"

उसकी इस साधारण-सी लगने वाली बात के मर्म को वे कहाँ समझ सकी होंगी तब!

तब सुबह के सात बजे होंगे और सन्ता सिंह कलियों वाले सफ़ेद कुर्ते पर झोलेदार लुंगी पहन वरांडे में आईने के सामने खड़े पगड़ी गाँठ रहे होंगे। गीली दाढ़ी पर उनने ठाठी बाँध रखी होगी। कई बारी उलट-पुलटकर बाँधी जा चुकने के बाद उनकी वह दाखी पगड़ी निहायत ही खस्ता हो चुकी होगी। उसमें मावा देना ख़ासा मुश्किल का काम होता होगा। पल्ले इतने कमज़ोर हो गये होंगे कि जूड़ी को ठीक से ढँक नहीं पा रहे होंगे। सन्ता सिंह एकाग्र होकर बड़ी सावधानीपूर्वक अपने सधे हाथों से पूणी खींच रहे होंगे। उनने सुना ही न होगा कि बल्ली ने अभी कौन-सी गूढ़ बात कही!

जिस दिन बल्ली आख़िरी बार करमाँवाला में दिखा था, दोपहर में मुझसे मिलने घर आया था, ऐसा बीजी ने बताया। अब मुझे भूल पड़ रहा है कि उस दिन मैं घर पर न होकर किस काम से बाहर था। उसने वही घी रंग की बुश्शर्ट और भूरी पतलून पहन रखी होगी। पैरों में सफ़ेद पीटी शू। बीजी आँगन में पानी छिड़ककर बुहार लगा रही थीं जब उसने दोनों हाथ जोड़कर स-सिरी अकाल बुलायी और बरामदे की मंजी पर आरामफ़र्मा हो गया। नये जूते उसके पैरों में अभी घर नहीं किये होंगे सो चलते हुए अँगूठे के पास चीस उठती होगी। उसने जूते के तस्मे ढीले कर दिये होंगे और कोई आध-पौन घंटे मेरा इन्तज़ार किया होगा और अन्त में गुरनाम की तरफ़ निकल पड़ा होगा। जाते-जाते उसने बीजी को कोई सन्देसा दिया होगा जो अब बीजी को याद नहीं।

दरअसल सिवाय बल्ली के, तब हममें से कोई नहीं जानता था कि यह सब अन्तिम बार का होना है। बल्ली का मेरे घर आना, मेरा इन्तज़ार करना और अख़ीर में बीजी को कोई सन्देसा देकर निकल पड़ना। हम तब रोज़मर्रा की छिटपुट व्यस्तताओं में उलझे पड़े थे। हममें से कोई नहीं जानता था कि अब दुबारे से बल्ली ने इस घर में पाँव नहीं रखना, मेरा इन्तज़ार नहीं करना।

गुरनाम उसे बस अड्डे के पास नूराँ की दुकान पर मिल गया था। नूराँ की दुकान पर चाय पीते-न-पीते उनने नाभा जाने वाली बस की तरफ़ देखा होगा, जो खुलने ही वाली थी। ड्राइवर इंजन स्टार्ट कर अपनी सीट पर बैठा जल्दी-जल्दी चाय सुड़क रहा होगा। सवारियाँ अपनी जगह बैठ चुकी होंगी और खरदिमाग़ कंडक्टर और-से-और सवारियाँ बुलाने के लिए ऊँची आवाज़ में हेक लगा रहा होगा। एकाएक बल्ली को सूझा होगा कि फ़िल्म देख लेनी चाहिए। वह और गुरनाम दौड़ पड़े होंगे जब बस चल चुकी थी। दोनों दौड़कर बस के पीछे लगी लोहे की सीढ़ी या स्टेपनी के टायर पर फाँद गये होंगे।

जब वे वापस करमाँवाला पहुँचे होंगे, शाम में हल्की-हल्की स्याही घुल रही होगी। उनने नूराँ की दुकान पर एक-एक चाय पी होगी और काग़ज़ के दोनों में नमकीन बूँदियाँ फाँकते एक-दूसरे के गले में बाँहें डाले घर को चल पड़े होंगे। जहाँ दोनों के घरों के रास्ते अलग होते हैं, उस दोराहे पर तब अमलतास का एक सायेदार पेड़ हुआ करता था। पेड़ के नीचे बड़ा-सा आबनूसी चबूतरा और वहीं पर थोड़ा दायें हटकर गुरुद्वारा था। बाद में गुरनाम ने मुझे बताया कि उस रात जब वह अपने घर के रास्ते पर कुछेक क़दम बढ़ चला तो पीछे से बल्ली ने उसे पुकारा। बल्ली अभी चबूतरे के पास ही खड़ा था। उसकी बूँदी ख़त्म हो चुकी थी

और वह खड़ा-खड़ा दोने के काग़ज़ को पताके की तरह फहरा रहा था।

गुरनाम उसके पास पहुँचा तो उसने इच्छा जतायी, ''चल यार, ज़रा गुरद्वारे को चलते हैं!''

गुरनाम को देर हो रही थी। दोपहर को वह किसी काम से बस अड्डे पर आया था जब नूराँ की दुकान पर बल्ली मिल गया था और फिर औचक ही फ़िल्म देखने का प्लान बन गया था। वह अपने भाई हरनाम के लौटने से पहले घर पहुँच जाना चाहता था, नहीं तो जो हरनाम को पता चल गया तो मार ही सुट्टेगा।

''यार मुझे देर हो रही है... और तू कब से मत्था टेकने वाला हो गया!''

''अरे वो बात नहीं याराँ, बस भाई ध्यान सिंह से मिल लेंगे। पाँच मिन्ट भी नहीं लगेगा।

गुरनाम ने चुप ही उसे देखा किया तो उसने बोल पड़ना था, ''चल यार, पाँच मिन्ट बस्सअ! ...ओए रब्ब दी सौं!''

ध्यान सिंह गुरुद्वारे में ग्रन्थी भाई था। उम्रदराज़ होकर भी यारबाश किसिम का। उन दिनों करमाँवाला के लगभग सारे लड़कों से उसका मेलजोल बढ़िया था। वह मेरा भी अच्छा वाक़िफ़ था। गुरमुखी में कवित्त लिखता और थम-थमकर बोलता। उसकी आवाज़ थोड़ी-थोड़ी बलगमी थी। तीखी या पूनी वाली पगड़ी बाँधने की बजाय वह सीधी पगड़ी बाँधता, सिर पर कड़ाही की नाईं। दाढ़ी को हर समय डोरी से बाँधे हुए और पैरों में गुर्गाबी पहनता था।

जब दोनों गुरुद्वारे के भीतर गये थे, शाम के साढ़े सात बज रहे थे। रहिरास की तैयारियों में जुटा ध्यान सिंह बाहरी हॉल में ही मिल गया, जहाँ पालकी में रेशमी कपड़ों में लिपटा गुरु ग्रन्थ साहिब रखा था। शनील के चन्दोबे के पास गैस का एक बड़ा हंडा लटक रहा था, जिससे हॉल में भरपूर रोशनी थी। बाद के दिनों में गुरनाम ने मुझे बताया कि भाई ध्यान सिंह से चन्द रस्मी बातें करने के बाद बल्ली ने ग्रन्थ साहिब के आगे मत्था टेका और फिर दोनों बाहर आ गये। और हाँ, अपने-अपने घर के रास्ते बढ़ चलने से पेश्तर बल्ली उससे एक बार बगलग़ीर भी हुआ था।

मोहल्ले की मुहानी पर आकर बल्ली एक पल को ठिठका होगा। सन्ता सिंह अपनी दुकान पर बैठे थे। ग्राहक कोई नहीं था। बाहर एक पत्थर की बेंच थी जिस पर मेरे दार जगजीत सिंह, चौधरी अतर सिंह सरना और करमाँवाला प्राइमरी स्कूल के मास्टर ज्ञानी पवित्र सिंह बैठे अम्बरसर में हुए किसी विस्फोट की बाबत गुफ़्तगू कर रहे थे। बल्ली अँधेरे में सरपट घर की तरफ़ चल पड़ा होगा। किसी का ध्यान उस ओर नहीं गया होगा।

मनजोश तब तक आँगन में पीहड़ी लगाकर चूल्हे के आगे बैठ चुकी होगी। चूल्हे से आग की बड़ी-बड़ी लाटें लपक रही होंगी और उसके चेहरे पर कच्चे पसीने चुहचुहा आये होंगे। बीच-बीच में वह हथेलियों में अपनी तरबूजी रंग की चुन्नी लपेटकर पसीना पोंछ लेती होगी। आँगन में ही परली तरफ़ चारपाई पर बैठी बेबे रहिरास का पाठ कर रही होंगी। पास ही लोहे के मूढ़े पर लालटेन रखा होगा, जिसे जगाने से पेश्तर काँच को कपड़े से अच्छी तरह चमकाया गया था। चारपाई के नीचे जस्ते का एक गिलास रखा होगा, जिसमें अभी उनने चाय पी थी और बल्ली को पता है कि उस गिलास पर उसका नाम खुदा है।

दूर से, मसलन सदर दरवाज़े के पास की छोटी खिड़की से झाँककर देखा जाए तो अँधेरे आँगन में पीली रोशनी के ये दो द्वीप-से दिखते हैं। एक तरफ़ चूल्हे की दहक में तपती मनजोश पीहड़ी से टिककर उकड़ू बैठी झरनी पर बेसन मलती होगी और दूसरी तरफ़ अपेक्षाकृत कम बड़े रोशनी के घेरे में चारपाई पर घुटनों पर से हाथों की कंघी डाले बैठीं बेबे। अनायास ही ज़रा-ज़रा हिलती रहिरास का पाठ करतीं।

अचानक बेबे को लगा, सदर दरवाज़े पर कोई चुप-सा खड़ा है। अँधेरे में उन्हें साफ़ सुझायी नहीं पड़ रहा था। उनने मनजोश से कहा, वह देखे। मनजोश ने बैठी-बैठी उड़ती नज़रों से मुआइना करते हुए कहा, "कोई नहीं बेबे जी।" फिर वह चूल्हे में कपास की डंडियाँ और बुरादे झोंकने लगी। बेबे ने भी थोड़ी देर बाद अन्तिम पद्यों का पाठ शुरू कर दिया।

अभी कुछ ही देर हुई थी कि दोनों चौंक पड़ीं, जब वाक़ई सदर दरवाज़े की तरफ़ से किसी बरतन के गिरने की-सी टुनटुनाहट हुई। बेबे ने सहमी आँखों से मनजोश की तरफ़ देखा। मनज़ोश ने उन्हें ढाँढस बँधायी, "आप बैठो, मैं देखती हूँ।"

उन दिनों पंजाब में जो एक अजीब-सी हवा चलनी शुरू ही हुई थी, बेबे न जाने क्या सोच यकायक काँप उठीं।

"अकेली न जा पुत्तर, मैं भी आती हूँ तेरे साथ।" वह हड़बड़ाकर उठने लगीं।

"बैठी रहो।" मनजोश ने ख़म भर कर कहा और सहूलियत के लिए मूढ़े पर से लालटेन उठा लिया। वह मजबूत क़दमों से आँगन पार कर सदर दरवाज़े तक आयी। पीछे-पीछे बेबे भी।

सदर दरवाज़े के पास फ़र्श पर वह लुटिया लुढ़कती हुई धीरे-धीरे डगर रही

थी, जिसे सुबह चाय पीते-पीते बल्ली लेता आया था और छोटी खिड़की के चौखटे पर रख दिया था। इससे पहले कि लुटिया लुढ़कते-लुढ़कते नीचे की बूदार नाली में जा गिरती, पल की पल में मनजोश ने धाकर उसे बोच लिया। लुटिया को देखकर ही बेबे को सहसा बल्ली की याद आ गयी थी, जो सुबह का ही निकल हुआ था। लुटिया लिये मनजोश पलटी कि बेबे ने चिन्तित स्वर में कहा, ''बल्ली नहीं आया अब तक...!''

''आ जाएँगे। आप चलो भीतर। मेरे पीछे क्यों चली आयीं...!'' मनजोश उनका हाथ पकड़कर उन्हें भीतर लिवा लायी।

उस दिन उन पर क़यामत बरपा था जब कैथल बम विस्फोट में पकड़े गये लड़के की मदद से पुलिस करमाँवाला पहुँची और सन्ता सिंह को उठा के ले गयी। वह उनसे बल्ली का पता पूछ रही थी।

सन्ता सिंह को जब ले जाया जाने लगा तो बेबे और मनजोश का हौसला टूट गया। वे रोने लगीं। उनके दुआर पर लगभग समूचा करमाँवाला इकट्ठा हो गया था, लेकिन किसी गहरे भय के प्रभाव तले सब चुप थे। बीजी ने मुझे सख़्ती से ताक़ीद की थी कि मैं कुछ न बोलूँ। ''जो उन्हें पता चल गया कि तेरा उस आतंकी से याराना था तो तुझे भी उठा के ले जावेंगे!''

बल्ली अब न सिर्फ़ बीजी के लिए, समूचे करमाँवाला के लिए आतंकी था। पंजाब में उन दिनों यह शब्द ख़ूब चला था। ऑपरेशन ब्लू स्टार और हरिमन्दिर साहिब की तबाही के बाद पंजाब के जवान लड़कों के लिए दिल्ली से उछाला गया शब्द—आतंकी, आतंकवादी, उग्रवादी!

आपने देखी होगी जिसे दिल्ली कहते हैं। दिल्ली में तो सुना है बसों-ट्रेनों को रोककर कुछ लोग भीतर घुस पड़ते और दफ़्तर से आते थके-हारे 'आतंकियों' को खींचकर बाहर निकाल गोलियों से भून देते। और तब मुल्क़ के होनहार सरपरस्त कहते कि जब एक बरगद जड़ से उखड़कर गिरता है तो आसपास के खर-पतवार कुचलते ही हैं (इसे मुहावरा न समझें)। आपने देखा होगा उन लोगों को, जिनने आतंकवादी न कहलाये जाने और ख़ुद को मार दिये जाने के डर से रातोंरात अपने बाल उतरवा लिये थे। दाढ़ी-मूँछें कतरवा ली थीं। हाथ के कड़े जमुना जी में फेंक दिये थे।

तब पंजाब में जहाँ-तहाँ से शहरबदर किये गये लोगों का एक सैलाब-सा

उमड़ा पड़ा था। करमाँवाला का वह बाँज पड़ा मैदान परिशान और ख़्वार लोगों का पनाहगाह बना। तिरपालें छाकर, बक्स व सन्दूकची से घेर-घारकर देखते-न-देखते वहाँ कई लुटे-पिटे शरणार्थी परिवार मकीन हो गये थे। यह सब तब की बात है, जब हिन्दोस्तान में एक ख़ास मज़हब के लोगों की आँखों में दहशत की अनगिन सलाइयाँ खुब गयी थीं। वह क़ौम अपने होने को गुनाह की तरह छिपाये फिर रही थी।

सन्ता सिंह दो दिन बाद जो लौटे तो कहा जाता है, उन्हें पहचानना मुश्किल था। पुलिस उन्हें करमाँवाला के सीमाने पर लाकर फेंक गयी थी। वे किसी तरह घिसटते हुए दुआर तक आकर ढह गये थे। उस दिन भी करमाँवाले उनके दुआर के गिर्द बर्रों की मानिन्द भिनभिना रहे थे। सब पर एक सहम और ख़ौफ़ तारी थी। सन्ता सिंह की हालत बड़ी ख़राब थी। एक पैर बुरी तरह कुचला हुआ। दायीं गाल पर चीरा पड़ा हुआ। चेहरे पर ज़र्दई छा गयी थी और होठों पर के गहरे ज़ख़्म पर खून के खुरंट लग गये थे। पगड़ी के अन्तिम लड़ से आधी ढँकी आँखें चौपट खुलीं-खुलीं। यों लगता था, सन्ता सिंह बस अब घड़ी हैं कि पल हैं। उनकी हर साँस आख़िरी मालूम पड़ती थी। बेबे धाड़े मारकर रो रही थीं। मनजोश ने सख़्ती से काम लिया। दुआर पर खड़े लोगों के बीच से सन्ता सिंह को मजबूती से थामकर भीतर टाँग ले गयी थी और दरवाज़ा सबके मुँह पर भड़ाम-से बन्द कर लिया था। दो दिनों में उनकी पूरी दुनिया बदल गयी थी। इन दो दिनों में बेबे और मनजोश पर क्या बीती होगी; जब बीजी ही नहीं, करमाँवाला की कोई भी औरत उन्हें ढाँढस बँधाने नहीं गयी। बीजी की तरह सभी को उस आतंकी परिवार से कोई रब्तो-जब्त न रखना था।

चंडीगढ़ में मेरे एक फुफ्फड़ रहते थे। सन्ता सिंह के लौटने से पेश्तर ही बीजी ने 'रख्या गुरु बाबे दियाँ' कहकर मुझे उनके पास भेज दिया। कुछ महीनों में उनने मेरी नौकरी एक मिडिल स्कूल में लगवा दी। धीरे-धीरे मैं घंटियाँ बजाने, पढ़ने-पढ़ाने वालों को पानी पिलाने में महदूद हो गया। आज की तारीख़ में मुझे अपनी ज़िन्दगी से कोई शिकवा-शिक़ायत नहीं। मेरी बीवी अजीत और दो बेटियाँ—हीर और सोहणी, करमाँवाला में ही दार जी के साथ रहती हैं। बीजी को गुज़रे आज दो साल हो रहे हैं। हर बार छुट्टियों में मैं करमाँवाला आता हूँ और हर बार मुझे यह क़स्बा नया और अजनबी लगता है।

मसलन एक बार जो आया, पाँच-सात साल पहले, तो पता चला सन्ता सिंह नहीं रहे। अन्तिम दिनों में वे लगभग अपाहिज हो चले थे। बीजी ने बताया कि

अपने आख़िरी दिनों में उन्हें सुख निधान (भाँग) की देग छकने की खोटी लत लग चुकी थी। पैरों से लाचार सन्ता सिंह को सुख निधान कहाँ से मिलता होगा, यह रहस्य है; क्योंकि पंजाब में तब वह निषिद्ध हो चला था। बीजी से पूछो तो, ''आतंकियों का क्या! इनके कनक्शन पाकस्तान तक हैं, हाँ!''

''दुकान का क्या किया उनने?''

''बैठती थी पाशो (बेबे) कुछ दिनों। नहीं चलनी थी दुकान। भला अब वहाँ से कौन खरीदेगा गेहूँ-चीनी?''

''कैसी हैं बेबे और ...मनजोश?''

''ज़्यादा बकबक णा कर काके!'' दार जी टोक देते। ''दो-चार दिनों के लिए औंदा है तो पैरों में सनीचर लगा क्के। दिन-दिन भर कहाँ घूमता-फिरता रहता है! घर में रहा कर पुत्तर। ज़माना पहले-सा नहीं रहा।''

ज़माना वाक़ई पहले-सा नहीं रहा। करमाँवाला भी। जब-जब मैं यहाँ आता, कुछ न कुछ नया देखने को मिल जाता। वैसे तो मैं ज़्यादातर वक़्त घर में ही बिताता, शाम को चहलक़दमी करते हुए निकलता तो ख़रामा-ख़रामा सर्वेन्ट्स क्वार्टर्स की तरफ़ चला जाता। कभी-कभी गुरुद्वारे से शॉर्टकट लेकर डहर-डहर बस अड्डे तक। करमाँवाला से बस अड्डे को जोड़ती मुख्य सड़क की अपेक्षा यह पगडंडी चूँकि खेत-बेहारों से होकर जाती थी, इसलिए अँधेरी और सूनी रहती थी। यह सीधे जाकर नूराँ की दुकान के पिछवाड़े निकलती। इस तरफ़ से अमूमन कोई आता-जाता न था। नूराँ की दुकान (दुकान क्या, वह लकड़ी का एक खोखा था जिसका फ़र्श सीमेंट का था) थोड़ी ऊँचाई पर थी और पीछे जहाँ पगडंडी ख़त्म होती थी, सरकंडों के सूखे झाड़ थे और वहाँ अक्सरर पानी के ड्रम रखे रहते। इन्हीं ड्रमों के पास कभी मैं, बल्ली और गुरनाम छिपकर सिगरेट पिया करते थे।

गुरनाम की भी ख़ूब याद आई। वह इन दिनों कनेडा में है। सुना है, ख़ूब कमाता है। उन्हीं पैसों से उसके भाई हरनाम ने नाभा में हिरो-होंडा का शो-रूम खोल लिया है। नूराँ बता रहा था कि गुरनाम ने कनेडा में ही किसी मेम से रिश्ता कर लिया है। गुरनाम की तरह करमाँवाला के कई लड़के कनेडा-टोरोंटो में हैं। चिरौंजीलाल, जो दंगों के बाद फिर से आ बसा था, का लड़का महिपाल पोलैंड में है। खेती-बाड़ी के लिए बिहार के सस्ते मजदूर मिल जाते हैं। बस और क्या रह जाता है—पैसा कमाओ, दारू पियो और भांगड़ा डालो!

ज़माने के साथ नूराँ भी पहले-सा नहीं रहा। इस बीच वह बहुत बूढ़ा हो चला है, गो दिखता पहले-सा ही है—मैली खेस का बुक्कल मारे, खसखसी दाढ़ी

खुजाता। हाँ, चेहरे पर उम्रदराज़ी की सलवटें पड़ गयी हैं। थोड़ा कमज़ोर हो चला है और चिड़चिड़ा भी। उसने दो लड़के रख लिये हैं दुकान पर। ख़ुद बैठा बीड़ी पीता रहता है या उन बिहारी लड़कों की माँ-भैण करता है—"ओय हराम दे बीज, उदर कब से चाय माँग रहे हैं, सुणदा है कि नईं!" दोनों लड़कों पर उसके गरियाने का असर बमुश्किल ही होता है। वे हँसते रहते हैं। नूराँ भी हँसता रहता है।

पिछली बार जब आया था तो एक शाम नूराँ की दुकान पर बैठा चाय पी रहा था। सूरज गुरुब चुका था। ग़ालिबन आठ-साढ़े आठ का समय रहा होगा। कि तभी नाभा से आने वाली बस से एक औरत उतरी और ऊँची हील की सैंडिल पर सरपट चलती हुई दुकान के पीछे से ढुलने वाली पगडंडी पर उतर गयी। बीच में चलते-चलते में ही नूराँ को देखकर उसने हौल से सिर झुकाया था, ऐसा मुझे लगा। नूराँ में भी एक ज़रा-सी हरक़त हुई थी, इस चाक-चौबस्ती से कि दुकान पर मौजूद किसी और का ध्यान न जाए।

मुझे आश्चर्य हुआ जो उसने करमाँवाला जाने के लिए भीड़भाड़ वाली, रोशन और इसलिए औरतजात के लिए सुरक्षित मुख्य सड़क न चुनकर वह अँधरी पगडंडी चुनी थी। उसकी वेशभूषा चौंकाने वाली थी। टसर की चुस्त कमीज़ से उसका बदन उभरा पड़ रहा था। कमीज़ पीछे से इस तरह गोल कटी हुई थी कि लगभग आधी पीठ नुमायाँ हो रही थी। खुली पीठ पर कमीज़ की तनियाँ कसी हुईं और कमर तक गिरती चोटी में छोटे-छोटे घुँघरू बँधे थे। चुन्नी पर टँके सलमे-सितारे लिश्कारे मार रहे थे। मैंने दबी आवाज़ में नूराँ को छेड़ा, "ऐ वई, क्या चक्कर है? कौन थी वो मुटियारन?"

नूराँ ने मुझे बीड़ी पकड़ाते हुए कहा, "उसे नहीं पहचानते म्याँ? अल्ला उसकी उम्र दराज़ (लम्बी) करे। ...अपने बलकारे की भैण थी बिचारी!"

"कौन?... मनजोश?" मैं सकते में आ गया। वह अपनी बीड़ी सुलगाकर चुपचाप पीता रहा। इस बीच एक आदमी ने अपनी चाय के पैसे दिये और दुकान के पीछे जाकर पेशाब करने लगा। इस वजह से नूराँ ने दबी आवाज़ में उसे एक भद्दी गाली दी। मैंने भी आनन-फानन में उसे पाँच का सिक्का पकड़ाया और खिसियाया-सा मुख्य सड़क की तरफ़ चल पड़ा।

जब तक सन्ता सिंह थे, दुकान पर बैठते थे, हालाँकि तब तक करमाँवाला में और भी दुकानें खुल गयी थीं। पुलिस की मार ने उनका अक्स बिगाड़ दिया था। एक पैर नाकाम हो गया था। निचला होठ भी कट गया था और बाछों से रालें बहती रहती थीं। बेबे उनके गरेबान से दोला (मोटा कपड़ा) बाँध दिया करती थीं। एक तो

आतंकी परिवार होने का कलंक, दूसरे सन्ता सिंह की यह गत। धीरे-धीरे दुकान बैठती चली गयी। बेबे और मनजोश बहुत कम दिखतीं। मनजोश के बारे में बहुत पहले पता चला था कि उसने ज्ञानी की पढ़ाई बीच से ही छोड़ दी थी। सुना, उसने नाभा में किसी ब्यूटीपार्लर में काम करना शुरू कर दिया था।

जब काफ़ी देर हुई तो एक पल को मेरे मन में आया, लौट जाऊँ। उन्हें पता भी न चलेगा कि मैं मिलने आया था। चारों तरफ़ अँधेरा था। निस्तब्धता व्याप्त थी, गो अभी सवा नौ ही हो रहे थे। कुछ देर शशोपंज में यों ही खड़ा भीतर की आहट लेता रहा। लौटने, न लौटने के बीच की किसी डावाँडोल जगह पर यकायक जैसे एक महत्त्वपूर्ण क्षण कौंधा और मैंने दुबारे से कुंडी खड़का दी—इस बार तनिक ज़ोर से। लोहे और लकड़ी की आवाज़ें मिलकर एकजान हुईं और पूरे सेहन में गूँज गयीं जैसे किसी ने परिन्दे उड़ा दिये हों। घर के भीतर से एक अबूझ सरगोशी के बाद लालटेन की रोशनी दरवाज़ों की सन्ध से होती और-से-और पास आती गयी। थोड़ी देर में दरवाज़े की जंग खायी चूलें चीखीं और लालटेन के प्रकाश में मनजोश का चेहरा दरपेश हुआ। पहचान की एक हल्की फड़फड़ाहट-सी उसके चेहरे पर दौड़ी और जाकर आँखों में बस गयी। फिर भी मैंने हल्के से कहा, ''मैं... रविन्दर!''

बहुत दिनों के बाद उसे यों देखा। बीस साल कम नहीं होते। उसकी क़द-काठ तो लगभग वैसी ही थी, हाँ चेहरे पर, ख़ासकर आँखों के नीचे बीते हुए बरसों के गर्द और हरास आ जमे थे। उसने कहा कुछ नहीं, सिर्फ़ एक तरफ़ हो गयी। मैं भीतर आ गया। पूरे घर में अँधेरा था। पीछे उसने दरवाज़े उढ़का दिये।

वह लालटेन लिये आगे-आगे बढ़ती गयी और मैं उनके पीछे-पीछे। उसने खुले मोहरों वाली झोलेदार काली सलवार पर सफ़ेद लम्बी कमीज़ डाल रखी थी। मलमल की मोटी काली चुन्नी कन्धों की एक तरफ़ कुछ ऊँची, दूसरी तरफ़ ज़मीन को छूती-सी ढुलकी पड़ रही थी। शायद उसने मेरे दस्तक को सुनकर आनन-फानन में अपने ऊपर चुन्नी ले ली हो। घर में पूरमपूर शान्ति थी। चलते हुए उसके स्लिपर की हल्की चाप भर ही आवाज़ें थीं।

आँगन लाँघकर वह पल को रुकी। मैंने भी रुकना था। वरांडे में लगी चारपाई पर बेबे सोयी थीं। मनजोश ने वहीं घड़ौंची पर लालटेन रख दिया। मैंने बेबे के बेहरक़त अक्स को देखते हुए धीमी आवाज़ में उससे कहा, ''ऐसे ही मिलने चला आया! मुझे

नहीं पता था कि वे सो गयी होंगी।''

''अच्छा किया।... आइये!'' वह पहली बार बोली। आवाज़ में एक अजील छुअन थी। आज के उसके पूरे होने में कल नूराँ की दुकान पर दिखी झलक का कोई मेल न था। वह एकदम साद-मुरादी दिख रही थी। तराशी हुईं भौंहों के अलावा कहीं कोई बनाव-सिंगार नहीं। मैं वरांडे में आ गया। मुझे बैठने के लिए मूढ़ा देकर वह बेबे की तरफ़ बढ़ती, इससे पेश्तर मैंने उसे बरजा, ''सो गयी हों तो रहने दो। मैं फिर कभी आ जाऊँगा।''

लेकिन वह नहीं रुकी। बेबे के सिरहाने घुटनों के बल बैठती हुई उनके सिर पर हौले से हाथ फिराया। ''बेबे... देखो आपसे मिलने इन्दर आये हैं!''

मैंने साफ़ महसूस किया, मेरा नाम लेते हुए उसकी आवाज़ ज़रा-सी मद्धिम हो गयी थी, मानो हवा के खुले में दीये की लौ एक पल को दबकर, फिर खिल गयी हो। शायद आज पहली बार उसने मेरे सामने मेरा नाम लिया था। इससे पहले मेरी उपस्थिति में वह सायास ऐसे वाक्य-विन्यासों से हमेशा बचती थी, जहाँ मेरा नाम लेना ज़रूरी होता था।

बेबे उसी तरह ग़ाफ़िल सोती रहीं। मुझे एक हल्का अपराधबोध-सा हो रहा था। मनजोश ने उनके माथे को सहलाते हुए बिना मेरी तरफ़ देखे मुझसे कहा, ''आजकल बीमार रहती हैं... आप बैठ जाइये न! कितने दिनों के बाद तो आपकी आमद हुई है!''

मैं बैठ गया। उसकी आवाज़ में कोई तंज न था, जबकि होता भी तो ग़लत न होता। वाक़ई आज कई साल के बाद इस घर में मेरा आना हुआ था। पूरा घर लुटा-पिटा दिख रहा था। वीरानगी की सफें बिछी हुईं। दीवारों पर मन्दहाली और तंगदस्तियों की परतें चढ़ गयी थीं। बेबे की चारपाई के ऊपर अपने हाथ पर बाज को बिठाये गुरु गोविन्द सिंह की एक मढ़ी हुई तस्वीर थी, जिसका शीशा चिनक गया था और लालटेन की आड़ी रोशनी में चमक रहा था।

बेबे ने आँखें खोलीं। कुछ पल ग़ौर से मुझे देखती रहीं। फिर सहसा थूहर के फूलों जैसे पीले पड़े उनके चेहरे पर एक रौनक-सी बिखर गयी। उनके पपड़ाये होठ काँपने-से लगे। मैं उठकर उनके पैर छूने को हुआ कि यकायक उनका खिला चेहरा मुरझा गया, ''ओ, इन्दर बेटा तू है!''

यह सब होने में महज़ कुछ सेकेंड भर लगे। उनके इस कहे ने मुझे थोड़ी देर के लिए अटपटेपन में डाल दिया। मनजोश अब तक दीवार से पीठ टिकाकर खड़ी हो गयी थी—चेहरे पर ऐसा भाव लिये मानो कुछ हुआ ही न हो। अचानक मेरे

मस्तिष्क में कुछ कौंधा और मैं जैसे सनाका खा गया। बेबे ने रात की इस घड़ी, लालटेन की मद्धिम रोशनी में अचानक देखकर क्या सोचा कि मैं कौन हूँ! ...वह कौन था जिसे मेरी जगह होना था?... आज बीस-बाइस साल हो रहे हैं उसे!

"कैसा है इन्दर?" उधर बेबे की थकी हुई आवाज़ थी। मेरे मुँह से बोल नहीं फूट रहे थे। मैं एकटक उन्हें देखे जा रहा था। कितनी बूढ़ी और अशक्त हो गयी हैं वे! दाँत सारे झड़ गये थे और बोलते वक़्त दाढ़ काँपती थी। आँखों के किनारे गीद-सी भरी थी और पुतलियों पर मोतिया के सफ़ेद छल्ले पड़ चुके थे। गलकर वह ठठरी भर रह गयी थीं।

बेबे ने आँखें मूँद लीं। धीमे धीमे लगभग बुदबुदाती हुई-सी कह रही थीं, "अच्छा लगा तू मिलने आया।... वरना तो करमाँवाले... यूँ दूर-दूर फिरे हैं जैसे इस घर को प्लेग की गिलटी निकल आयी हो!"

वह और भी जाने क्या-क्या बोल रही थीं! चढ़ती हुई साँसों में उनके शब्द अधबने और टूटे-बिखरे-से थे। जाने क्या हुआ कि मेरा ध्यान यकायक मनजोश की तरफ़ खिंच गया। दोनों हाथ कमर के पीछे दीवार से टिकाये खड़ी मनजोश ऊपर घुन खाये शहतीरों पर टिकी अँधेरी छत को तक रही थी। उनकी अनझिप आँखों में भर-भर बूँदें थीं। जाने क्या हुआ कि मैं उसे देखते हुए गहरे तक बौखला गया! ऐसा लगा जैसे कोई कुन्द छुरी सीने को मथती हुई गयी हो और वहीं टूटकर फँसी रह गयी हो।

यह सब होने में बहुत देर हुई, जब बेबे की आवाज़ धीमी पड़ते-पड़ते पूरी तरह बुझ गयी, तब कहीं मनजोश का ध्यान टूटा। मैं उसे अब भी देख रहा था। उसने चुन्नी से आँखें पोंछीं। एक पल को हमारी नज़रें मिलीं। उसकी आँखों में एक अजीब-सी परस्तिश थी। चेहरे पर एक क़िस्म की भरपूरगी और ताज़गी। वहाँ पीड़ा का एक भी बल न था, मानो वह पूजा करके उठी हो।

"चाय बनाती हूँ।" उसने घड़ौंची पर से लालटेन उठा लिया। एक बार मुड़कर बेबे को देखा। वह सो गयी थीं। उनका एक हाथ खाट से बाहर था जिसे बड़ी नर्मी से उठाकर उसने उनकी छातियों पर ओठँगा दिया।

"लालटन एक ही है।... आ जाइये रसोई में आप भी। वहीं चलकर बैठिये।... बेबे जी सो गयी हैं।" वह बिना मेरी प्रतीक्षा किये रसोई की तरफ़ बढ़ गयी।

रसोई वरांडे में ही एक कोने में थी। उसने स्टोव में पम्प करते हुए अस्फुट शब्दों में मुझे बैठने को कहा, हालाँकि पहली नज़र में मुझे कुछ दिखा नहीं, जिस

पर बैठा जाए। दरवाज़े के पास एक छोटा ड्रमनुमा कुछ था, शायद गेहूँ या चावल का डिब्बा, जिस पर हरी सब्ज़ियों की एक छोटी टोकनी रखी थी। टोकनी नीचे फ़र्श पर रख मैं ड्रम पर बैठ गया।

वह पीहड़ी पर बैठी थी—घुटने पर ठोढ़ी रखकर चुपचाप स्टोव पर चढ़ाये बरतन को तकती। स्टोव की ललाईं उसके चेहरे को दीप्त कर रही थी। वही लमछर चेहरा, सुताँ हुआ नक़्श। पेशानी के नीचे दो आँखें थीं—थकी हुईं, गम्भीर, कहीं खोयी-बझीं। रसोई में सन्नाटा था, इधर मैं था और उधर वह थी। बीच में गुज़रे हुए बीस साल काँटों की तरह उग आये थे।

"नूराँ चाचा ने मेरे बारे में कुछ बताया होगा कल?" वह बहुत धीमे से बोली—एक-एक शब्द को आवाज़ की पतली डोरी के सहारे किसी गहरे कुएँ से खींचती। आँखें बरतन पर ही टिकी हुईं। ...यानी कल उसने मुझे नूराँ की दुकान पर बैठा पहचान लिया था।

"नहीं।" मैंने न जाने क्यों एक बार झुककर दरवाज़े से झाँक लिया। बेबे की चारपाई का कुछ हिस्सा दिख रहा था। अँधेरे में बेबे साफ़-साफ़ नहीं दिखीं।

"फिर इतने दिनों बाद, आज अचानक...?" उसने अब धीरे-धीरे मुझ पर नज़रें टिकायीं, बहुत दूर की निगाह, बहुत दूर से चलकर आयी हुई। दोनों घुटनों को बाँधे हुए हाथों पर उसने अपना चेहरा तिरछे सुला लिया था और मुझे देख रही थी।

"...मुझे लगा था, इस घर में अब शायद ही आपके पैर पड़ें!" उसके कहे की निचली सतह में एक हल्की शिक़ायत-सी थी। बिना किसी जवाबदारी की आकांक्षा पाले एक ऐसी शिक़ायत, जो अपनी आत्मीयता की परस से चुभती नहीं। वह अब भी मुझे देख रही थी लेकिन उसकी आखें पत्थर की हो चली थीं। मैं शर्मिन्दा था। मेरी आँखों के आगे थोड़ी देर पहले उसका चुप-चुप रोना तिर गया। दीवार से पीठ टिकाये खड़ी वह। पीड़ा के न जाने कितने अबरख उसकी आँखों से चुपचाप झड़ रहे थे! ...मैंने सिर झटका। पानी खौलने की मद्धिम गुनगुनाहट से रसोई का एकतान सन्नाटा भंग हो रहा था। वह छोटी चमची से चीनी-चायपत्ती वग़ैरह पानी में डाल रही थी। अनायास ही मेरे होठों से उसका नाम फिसल गया, "मन...जोश!"

तब वह काढ़नी में से दूध निकालकर चाय के बरतन में डाल रही थी। "हूँ...?" उसने चुन्नी लिपटे हाथों से बरतन उतारते हुए हुँकारा भरा। मीठे गर्म भाप से उसका आसपास भर गया। "...कुछ कह रहे थे?" उसने सिर झुकाये पीतल के गिलास में चाय को छानते हुए पूछा। मैं सहसा भूल गया था कि मैंने क्यों

उसका नाम लिया था! कोई धीमी उगती-सी बात थी जो आते-आते रह गयी थी। अब वह तर्जनी और अँगूठे की चुटकी से गर्मागर्म गिलास को पकड़े स्टील की प्यालियों में चाय ढाल रही थी। एक प्याली में जैसे-तैसे ढालकर उसने जलती हुई उँगलियों पर फूँक मारी, फिर दूसरी में ढालने लगी। बरतन उतारे जाने के बाद नंगे स्टोव की रोशनी उसके झुके हुए सिर पर पड़ रही थी और बालों में लगा हेयर-पिन चमक रहा था।

"मैं नहीं जानती कि नूराँ चचा ने आपको क्या और कितना बताया होगा... !" उसने स्टोव की नॉब उमेठकर हवा निकाल दी—जैसे बरसों से रुकी हुई साँस एक झटके से बाहर निकली हो। वह उठी और रसोई में परली तरफ़ बने आले पर कुछ डिब्बे-डिबियाँ टटोलने लगी। लालटेन के प्रकाश में उसकी परछाईं ने उसके आगे अँधेरा कर रखा था। वहीं रखी एक अधभरी बोरी की छाया दीवार पर यों पड़ रही थी जैसे कोई घुटनों में सिर गुड़प किये बैठा हो। जब वह लौटी, उसके हाथों में स्टील की एक प्लेट में दो मट्ठियाँ थीं। एक मैंने उठा ली तो उसने प्लेट को पास ही फ़र्श पर रख दिया। चाय की प्याली भी वहीं।

"...या फिर बताने को तो कोई भी बता सकता है। सारा करमाँवाला जानता है कि मैं..."

उसने एक पल को मुझे देखा, फिर चाय पीने लगी। उसका अधूरा वाक्य अब भी हवा में टँगा था। चेहरे पर ऐसे भाव खेल रहे थे जैसे उसे कोई रंज नहीं। वह थोड़ी दूर पर बैठी अपनी प्याली के वृत्ताकार मुहाने पर अनायास ही उँगलियाँ फिरा रही थी।

"अगर कोई नहीं जानता तो सिरिफ बेबे जी! वे समझती हैं कि आज भी मैं ब्यूटीपार्लर में ही काम करती हूँ।" वह बिना ख़ुश हुए हँसी, "...और उन्हें आज भी मेरी शादी की फिकर है!"

मुझे याद है, कुछ पलों के लिए हमारे बीच एक अजीब-सा तनाव व्याप्त हो गया था। अचानक मुझमें एक ठंडा उबाल-सा उठा और आँखों के सामने उसकी कल की छवि तैर गयी। मैं वाक़ई नहीं जानता था कि वह क्या करती है और उसके घर का खर्च कैसे चलता है! मुझसे कुछ बोलते नहीं बन पड़ रहा था। मेरे भीतर जैसे कुछ एकाएक बन्द-सा पड़ गया हो। बोलने के लिए एक साथ कई भिन्न आशयों वाले वाक्य बन-मिट रहे थे और फिर थोड़ी देर के बाद बिना किसी ठोस वजह के मैंने कहा, "तुम्हें एक बार मुझे बताना चाहिए था... !" लेकिन तब तक देर हो चुकी थी जब तक मैं अपने इस कहे के बेतुकेपन को महसूस करता।

उसने एक बार तिलमिलाकर मुझे देखा। तेज़ाब से जलती हुई आँखों से। एक ख़ौफ़नाक तैश में उसके चेहरे पर ज़र्दी पुत गयी। गरदन के मस्सल ऐंठ गये। लेकिन फ़ौरन से पेश्तर उसने ख़ुद को सँभाल लिया। एक लिथड़ती हुई–सी मुस्कराहट में उसके होठ फैल गये, "आपकी चाय ठंडी हो रही है!"

मैंने सिटपिटाकर प्याली उठा ली। चाय पीने लगा। मनजोश भी चाय पी रही थी। हम दोनों चुप थे। मुझे लगा उसकी आँखें फिर से झिलमिला आयी हैं, लेकिन उतनी कम रोशनी में कुछ साफ़ दिखा नहीं। दस से ऊपर का कोई समय हो रहा था और मुझे लगा अब निकलना चाहिए। मनजोश दरवाज़े तक मुझे छोड़ने आयी थी। एक पल रुकने के बाद उसने बहुत धीमे से कहा था, "किसी को बताइएगा मत कि आप यहाँ आये थे! ...आज आप दो बच्चों के पिता हैं।"

यह कहते हुए वह मेरे एकदम पास आ गयी थी। इतनी कि उसकी फुसफुसाहट मेरे शानों पर गिरी। उसका चेहरा झुका हुआ था। मैं थोड़ी देर वहीं खड़ा उसे देखता रहा। एक भीनी सेंट बारीक वलय की तरह उसके होने के बहुत आसपास लिपटी थी—ज़िन्दा, धड़कती हुई। मैंने एक बार उसकी आँखों में देखा, नहीं वहाँ बूँदें नहीं थीं। मैंने एकबार घड़ी देखी। बहुत देर हो चुकी थी। मैं बाहर आ गया था। पीछे लकड़ी और लोहे की मिली–जुली आवाज़। मेरी पीठ उसकी तरफ़ थी जब उसने इस बार फाटक बन्द किया।

करमाँवाला में सोता पड़ गया था। पंजाब में दस बजे तक लोगबाग़ सो जाते थे।

(नया ज्ञानोदय, युवा पीढ़ी विशेषांक, खंड–1, मई 2007)

दंगे में बारिश

किसी को शुबहा नहीं था। आसमान सुबह से साफ़-शफ़्फ़ाफ़ था और मौसम ख़ुशगवार। हवा छरहरी—अठारह साल की।

बारिश या दंगे का किसी को गुमान नहीं रहा होगा।

उस दिन बारिश एकाएक आई थी।

दंगे कभी एकाएक नहीं होते। लेकिन कुछ ऐसा हुआ कि दोनों की आमद एकाएक ही हुई हमारे शहर में और एक साथ ही।

लोग अकबका गये। पटरियों पर बैठे हॉकर्स अपने माल-असबाब हबड़-हबड़ बटोरने लगे। प्लास्टिक की झिलमनियों, तिरपाल, कनातें। किसी सुरक्षित खोह की तलाश में बाक़ी बचे ठेले-खोमचेवाले घबराकर इधर-उधर ताकने लगे। सड़कों पर सहसा अफरा-तफरी मच गयी।

अचानक लोग तय नहीं कर पा रहे थे कि बारिश और दंगे में सबसे पहले किस एक से बचाव की मुद्रा अख़्तियार की जाए, कौन वह पहला जो उनके तत्काल पर भारी, क़ाबिज़! हालाँकि सड़कों पर या खुले में बचाव की दोनों शक़्लें मिलती-जुलती थीं। दोनों के चेहरे वहाँ जुदा होंगे जहाँ सिर पर छतनुमा कुछ हो। पता चलेगा कि छत पर एकसार बारिश गिर रही है या आग के गोले बरस रहे हैं!

बड़ी दुकानों की शटरें ताबड़तोड़ गिरने लगीं। सबवेज़ के मुहानों पर कँगलों और भिखमंगों को धकियाकर, दरकिनार कर, लोगबाग जमा होने लगे। किसी अपेक्षाकृत ज़्यादा सुरक्षित जगह के लिए निगाहें दौड़ाने लगे जहाँ आग और पानी दोनों से बचना हो सके एक साथ, एकमुश्त।

सबवेज़ के मुहाने, आम ख़ुशगवार दिनों में, लोगों के बस सेकेंड भर में गुज़र जाने की जगहें हुआ करते थे। उन्होंने कभी किसी को मिलने का टाइम दे/लेकर वहाँ इन्तज़ार नहीं कराया/किया। वहाँ कँगलों की आबादी ही हमेशा के लिए थिर

थी। बाक़ी नौकरीपेशा लोग नाक पर रूमाल धरे–ओ शिट—गुज़र जाते। सरकार को कोसतें। आइन्दा वोट नहीं देते।

देखते–न–देखते भर गया आसमान पानी–पानी। छलकने लगा आकाश तो भर गयी धरती छतरी–छतरी।

सारी छतरियाँ नहीं जान पायी थीं अभी कि आक्रमण दोहरा है। चहुँओर पानी का ही नज़ारा था। आग अभी अपना जौहर दिखा ही कहाँ पायी थी?

आख़िर प्राचीन काल से आग को पानी ही बुझाता आया है!

स्कूल से लौटते अपने बच्चों को सही–सलामत लौटा लाने के लिए कुछ छतरियाँ हाथों में झिलमनियाँ लिये निकल पड़ी थीं, हड़बड़ाई हुईं। कुछ छतरियाँ घबराकर

आधे रास्ते से ही वापस लौटने लगीं। कुछ ठिठकी हुई छतरियाँ तय नहीं कर पा रही थीं कि जाए जानेवाली दूरी नज़दीक है या तय कर ली गयी दूरी? कुछ छतरियों के घर यहीं कहीं आसपास थे, सो दौड़ पड़ीं बेखटके।

शहर में कुछ छतरियाँ लेकिन परेशान थीं इस औचक बारिश से। तैयारियाँ पूरी हो चुकी थीं। हाथ में कट्टे, तमंचे, हथगोले, चाकू और चेन लिये कुछ छोटी, लोकल छतरियाँ चाक–चौबन्द थीं। लेकिन अब इस बारिश में कैसे धुआँ उठे... कैसे धुआँ दिखे? कमबख़्त बाक़ी सारी आम छतरियाँ तो इधर–उधर बिलों में जा छुपी हैं। ज़रा देर में घर के सुरक्षित आकारों में जा घुसेंगी। जब सड़कें ही ख़ाली पड़ गयी हों पूरी तरह, धारा एक सौ चवालीस की अब क्या ज़रूरत! बड़ी छतरियों ने पूरा गेम प्लान कर डाला था। एकाएक इस बारिश ने खेल चौपट कर दिया।

ज़हर घुलने लगा।

बारूद सीलने लगे।

सबकुछ पर एकाएक पानी फिर गया।

कुछ छतरियों की जेब में रखे मोबाइल घनघनाने लगे। कुछ छतरियों ने अचानक अपनी दिशाएँ बदल लीं। किसी पुख़्ता सूचना के अभाव में कुछ छतरियाँ अलबत्ता अड़ी रहीं कुछ देर, लेकिन जल्दी ही वे भी टूटने लगीं।

बड़ी परेशानी! ...तो क्या उन्हें भी ठाँव वहीं मिले जहाँ खड़ी थीं टारगेटेड

छतरियाँ? एक साथ?

ज़रूरी था कि या तो बारिश हो या फिर दंगा। दोनों एक साथ इतिहास में कभी नहीं हुए। दंगे को अकेलेपन की ख़ास ज़रूरत थी। यह बारिश लोगों का ध्यान अनायास ही बाँट दे रही थी। भागती-पराती छतरियों को ध्यान से देखने पर भी पता नहीं चल पाता था आख़िर सबब क्या है! दंगे की सुगबुगी भाँप ली गयी थी सो अलग। धीरे-धीरे ही सही, कानों पर जूँ तो रेंगने ही लगेगी। सरप्राइज फैक्टर कहाँ बचा अब? सारा क्रेडिट तो बारिश ले उड़ी।

साली यह बारिश में सभी छतरियों की एक जात।

बड़ी छतरियों ने मुल्तवी कर दिया मिशन तत्काल के लिए।

बारिश अब भी हो रही है। शहर के गीले कोनों-अँतरों में कुछ छतरियाँ अब भी जमा हैं। कुछ छतरियाँ अन्ततः ठौर-ठिकाने पर जा लगीं। अब कोई छतरी भागती नहीं दिख पड़ रही कहीं। जो जहाँ है, सुविधाभर अपने को बचाती खड़ी है। रह-रहकर एक नज़र ऊपर उचक कर देख लेती है। कोई छतरी कुनमुनाती है, आसार नहीं दिखते जल्दी के। रात हो चुकी है।

एक बूढ़ी जर्जर छतरी खाँसते हुए कहती है, ऐसी बारिश बीस-पचीस साल के बाद आयी है।

एक जवान छतरी उचककर देख लेती है रास्ते की तरफ़ और गुनगुनाने लगती है बारिश का एक गाना—हो आज मौसम्म्म बड़ा...!

क्या पता कब तक बारिश हो!

सबकुछ रुका पड़ा है जहाँ-तहाँ प्रतीक्षित और बारिश है कि, भला देखिए, कमबख़्त रुकने का नाम ही नहीं लेती।

(कादम्बिनी, जुलाई 2007)

इतवार नहीं

(नीमा के लिए)

दफ़्तर के लिए सुबह आठ बजे घर से निकलो और लौटते-लौटते भी रात के आठ बज ही जाते हैं। मतलब आठ घंटे की नौकरी के लिए इधर दो और उधर दो घंटे आने-जाने में। लेकिन रोज़-रोज़ के इस चार घंटे का कोई हिसाब नहीं, गिनती नहीं। ये चार घंटे मेरे ख़ुद के हिस्से से फालतू गये : मेरी ज़िन्दगी के प्रोविडेंट फंड से रोज़-रोज़ खुदरा निकलकर खर्च हो जाने वाले, बिना मतलब, यों ही। मुझे सिर्फ़ आठ घंटे की तनख़्वाह मिलनी है। मतलब मैं तब तक नौकरी में उपस्थित नहीं जब तक सुबह के दस बजे अटेंडेंस कार्ड पंच न कर दूँ और मेरी नौकरी वहीं ख़त्म हो जाती है जब शाम को छह बजे मैं दुबारे कार्ड पंच करके बाहर आ जाता हूँ। दस से छह के बीच नौकरी करने के लिए मैं आठ से आठ तक घर के दृश्य से ग़ायब रहता हूँ। दस से छह के बीच अगर मुझे हार्ट अटैक हो जाए, मैं मर जाऊँ तो कम्पेनशेसन ग्राउंड पर मेरी पत्नी को नौकरी लग सकती है। इसलिए मैं प्रार्थना करता हूँ कि मेरी मृत्यु इसी बीच हो, न कि आते या लौटते समय लोकल ट्रेन में या सड़क दुर्घटना में आदि। अगर रात आठ के बाद और सुबह आठ से पहले मैं दम तोड़ता हूँ तो यह मौत मेरे ख़ुद के भरोसे होगी कि मैंने इतना कमा के रख दिया है कि मेरे बाद मेरी पत्नी को दूसरों का झाड़ू-बरतन करने की नौबत न आये या कल्पना कीजिए मेरी एक बेटी हो तो उसकी पढ़ाई-लिखाई बदस्तूर चलती रहे बस इतना।

मारे ग़ुस्से के कभी-कभी कल्पना करता हूँ कि सोमवार से लगाकर शनिवार तक, हफ़्ते के छह दिन एक जैसे होते हैं। सुबह साढ़े छह का अलार्म बजना, निबटानादि के बाद नाश्ता, लंच बॉक्स, घर से हबड़-हबड़ निकलना, आठ बत्तीस की कल्याणी फास्ट : कहाँ तक गिनाऊँ! यह सब रोज़-रोज़ इतना एक-सा है कि अलग से याद नहीं आता। नशे की हालत में रहता हूँ। दफ़्तर से लौटते हुए ख़ूब इच्छा हो कि कुछ खाना है खाना है लेकिन सुझाई ही नहीं पड़ता कि क्या। तभी

लोकल की भीड़ को चीरता हुआ बगल से एक मूँगफली वाला गुज़रता है तो याद आता है कि मूँगफली ही तो खाने की इच्छा हो रही थी तब से। ख़रीदकर जैसे ही एक दाना मुँह में डालता हूँ वैसे अहसास होता है कि कितना ग़लत था। ...लेकिन तब तक देर हो चुकी होती है। चुपचाप एक-एक दाना अनिच्छापूर्वक टूँगे जाता हूँ। यह भी याद नहीं आता कि अगर अच्छी न लगे तो मूँगफली फेंकी जा सकती है।

लेकिन ज़िन्दगी मूँगफली का दाना नहीं। आदमी को हर हाल में जीने का ढब बनाये रखना चाहिए। लेकिन कभी-कभी तो ग़ुस्सा आ ही जाता है। किस पर, पता नहीं। लौटते समय कभी-कभी मन करता है कि चलती ट्रेन से। ऐसा नहीं है कि इतना दुखी हूँ कि ख़ुदक़शी जैसा कुछ। बस यों ही। पहले ऐसा नहीं सोचता था, लेकिन साल भर पहले दफ़्तर के कैशियर देवाशीष बाबू ने ख़ुदक़शी कर ली, तब से, पता नहीं, लगता है कि एक रास्ता इधर को भी जाता है जैसा कुछ।

कल्याणी फास्ट कभी रास्ता नहीं बदलती। आठ बत्तीस में उसका कल्याणी और नौ पैंतीस-चालीस तक सियालदह में होना तय है। बीच के छोटे स्टेशनों, हॉल्टों पर वह नहीं रुकती। उन हॉल्टों के एकाध किमी इधर-उधर उसकी स्पीड कम हो जाए भले, लेकिन ऐन हॉल्ट को वह इतनी रफ़्तार से रौंदती हुई बढ़ जाती है कि क्या बताऊँ मन ख़ुश हो जाता है। ऑफ़िस टाइम में उन छोटे स्टेशनों-हॉल्टों पर भी भीड़ होती है लेकिन उसके लिए हर स्टेशन पर रुक-रुककर बढ़ने वाली तमाम लोकलें हैं। मसलन मैं एक सीनियर प्रूफ रीडर हूँ, दफ़्तर में और भी कई प्रूफ रीडर हैं जिनका पे-स्केल मुझसे कम है। मैं अक्सर गेट बार से लटकता हुआ उन स्टेशनों पर खड़े तमाम लोगों के भागते अक्स को देखता हूँ और मेरे मुँह से बेसाख़्ता कुछ अफ़सोसिया शब्द निकल जाते हैं : ओह, बेचारे, ये छोटे स्टेशन वाले! ऐसे में हम कल्याणी फास्ट वाले ख़ुद को ज़्यादा रुतबे वाले, आम स्टेशन के लोगों से थोड़ा ऊपर का समझते हैं और ख़ुश होते हैं। मसलन वही सीनियर प्रूफ रीडर, ज़्यादा पे-स्केल आदि।

इतवार को दफ़्तर की छुट्टी रहती है। इतवार को लेकर मेरी एक फैंटेसी है। मुझे लगता है, इतवार की देह एकमुश्त होती है, ऊपर से लगाकर नीचे तक एक-इकट्ठी; जबकि हफ़्ते के दूसरे दिन टुकड़ों में बँटे होते हैं और जब आप एक टुकड़े पर होते हैं, दूसरा टुकड़ा आँखों से ओझल रहता है। मसलन 'ऑफ़िस के लिए निकलने से पहले मैं नहा रहा हूँ' वाले टुकड़े पर खड़े होकर देखो तो 'कल्याणी फास्ट के इन्तज़ार में स्टेशन पर टहल रहा हूँ' वाला टुकड़ा दृश्य आँखों से कतई

ओझल रहता है। हर टुकड़ा दूसरे से लगा–बझा आपके आगे सरकता जाता है और आप बग़ैर एक ज़रा कुनमुनाये हर टुकड़े को स्वीकार (मूल पांडुलिपि में 'अंगीकार' जैसा प्राचीन शब्द था। इसे 'स्वीकार' कर दिया। सम्पादकजी कृपया ध्यान दें। —*सीनियर प्रूफ रीडर, ज़्यादा पे–स्केल*) करते जाते हैं। आप नहा चुकने के बाद जैसे ही ख़ाली होते हैं कि एक अदृश्य हाथ आपको एक पर्ची थमा देता है जिस पर लिखा होता है, 'नाश्ता'। इसी तरह नाश्ते के बाद 'जल्दी निकलो' वाली पर्ची। आठ बत्तीस पर कल्याणी फास्ट, पौने दस पर सीटीसी बस, दस बजे कार्ड पंच की तमाम पर्चियों से निबटते–निबटते जब आप ऑफ़िस में अपनी कुर्सी पर बैठते हैं तो वही अदृश्य हाथ मेज़ पर एक साथ कई सारी फाइलें पटक जाता है। शाम तक निबटा दीजिएगा। कल ही प्रेस के लिए छोड़नी है इन्हें। वैसे तो दो रीडिंग हो चुकी है, फिर भी मूल पांडुलिपियों से मिलान कर देखिएगा, कहीं सी–कॉपी न छूटी हो। ज़रा सावधानी से, क्या है कि पिछली कॉपियों में कुछ भूलें चली गयी थीं। और हाँ, फोलियो पर भी नज़र मारते जाइएगा ज़रा। आदि।

लेकिन इतवार को ऐसा नहीं। अक्सर ऐसा होता है कि इतवार की सुबह बिस्तरे से निकलूँ और एकबारगी समझ में ही न आये कि आज दिन भर करना क्या है! मतलब इतवार की सुबह–सुबह ही आप उस इतवार की शाम तक की देह को देख सकते हैं, एकमुश्त, एक साँस में। मैं अक्सर बिस्तरे में तब तक पड़ा रहता हूँ जब तक गौरी चाय लेकर न आ जाए। चाय पीकर मैं तरोताज़ा हो जाता हूँ। इतवार–इतवार जब मैं ख़ाली होता हूँ, प्यार से गौरी की तरफ़ देखता हूँ। इतवार–इतवार, गौरी के बारे में सोचकर मन कैसा–कैसा हो जाता है। मैं हर इतवार सोचता हूँ कि बेचारी गौरी के लिए सब दिन एक समान होते हैं। रोज़ वही काम। कोई छुट्टी नहीं। नो आराम। आदि। मैं हर इतवार सोचता हूँ कि कम–से–कम झाड़ू पोंछा बरतन बासन के लिए किसी को रख लूँ। गौरी को थोड़ी राहत हो जाएगी। लेकिन यह भी मेरी एक फैंटेसी है।

एक इतवार को अचानक किसी तेज़ आवाज़ से मेरी आँखें खुल गयीं। देखा, गौरी का चेहरा ठीक मेरे चेहरे के ऊपर छाया हुआ है। मेरी समझ में नहीं आया कि क्या हुआ। गौरी हँसी, उठी, चली, रुकी, मुड़ी, हँसी और मेरे पकड़ने के लिए अपना हाथ बढ़ाया। मैंने झपटना चाहा लेकिन वह मांगुर मछली की तरह फिसलते हुए भाग गयी। मैंने घड़ी देखी, पौने पाँच। पागल हो गयी है क्या! इतनी सुबह तो मैं

हफ़्ते के दूसरे दिनों भी नहीं जागता। मारे ग़ुस्से के मेरे दिमाग़ के सारे तन्तु झनझना रहे थे। नींद पूरी तरह ग़ायब हो चुकी थी। दुबारे सोने की कोशिश बेकार थी। मैंने औरतों को दी जाने वाली दो लोकप्रिय गालियाँ गौरी को दीं और बिस्तरे से निकल आया। अभी चारों ओर अलाली ही थी। मुझे एकाएक यह ख़्याल आया कि अँधेरे का फ़ायदा उठाकर गौरी कहीं जा छुपी है। मैंने उसे ललकारा। हिम्मत है तो सामने आओ। कायर। भगोड़ी। जानी दुश्मन। कहीं से उसकी हँसी खनकी। हँसी पर अँधेरे का पर्दा था। सूर्योदय तक मैं उसे खोजता रहा। इधर से उधर। सूरज की पहली किरण में वह ऐन मेरे सामने दिखाई दी। अपने आपको मेरे हवाले कर दिया : लो, दो-चार मुक्के मार लो। हिसाब ख़त्म करो। जाती हूँ। ढेर सारे काम निबटाने हैं। बाप रे।

अमोल प्रकाशन समूह के एक साहित्यिक पाक्षिक में मैं सीनियर प्रूफ रीडर हूँ। सीनियर कम्पोज़ीटर सुभाष दा के टाइप किये हुए मैटर सीधे मेरी डेस्क पर आते हैं। इतने वर्षों में सुभाष दा और मेरी ट्यूनिंग इतनी अच्छी हो गयी है कि मैं धड़ल्ले से शब्द-दर-शब्द, पंक्ति-दर-पंक्ति फलाँगता जाता हूँ और सहसा ऐन वहीं जाकर मेरी क़लम रुकती है जहाँ सुभाष दा से ग़लती की अपेक्षा होती और मज़े की बात, सुभाष दा ने कभी मुझे निराश नहीं किया। मसलन हमेशा उन्होंने 'आशीर्वाद' को 'आर्शीवाद' ही टाइप किया और 'यथार्थ' को 'यथार्थ', 'संवेदना' को 'संवदेना'। कल्याणी फास्ट की स्पीड से गुज़रो तो ये ग़लत टाइप किये हुए शब्द पहले से दिमाग़ के हार्ड-डिस्क में फीड सही शब्दों की झलक देकर फिसल जाते हैं। सुभाष दा हँसते हैं, खाँसते हैं (करबी दी, ''ऐ सुभाष, क्यों इतना बीड़ी पीता है रे! मर जाएगा, कहे देती हूँ।'') उनकी उँगलियाँ खटाखट 'की-बोर्ड' पर फिसलती जाती हैं। किसी शब्द के लिए सही 'की' पर उँगली जाने-जाने को होती है कि बीच में मेरी झलकी दिख जाती होगी और हँसते हुए खाँसते हुए वे जान-बूझकर उँगली का रुख़ बदल देते होंगे। इस तरह सही पर जाकर थम जाने वाले इस खेल को थोड़ा और जी लेने की मोहलत मिल जाती है। उसकी उम्र एक और प्रूफ रीडिंग तक बढ़ जाती है। अक्सर मेरा और सुभाष दा का यह गुप्त खेल मैटर प्रेस में छोड़ने की डेडलाइन तक चलता रहता है। उस नीमअँधेरे में गौरी कई बार मेरे हाथ आते-आते बची। अँधेरे का फ़ायदा उठाकर मैं उसे अपने हाथों से फिसला देता रहा। अन्त में सूर्योदय की डेडलाइन ने लुकाछिपी का यह खेल ख़त्म कर दिया। गौरी को ढेर सारे काम निबटाने थे। (ऊपर के पैरे की अन्तिम पंक्तियाँ यहाँ शिफ़्ट करें—*सीनियर प्रूफ रीडर*) वह रसोई में चली गयी। मैं ओसारे में

लगी चौकी पर बैठ गया।

बचपन से ही इतवार के दिन सुबह-सुबह कोई ख़ुशी की बात हो गयी हो जैसे, ऐसा लगता आया है। रसोई में स्टोव बहुत शोर करता था। मैंने गौरी से पूछा, "क्या बना रही हो?" जैसे ही मैंने पूछा, कुकर ने ज़ोर से सीटी बजा दी। कुकर की सीटी में गौरी तक मेरा प्रश्न नहीं पहुँच पाया। वह बेख़बर अपना काम करती रही। मुझे बुरा लगा कि उसने मुझे नहीं सुना। थोड़ी देर मैं चुपचाप बैठा रहा कि क्या पता वह अचानक कुछ बोल उठे। मसलन क्या हुआ, चुप क्यों बैठे हो, ग़ुस्सा हो क्या आदि। लेकिन वह अपना काम करती रही। उसे काम में बझा देख मैं ग़ुस्सा हो गया। (दरअसल 'चुप क्यों बैठे हो, ग़ुस्सा हो क्या' वाला वाक्य जब ज़ेहन में कौंधा, उसी के साथ 'ग़ुस्सा' वाली फीलिंग भी आ गयी और ग़ुस्से में चुप होकर बैठ जाना मुझे अच्छा लगा। इसके बाद स्क्रिप्ट में होना यह था कि गौरी आकर मुझे मनाये। 'चुप क्यों...ग़ुस्सा हो क्या' के बाद 'मान जाओ न, प्लीज़!' जैसा कोई वाक्य अपने टेक्स्ट को सुन्दर और सरस बनाता है। लेकिन गौरी काम करती रही, काम करती रही।) ख़ाली काम करती रहती है। बहुत बिज़ी बनती है। मैंने तेज़ आवाज़ में कहा, "तुम अपने आपको बहुत लगाती हो न?" गौरी ने गरदन तिरछी कर मुझे देखा। गौरी मुस्करायी। गौरी ने मुझे आँख मारी। मेरा पारा गरम हो गया। मैंने कहा, "कुटनी!" गौरी ने एक बार और आँख मारी। मैंने मुँह घुमा लिया।

दो कमरों का घर था। फिर बिना छत वाला लम्बा ओसारा और दो सीढ़ी उतरकर खुला आँगन। आँगन में पीपल का पेड़ था। पुराना और विकराल। उसका तना मोटा और गाँठदार था। एक तरफ़ ज़रा-सा झुका हुआ। उसका हाव-भाव कुछ ऐसा था मानो वह बड़ी नज़ाकत के साथ झुककर आदाब बजा रहा हो। पेड़ आँगन के बीचोबीच था। पेड़ों के चारों ओर गोलाई में कच्चे फ़र्श को छोड़कर शेष आँगन में काले पत्थरों की ईंटें बिछी थीं। सुबह-सुबह गौरी आँगन में बिखरे सूखे पत्तों को बुहारकर गोलाई की मिट्‌टी में डाल देती थी। आँगन पार कर नहानघर और पाखाना था। दोनों सटे-सटे थे। दोनों के ऊपर खप्परों की एक ही छाजन थी। दोनों की बाहरी दीवारें बिना पलस्तर की थीं। नहानघर के बाहर आँगन में थोड़ा बायें एक हैंडपम्प गड़ा था। वहाँ कपड़ों को सुखाने के लिए लोहे की एक तार टँगी थी। तार का एक सिरा पेड़ में ठुँके कील से लगा था और दूसरा नहानघर के सामने से होता हुआ

अहाते तक चला जाता था। हैंडपम्प के पास से जल की समुचित निकासी के लिए एक मोरी अहाते में छेद करती हुई बिला जाती थी।

रसोईघर ओसारे में ही था : एक तरफ़ खप्परों की छाजन तले। शेष ओसारा ऊपर और सामने से खुला था। घर में डायनिंग टेबल नहीं था। खाना-पीना आदि ओसारे में लगी चौकी पर ही होता था जिस पर अभी बैठा-बैठा मैं झपकियाँ लेने लगा था। अचानक कान में सुरसुरी हुई तो अकबका कर जगा। लगा कोई चींटी घुस पड़ रही है। इतने में पीछे से हँसने की आवाज़ आई। इस औरत ने मेरी नाक में दम कर रखा है। मैंने एक झटके में उसे पकड़ना चाहा। वह रसोई में भाग गयी। मैं चौकी से उतरकर उसका पीछा करने में अलसा गया। मुझे फिर से नींद आ रही थी। गौरी ने मुझे नहाने के लिए कहा। मैं चुप रहा। गौरी ने एक बार और कहा कि जाकर नहा लूँ। मैंने मन-ही-मन फ़ैसला किया कि उसके तीन बार कहने पर ही नहाने जाऊँगा। मेरे पास एक साबुत दिन था और बमुश्किल अभी आठ बजे थे। गर्मी की सुबह थी। लमछर और ग़जब की फुर्तीली। मक्खन निकाल लिये गये दूध की तरह छरहरी। ओसारे से उतरने वाली सीढ़ियों तक धूप आ चुकी थी। थोड़ी देर में पूरा ओसारा उसकी गिरफ़्त में आ जाएगा।

मेरे नहाने की बात भूलकर गौरी चाय लिये आई। उसके चेहरे पर अब भी शरारतों की खुरचनें जमा थीं। वह मुस्करा रही थी। मैं उसे मुस्कराते हुए नहीं देखना चाहता था। मैंने मुँह फेर लिया। चौकी पर चाय का गिलास रखते हुए वह मेरा ख़ून जलाने के लिए वहीं बैठ गयी। मैं अपने मुँह फेरने को लेकर अड़ा रहा। लगातार दूसरी तरफ़ देखता रहा। मुझे लगा, मेरी आँखों को जल्द ही अपने देखने के लिए किसी ठोस चीज़ की तलाश कर लेनी चाहिए। कुछ नहीं मिला तो मैंने कल्पना की कि एक बिल्ली है जिसे मुझे देखना है। मैं पूरी संजीदगी से गौरी पर ज़ाहिर कर रहा था कि मैं अहाते पर दबे पाँव चल रही एक बिल्ली देख रहा हूँ। लेकिन इतने साल के दाम्पत्य जीवन में गौरी मेरी रग़-रग़ से वाक़िफ़ हो चुकी थी। वह काल्पनिक बिल्ली वाली बात समझ गयी। हद की यह एक बात हुई कि उसने आँगन में उतरकर एक ढेला उठा बिल्ली को दे मारा। झूठमूठ की बिल्ली अहाते में झूठमूठ कूदकर ग़ायब हो गयी। अब मेरे देखने का कोई प्रत्यक्ष बहाना नहीं रह गया। गौरी चली गयी। मैं इत्मीनान की साँस लेकर चाय पीने लगा।

चाय पी चुकने के बाद भी मैं बैठा रहा। इस बीच गौरी किसी काम से बाहर आई तो मैंने सोचा मुझसे नहाने के लिए कहेगी। लेकिन उसने कुछ नहीं कहा। वह मेरे नहाने की बात एकदम से भूल गयी लगती थी, जबकि मैं सोचता था कि जल्द-

अज़-जल्द उसका तीन बार नहाने के लिए कहना पूरा हो और मैं नहा लूँ। दो बार वह पहले ही कह चुकी थी, मैं चाहता था कि वह मेरे सामने आकर या चाहे तो पीछे से छुपकर एक बार और कह दे। मसलन दो रीडिंग हो गयी हो और फाइनल रीडिंग बाक़ी है तो मैटर प्रेस के लिए कैसे रीलिज किया जाए, देरी हो रही है, डेडलाइन, ओह आदि। मुझे शक़ है कि वह भाँप चुकी है, मैं इस तरह की कोई प्रतिज्ञा किये बैठा हूँ, इसलिए वह मुझे छका रही है। इतने साल के दाम्पत्य जीवन में मैं भी गौरी के रग़-रग़ से वाक़िफ़ हो चुका हूँ।

धूप अब लम्बे क़दमों से ओसारे की सीढ़ियाँ फलाँग रही है। उसकी आँच से ठंडा ओसारा भरता जा रहा था। गौरी रसोई के काम निबटाने को होगी। थोड़ी देर में कड़ाही कुकर तसली आदि बरतनों को धोने के लिए हैंडपम्प पर रख आएगी। उनमें पानी डाल देगी ताकि धूप में बरतन कड़े न हो जाएँ। मुझे पसीना आ रहा था। मैंने बनियान निकाल दी थी। दीवार से टेक लगा ली थी। बार-बार उबासी ले रहा था। बार-बार उबासी लेने की वजह से मेरी आँखों में पानी भर आया था। पानी की गर्म झिलमिल में सामने का खुला आँगन धूप में चमचमा रहा था।

सहसा मुझे लगा कि दुनिया में मैं एक बेकार आदमी हूँ। (सुभाष दा की उँगलियाँ की-बोर्ड पर खटाखट फिसलीं : 'मैं एक बेकार आदमी हूँ।' ctrl+ s=save) सब अपना-अपना काम कर रहे हैं और मैं फालतू बैठा हूँ। इतना सोचते ही मैंने नींद की बची-खुची खुमारी से एक झटके में ख़ुद को बरी किया। एक महान जाग से फट पड़ने की हद तक मैं भर गया। उबल गया। फौरन चौकी से उतरकर खड़ा हो गया। तन गया। रसोई की तरफ़ देखते हुए चिल्लाकर कहा, "तुम तीन बार कहो या न कहो, मुझे परवा नहीं। मेरे मन में जो नहाने की बात एक बार घर कर गयी तो समझो कर गयी। save."

गौरी तुरन्त आँचल से हाथ पोंछती हुई रसोई से बाहर निकल आई। आकर मेरे सामने खड़ी हो गयी। वह मुस्कराते हुए आई थी, मुस्कराते हुए खड़ी रही। इस बार मैं बज़िद उसे मुस्कराता हुआ देखता रहा। मेरे इस तरह देखने से वह लजा गयी। वहाँ से हट गयी। मेरे लिए अँगोछा और साबुन की बट्टी लेती आई। किसी विजेता की तरह पैरों को बहुत गहरे अकड़ाते ओसारे से उतरकर मैं आँगन में आ गया। नहानघर तक आया। नहानघर का दरवाज़ा खोला और अन्दर हो लिया। अन्दर ठंडा अँधेरा था। सुबह से नहानघर का उपयोग नहीं हुआ था। चहबच्चे का पानी स्थिर था। फ़र्श एकदम सूखा। मुझे याद आया, अगर मैं नहाऊँगा तो फ़र्श गीला हो जाएगा। मैं चुक्केमुक्के बैठ गया। उँगली से फ़र्श को छुआ। उँगली ने सूखे फ़र्श पर

पसीने की एक छोटी–सी दुबली रेखा खींच दी। फ़र्श के रोंये खड़े हो गये। यातना और उत्तेजना में फ़र्श की आँखें मुँदने लगीं। पसीने की रेखा के इर्द–गिर्द फ़र्श की कुँवारी देह से ख़ून की बिन्दियाँ रिसने लगीं। मैं उठकर बाहर चला आया। पीछे से फ़र्श ने ख़ुद को समेटते हुए कहा, "थैंक्यू!"

धूप में आँगन तपता था। मैं नंगे पाँव था। ज़्यादा देर खड़ा रहना मुश्किल। अँगोछे को तार पर टाँग दिया। हैंडपम्प चलाकर पानी भरने लगा। आधी बाल्टी भरकर यों ही पैरों पर गिरा लिया। पैरों को हैंडपम्प के शुरुआती पानी की गुनगुनी ठंडक भली लगी। बाल्टी दुबारे से भरकर वहीं बैठ नहाने लगा। इस बीच गौरी बरतन रखने आई। बरतन रखकर बाल्टी से पानी छलकाकर हाथ धोने लगी। वह मुस्करा रही थी। मैंने सिर पीट लिया कि इसका क्या करूँ! वह साबुन लेकर ऐन मेरे पीछे बैठ गयी। मेरी पीठ में साबुन लगाने लगी। मैंने एक लोटा पानी अपने सिर पर इस ढंग से फेंका कि गौरी भीग जाए। तिस पर भी वह ग़ुस्साने की बजाय हँसने लगी। मैंने चीखकर कहा, "भागो यहाँ से।" वह गिलहरी की तरह छिटक गयी। जाते हुए पेड़ के पास रुकी। मैंने देखा कि अब क्या है! वह जीभ बिरा रही थी। मुझे रोना आ रहा था।

नहाते–नहाते मेरे ज़ेहन में एक वाक्य कौंधा कि अब नहीं नहाना चाहिए। (खटाखट : 'अब नहीं नहाना चाहिए।' save) देह पोंछने के लिए मैंने तार से अँगोछा खींचा। तार झनझना उठा। उस पर बैठी एक गौरैया फुर्र–से उड़ गयी। अँगोछा धूप में गरम और ज़रा कड़ा हो गया था। मैंने उसे पानी से लबालब भरी अपनी देह से सटाया तो वह ज़रा सिकुड़ गया, जैसे शरमा रहा हो : अयहय! कपड़े अलग करने के बाद मैंने अँगोछे को लपेट लिया। साबुन की बट्टी लेकर मैं ओसारे की तरफ़ आने लगा। धूप में तपे आँगन की फ़र्श पर मेरे पीछे पानी के पाँव बनने लगे। ओसारे में आकर मैं मुड़ा। पानी के पाँवों को देखा। दूर के पाँव ग़ायब हो गये थे। मैं कमरे में आ गया। कमरा ठंडा और बाहर की अपेक्षा अँधेरा था। गौरी खिड़की पर खड़ी थी। मुझे देखते ही जल्दी से बनियान और लुंगी लेती आई।

नहा लेने से मैं तरोताज़ा महसूस कर रहा था। ठीक से नहीं पोंछे जाने से देह थोड़ी–थोड़ी गीली थी मानो अभी गैली रीडिंग हुई हो। पहनी हुई बनियान पर जगह–जगह पानी के धब्बे थे। गौरी अँगोछा और साबुन की बट्टी लेकर नहाने चली गयी। मैं कमरे में अकेला छूट गया। (see copy : यहाँ एक पैरा कम्पोज होने से रह गया है—'मुझे पता था कि मेरे नहाने के बाद गौरी भी साबुन की बट्टी लेकर नहाने जाएगी। फिर भी नहाकर आते समय साबुन की बट्टी अपने साथ कमरे में

लेते आना मेरी आदत में शुमार था। मेरे नहाकर आने और गौरी के नहाने जाने के बीच के चार-पाँच मिनट के अन्तराल में साबुन का पति-पत्नी में से किसी के भी संरक्षण में न होना साबुन की फिजूलखर्ची है।' इसे कम्पोज करें—*सीनियर प्रूफ रीडर*)

यह इत्तेफ़ाक़ की बात थी कि गौरी जब नहाकर आई तो मैं भी खिड़की पर खड़ा था। खिड़की के सामने एक मैदान था। मैदान और खिड़की के बीच की ज़मीन थोड़ी ढलुई थी। ढलुई ज़मीन घर की छाया में ठंडी थी। इस पालतू ज़मीन में नाना वनस्पतियाँ उग आई थीं। फिर ज़मीन घुटना भर ऊँचा उठ कर आवारा बन गयी थी—पीले खुले मैदान के रूप में, जहाँ आवारा जानवर और बच्चे भटकते रहते। खुले मैदान पर धूप का करिश्मा था। आदमी की नज़रें धोखा खा जाती थीं। मेरी आँखें दूर दृश्य के सुलझेपन में गुम थीं। धूप का आकाश, मैदान, पेड़, मरीचिका, उदासी, चुप्पी और हवा। और इतवार की दोपहर। मैं कुछ भी अलग-अलग नहीं देख रहा था। मैं सबकुछ एक साथ देख रहा था। कि तभी गौरी नहाकर आई।

मैंने पूछा, नहा लिया! हालाँकि यह साक्षात् दिख रहा था। वह न जाने क्या था जिसने मुझसे यह कहलवा लिया था। गौरी ने मुझे खिड़की पर खड़ा देख लिया था। ऐन थोड़ी देर पहले वह जो देख रही थी, उसे एक पति की नज़रों से देखते हुए। उसके देखे की जासूसी करते हुए। उसके रहस्य को उससे छुपकर खोलने की कोशिश करते हुए। दोपहर की धूप में कुछ भी नहीं छुपता। वह हमारी सारी गहराइयाँ उतार फेंकती है, जिसे पानी के आवरण में हम छुपाने की कोशिश करते हैं। गौरी हँसी। मैं सहसा सिटपिटा गया। मैं उसे छूना चाहता था। अपने स्पर्श का भुलावा देना चाहता था। एक रोमिल आश्वासन भर। वह छिटककर दूर निकल गयी। मैं बिस्तरे पर निढाल पड़ गया।

मुझे बार-बार लग रहा था कि मैं गौरी की निगाह में गिर गया हूँ। मैं बहुत ओछा क़िस्म का इंसान हूँ। मुझे याद आया, शादी के कुछ ही दिनों बाद किसी छोटी-सी बात पर नाराज़ होकर मैंने गौरी को एक चाँटा मार दिया था। इसके अलावा भी बहुत-सी बातें। इस वक़्त यह सारी बातें मेरे दिमाग़ में नाचने लगीं। मैं इस निष्कर्ष पर पहुँचा कि मैं एक नालायक़ पति हूँ। मसलन मैंने शादी के बाद से गौरी को अपनी कमाई से एक अदद साड़ी तक नहीं लाकर दी। माना कि इस घर में मैं इकलौता कमासुत आदमी हूँ और जो कुछ भी होता है मेरी ही कमाई से, फिर भी एक पत्नी को इस बात की बड़ी चाह होती है कि उसका पति उसे शादी की वर्षगाँठ

पर एक साड़ी लाकर दे। तिस पर भी गौरी ने कभी तिरछी निगाह से मुझे नहीं देखा। वह दुख में सुख में सदैव हँसती रहती है। आदि। निश्चित तौर पर मैं एक नालायक़ पति हूँ। नालायक़–नालायक़। मैं बार–बार इस शब्द को दुहराता रहा। मेरे दिमाग़ में इस शब्द की बनावट और लिखावट साफ़–साफ़ अंकित हो गयी। (सुभाष दा की उँगलियाँ, खटाखट : 'ना–ला–य–क़'।) बार–बार दुहराते रहने से थोड़ी देर में 'नालायक़' मुझे एक मसखरा शब्द प्रतीत होने लगा। उसकी बनावट से मुझे हँसी आने लगी। 'ना' तक तो ठीक है लेकिन 'ला' और इसके बाद 'य' और 'क़' की जुगलबन्दी मुझे गुदगुदा रही थी। निश्चित रूप से किसी कुदरती चीज़ की कमी थी इस शब्द में, जो बारहाँ मुझे हँसाये जा रही थी। ओफ़्फ ये 'नालायक़'! (सुभाष दा खाँसने लगे। करबी दी, "पानी पी ले सुभाष।")

फिर मैं सजग हुआ। मैंने नये सिरे से कोशिश की कि इस शब्द को परे ठेलकर गौरी के प्रति अपनी तमाम क्रूरताओं का विश्लेषण करूँ। हाँ, तो उदाहरण के लिए आज सुबह झकझोरकर उसने मुझे जगा दिया... नालायक़... महत्त्वपूर्ण यह नहीं कि उसने जगा दिया। महत्त्वपूर्ण यह है कि वह हँस रही थी... नालायक़... ग़ौर कीजिए यह कोई ऐसी–वैसी बात नहीं... जैसा कि रिवाज़ है, वह अपना घर–बार... आत्मीय स्वजन, बन्धु–बान्धव, सबको छोड़कर यहाँ रहने आई... नालायक़... किसके भरोसे?... मैं पूछता हूँ किसके भरोसे? तो ग़ौर करना चाहिए कि... नालायक़... उँह; ग़ौर करना चाहिए कि... अच्छा आप ही बताएँ कि क्या एक पत्नी अपने पति के साथ एक अदना–सा मज़ाक भी नहीं कर सकती? हद है... नालायक़... इसमें ग़ुस्साने की, उस पर चीखने–चिल्लाने की क्या बात है? ...मैं पूछता हूँ क्या बात है? ...नालायक़...।

'नालायक़' शब्द से मेरा पीछा नहीं छूट रहा था। इस पिद्दी शब्द पर आकर मैं हैंग हो गया। ठीक से विचार–विमर्श नहीं कर पा रहा था, किसी निष्कर्ष पर नहीं पहुँच पा रहा। मैंने ज़ोर से अपना सिर झटक लिया। एक झटके के साथ अचानक कल्याणी फास्ट रुक जाती है तो भीड़ से 'क्या हुआ क्या हुआ' का शोर उठने लगता है। मैं ही नहीं, गेट पर लटके पाँचों लोग झाँककर देखते हैं : रेड सिग्नल।

"क्या हुआ?" मेरे पीछे खड़े मधुकर दा पूछते हैं।

"सिस्टम हैंग कर गया लगता है।" मैं हँसता हूँ। मधुकर दा नहीं हँसते।

इतने में रेड सिग्नल होने के बावजूद प्लेटफ़ॉर्म सिग्नल मिल जाता है और कल्याणी फास्ट सामने आधे किमी की दूरी पर नज़र आते हॉल्ट तक के लिए रेंगने लगती है। प्लेटफ़ॉर्म सिग्नल तभी मिलता है जब लाइन में कोई गड़बड़ी हो और

कम-से-कम आधे घंटे तक उसके ठीक-ठाक होने की उम्मीद नहीं। मधुकर दा नाटे क़द के होने के कारण प्लेटफ़ॉर्म सिग्नल नहीं देख सके। गाड़ी को रेंगते देख पूछे, "क्या हुआ?"

"प्लेटफ़ॉर्म सिग्नल। मतलब एकाएक लोडशेडिंग हो जाए तो दस-पाँच मिनटों के लिए जैसे कम्प्यूटर यूपीएस पर चलता है न! ...या फिर समझिए सिस्टम सेफ़ मोड में चल रहा है।" मैं फिर से हँसता हूँ। मधुकर दा फिर से नहीं हँसते। सीधे-सादे आदमी हैं। कल्याणी में ही रहते हैं, चाँदनी चौक में एक दैनिक में काम करते हैं। उनकी नौकरी अलग-अगल शिफ़्टों में होती है। जब दस बजे वाली शिफ़्ट हो, हम साथ ही जाते हैं। हाल ही में उनके यहाँ इतवार की छुट्टी ख़त्म कर दी गयी थी। तब से मधुकर दा नहीं हँसते। हफ़्ते में सातों दिन काम पर जाते हैं। बिना हँसे।

"कुछ पता चला?" मधुकर दा पूछते हैं।

"पता नहीं, शायद लाइन क्लियर नहीं, इसलिए।" मैं कहता हूँ।

"नहीं-नहीं, मैं तुम्हारे दफ़्तर की बात कर रहा हूँ। सुनो, अख़बार में काम करता हूँ, इसलिए पता है। ख़बर पक्की है। आज नहीं तो कल, तुम्हारे यहाँ भी। देख लेना।" मेरे ठीक पीछे खड़े मधुकर दा अपनी गरदन उचकाकर मेरे कान में लगभग फुसफुसाते हुए कहते हैं। गाड़ी अब तक प्लेटफ़ॉर्म पर पहुँच चुकी है। कुछ लोग उतरकर खड़े हो जाते हैं। थोड़ी जगह मिल जाती है तो हम भीतर हो लेते हैं। एलआईसी में काम करने वाले एक इटैलिक आदमी (दरअसल उसके हाथ-पाँव की हड्डियाँ कुपोषण की वजह से टेढ़ी पड़ गयी थीं, इस वजह से आपसी बातचीत में हम उसे 'इटैलिक' कहते) ने बैग से स्टील का लंच बॉक्स निकाला और उस पर उँगलियों में पहने 'ग़ुस्सा कंट्रोल छल्ले' से तबला जैसा बजाने लगा। थोड़ी देर बाद उसके पीछे खड़े नाटे क़द के एक आदमी ने बायाँ हाथ दायीं काख में दबा-दबाकर एक अजीबोग़रीब आवाज़ निकालनी शुरू कर दी। खिड़की के पास बोल्ड आदमी (गहरे वर्ण का होने की वजह से बोल्ड) को कुछ और नहीं सूझा तो ट्रेन की इस्पाती दीवार ही पीट-पीटकर ताल मिलाने लगा। धीरे-धीरे पूरे डब्बे में बात फैल गयी। सभी एक सुरताल में नाचने-गाने लगे। कोई चुटकी बजा रहा है, कोई ताली, कोई सीटी। कोई फुटबोर्ड पर पैर पटक रहा है तो ऊपर लटके हैंगरों को एक-दूसरे से टकरा रहा है। सुन भाई, सुन बन्दे! लगवा दिया लगवा दिया, कल्याणी फास्ट ने आज लेट-कमिंग लगवा दिया। ऐ मुच्छड़ मेरे दोस्त, ऐ साथी मेरे गंजे : संडे हो या मंडे रोज़ खाओ अंडे। ख़ुद से लेट होने की हिम्मत नहीं पड़ती,

टाइम पे पहुँच जाते हैं गरमी हो या सरदी। आज यह सपना भी पूरा हुआ। ऐ साफ़-सुथरे भाई, ऐ भाई मेरे गन्दे : संडे हो या मंडे...।

मेरा घर कल्याणी में है और दफ़्तर कोलकाता में। आस-पड़ोस में जितने भी नौकरी-पेशा लोग, सबका दफ़्तर कोलकाता में। कोई पूछता है कि कहाँ जा रहे हो तो दफ़्तर वाली बात के विस्तार में न जाकर कहता हूँ, कोलकाता जा रहा हूँ। पूछने वाला कोलकाता मतलब दफ़्तर समझ जाता है। प्रेस कॉपी में दफ़्तर की जगह कोलकाता शब्द रखने के प्रचलन के पीछे एक समझदारी यह भी कि किसी का नौकर नहीं हूँ। कोलकाता एक महानगर है। दस तरह के काम-काज हैं। घूमता-फिरता रहता हूँ। नौकरी नहीं करता जी। बिजनेस करता हूँ। बिज़ी रहता हूँ। फ़ुर्सत नहीं फालतू के कामों के लिए। अपने पैरों पर खड़ा हूँ। किसी का मुखापेक्षी नहीं हूँ। इज़्ज़त की रोटी खाता हूँ। आदि।

लेकिन इसमें यह भी एक ख़तरा कि दफ़्तर से एक सीएल लेकर वाक़ई कभी तफ़रीह के लिए या किसी रिश्तेदार से मिलने कोलकाता जाऊँ तो दफ़्तर जाता समझ लिया जाता हूँ। बिना पूछे लोगों को बताता रहता हूँ कि आज तो अमुक भाई साब से मिलने जा रहा हूँ या सुना है अमुक जगह बहुत सुन्दर है, फ़ैमिली के साथ घूमने जाता हूँ। तिस पर भी कोई न कोई ज़िद्दी ऐसा कि टोक ही देता है, दफ़्तर जा रहे हो क्या? 'बिल्ली ने रस्ता काट दिया' जैसे एक मुहावरेदार वाक्य पर सुभाष दा अपना सर धुनते हैं। (करबी दी, "क्या हुआ सुभाष, आर यू ऑलराइट?") प्रूफ देखते हुए एक शब्दकोश से उकताकर दूसरे शब्दकोश की तरफ़ जाता हूँ। उदाहरण के लिए दफ़्तर न जाकर कहीं घूमने-फिरने जाना। यदि मंगलवार को दफ़्तर न जाकर कहीं घूमने-फिरने के लिए कोलकाता जाऊँ तो कोई टोके या न टोके, ख़ुद ही लगने लगता है कि दफ़्तर जा रहा हूँ। मैं ज़िद नहीं करता। अपने को समझाता हूँ कि फाइनल प्रूफ में मंगलवार की जगह इतवार जैसा शब्द रख देने मात्र से आज भर दफ़्तर की छुट्टी निकल आती है और मुझे दफ़्तर नहीं, कहीं घूमने-फिरने जाना है। घूमने-फिरने के लिए मंगलवार की नहीं, इतवार की ज़रूरत पड़ती है। इतवार को कल्याणी फास्ट में जिसे पाऊँ वह घूमने-फिरने जाता हो। इतवार को कल्याणी फास्ट में मधुकर दा को कभी न पाऊँ।

कभी दफ़्तर नहीं जा पाता तो वहाँ मेरी कुर्सी ख़ाली रहती है। इस रोज़-रोज़ दफ़्तर जाने के चक्कर में जिन जगहों पर कभी नहीं जाऊँगा, वहाँ हमेशा मेरी

अनुपस्थिति मेरा इन्तज़ार करेगी। दफ़्तर में दस बजे तक मेरा पहुँचना एक नियत बात है। दस बजे के पहले मेरे लिए कोई फोन आये तो घंटी बजती रहती है, कोई उठाता नहीं। कभी-कभी मैं ख़ुद ही फोन करके देख लेता हूँ कि मेरी अनुपस्थिति कैसे बजती है। किसी एक दिन दफ़्तर नहीं जाकर दूसरे दिन दफ़्तर पहुँचूँ तो सारे कुलीग चिन्तित होकर पूछते हैं कि क्या हुआ था, बुखार तो नहीं अथवा पत्नी की तबीयत, सब ख़ैरियत तो है आदि। किसी को यक़ीन नहीं होगा अगर कहा जाए घूमने-फिरने गया था, चाहे यक़ीन हो भी तो हद से हद दीघा-डायमंड हार्बर तक सोच सकते हैं। कहा जाए मसूरी गया था या कल्पना कीजिए ऊटी तो सब हँसने लगेंगे कि भई वाह, तुम्हारे सेंस ऑव ह्यूमर का क्या कहना! (मॉरिशस या स्विटज़रलैंड तो मेरे ही विंडोज़-एक्सपी के मेमोरी रैम में फीड नहीं होगा। सॉरी, मोर दैन 512 मेगाबाइट्स, ट्राई अनदर डिस्क!) मेरी नौकरी एक ऐसा खूँटा है जिससे बँधकर मैं सपत्नीक मिलेनियम पार्क, नन्दन या प्रिंसेप घाट तक घूम-फिर के लौट आता हूँ। कभी बिना बताये दो-तीन दिन तक ग़ायब रह जाऊँ तो समझ जाइए, राम नाम सत्त है!

यह मैं पहले ही कह चुका हूँ कि दफ़्तर जाना ऐसा कतई नहीं कि घर का दरवाज़ा खोला और दफ़्तर के अन्दर आ गये। घर के दरवाज़े से निकलकर दफ़्तर के दरवाज़े तक पहुँचने के लिए दुनिया में न जाने कितने दरवाज़े खोलने-बन्द करने होते हैं। इस वजह से घर से निकलकर दफ़्तर को मेरा जाना, देर तक दिखने वाला जाना बना रहता है। दफ़्तर जाते हुए दुनिया के खुले ख़तरनाक में मैं इतनी देर तक इतना स्पष्ट और स्थिर दिखता हूँ कि कोई नौसिखिआ भी आसानी से मुझ पर निशाना साध सकता है। ऐसे में कई-कई दिन तक मेरी लाश मुर्दाघर में लावारिश पड़ी रहेगी। घर और दफ़्तर के बीच मेरी बॉडी पर किसी का दावा नहीं बनता। वहाँ मेरा कोई बॉस नहीं, कोई पत्नी नहीं, होने वाली उस बिटिया से भी कोई रिश्ता नहीं जिसका नाम मैंने अभी से सोच रखा है। वहाँ मैं अपनी जमानत पर ख़ुद हूँ।

शाम को नियत समय पर दफ़्तर के दरवाज़े को खोलकर घर के लिए चलता हूँ। सड़क का दरवाज़ा खोलकर सड़क पर चलने लगता हूँ। सड़कों के दोनों तरफ़ महँगी दुकानों के दरवाज़े हैं : शीशे के इतने पारदर्शी कि मुझ जैसे आदमी के लिए भी खुले होने का भ्रम रचते हैं। मैं जानता हूँ कि इन दरवाज़ों की चाबी मेरी जेब में नहीं आ पाती। खुल जा सिम-सिम जैसा कोई मन्त्र भी काम नहीं आता। (सॉरी, पासवर्ड इज़ नॉट करेक्ट, प्लीज़ ट्राई अगेन!) मैं परवा नहीं करता, लेकिन मन को एक चोट पहुँचती है। इस तरह रोज़-रोज़ अपमानित होता हूँ। बस के दरवाज़े से

बस में चढ़ता हूँ। ट्रेन का दरवाज़ा खोलकर उतरते हुए प्लेटफ़ॉर्म के दरवाज़े से टकराते–टकराते बचता हूँ। घर पहुँचकर घर का दरवाज़ा खटखटाता हूँ। गौरी घर का दरवाज़ा खोलकर सारे घर को मुझसे भर लेती है। घर में घर भर मैं। कल्पना करना बड़ा मुश्किल कि जब मैं घर में नहीं होता तो घर कैसा दिखता होगा। घर में गौरी इतनी दबी–छुपी रहती है कि आसानी से पकड़ में नहीं आती। मेरे लिए चाय बनाती है तो ख़ुद भी थोड़ा–सा ले लेती है। मुझे बैंगन नहीं पसन्द तो वह ख़ुद के लिए भी बैंगन नहीं बनाती। मुझे पता नहीं चलता उसे अलग से क्या पसन्द है। वह सब्ज़ी लाने के लिए मुझे झोला पकड़ा देती है कि अपनी पसन्द का जो भी लाओगे राँध दूँगी। मैं घर का दरवाज़ा खोलकर बाज़ार जाता हूँ। बाज़ार जाना इतना सुविधाजनक है कि जितनी बार बाज़ार जाऊँ, बाज़ार जाना बचा ही रहता है। रात का खाना खाने के बाद बिस्तरे का दरवाज़ा खोलकर पड़ रहता हूँ। गौरी फुटकर काम निबटाकर आदतवश एक बार सदर दरवाज़ा देख आती है कि ठीक से बन्द है कि नहीं। उसके लेटने आने तक मैं किताब का दरवाज़ा खोलकर कहानियाँ पढ़ता रहता हूँ। ठीक समय पर नींद का दरवाज़ा खोलकर सो जाता हूँ। सपने का दरवाज़ा खोलकर गौरी को चूमता हूँ। उसके अश्लील पेट और नाभि प्रदेश के बारे में सोचते–सोचते एक कीड़ा बन जाता हूँ। उसकी देह का दरवाज़ा खोलकर धीरे–धीरे भीतर का चमकीला अँधेरा कुतरता हूँ।

बिस्तरे में चित्त लेटकर मैं छत को एकटक देख रहा था। एकाएक मुझे लगा मेरी निगाहें अपेक्षाकृत धुँधली हैं और मैं छत को ठीक से पकड़ नहीं पा रहा (यह दरअसल सोच से बाहर के समय का मन्थर प्रवाह था। ईर्ष्या की तरह टिमटिमाती सोच से बाहर की रोशनी; जिसमें छत थी, गौरी थी, कमरे से बाहर धूप लहकती थी : इतवार की अलसायी दोपहर)। मुझे लगा मैं छत के मूल को पकड़ नहीं पा रहा। कभी–कभी प्रूफ पढ़ते हुए अचानक मेरा मन टेक्स्ट से उखड़ जाता है। तब सिर्फ़ शब्दों की बनावट, बनावट की ग़लतियाँ भर पकड़ में आती हैं। (दरअसल प्रूफ रीडिंग में इतने से ही काम चल जाता है, ज़रूरत पड़ने पर मैं अड़ सकता हूँ कि लिंग्विस्टिक सरफेस से आगे का काम एडिटिंग सेक्शन को रेफ़र किया जाए!) इस तरह पूरी कहानी पढ़ जाता हूँ लेकिन उसका कथानक पल्ले नहीं पड़ता। छत को एकटक देखते हुए मैंने अपनी समस्त शक्ति छत के सारांश को पकड़ने में लगा दी।

"खाना लगा दूँ?" गौरी ने पूछा। मैंने गौरी को देखा। कहीं ऐसा तो नहीं कि

इतने साल साथ-साथ रहने के बावजूद मुझे नहीं पता गौरी नामक टेक्स्ट का कथानक क्या है! मैंने ज़ोर से सिर झटका। नहीं, मैंने गौरी को अच्छी तरह पढ़ा है, उसके सारे रहस्यों से वक़िफ़। मसलन वह सपने में किसे चूमा करती है या खिड़की से बाहर चुपचाप किसे देखा करती है आदि। जानने के इकहरे दर्प से मैं भर गया। हम एक ख़ास क़िस्म की ज़िन्दगी अपने लिए चुन लेते हैं, हालाँकि जो हमारी ज़िन्दगियाँ नहीं हैं उन्हें थोड़ा-थोड़ा जानते ज़रूर हैं। हम थोड़ा-बहुत जानते हैं कि एक नेता या अभिनेता की ज़िन्दगी कैसी होती है (यह जानना हमें समय-समय पर अपनी ज़िन्दगी से सन्तुष्ट करता चलता है, मसलन मधुकर दा की ज़िन्दगी के बरक्स मेरी ख़ुद की ज़िन्दगी)। कुछ इसी प्रकार का आधा-अधूरा जानना मुझे तुष्ट कर गया कि गौरी की ज़िन्दगी कैसी है। फिर भी एक संशय हमेशा बना रहता है कि प्रेस को सौंपी गयी बटर कॉपी में कहीं कोई भूल न चली गयी हो। हम अपने मन को समझाते हैं कि इसका कोई अन्त नहीं, जितनी बार प्रूफ देखा जाए कुछ-न-कुछ निकल ही आता है। मसलन हम दावे के साथ अन्त तक नहीं कह सकते कि जहाँ अल्पविराम लगा है वहाँ पूर्णविराम हरगिज़ नहीं हो सकता था। आदि।

खाना खाकर मैं बिस्तरे पर लेट गया। कमरे से बाहर चकाचक धूप थी। गौरी ने आकर खिड़की-दरवाज़ा उढ़का दिया। कमरे में झिरी अँधेरा हो गया। गौरी मेरे पास ही लेट गयी। मैं उसकी तरफ़ करवट लेकर उसे देखने लगा। वह चित्त सोयी थी। उसकी आँखें बन्द थीं। आँखें बन्द किये-किये वह मुस्कराने लगी। वह न जाने कैसे जान गयी थी कि मैं उसे देख रहा हूँ। मैंने उसे कमर के पास गुदगुदा दिया। उसने मेरी तरफ़ करवट ले ली। उसके चेहरे पर पसीने की हल्की चिकनाई थी। ललाट पर, पलकों की पीठ की गझिन-मुलायम झुर्रियों में, नाक के नीचे ऊपरी होठ के ऐन ऊपर टाई की शक़्ल वाली गड़ही में, ठुड्डी के कटाव में पसीने की झिलमिल थी। साँस लेने की वजह से बायीं छाती के ऊपर का तिल पसीने से जलता-बुझता था। काँख के पास ब्लाउज़ गीला था।

थोड़ी देर बाद मेरी आँखों में नींद के खुरदरे लाल रेशे लहकने लगे। दृश्य खिंचा-खिंचा लगने लगा। मैंने आँखें बन्द कर लीं। बन्द आँखों का रंग ललौंसा उजास लिये हुए था। इस रंग को मैं बचपन से देखता आया हूँ। धूप में खड़ी गौरी के कानों के लव का रंग या जैसे एक झीनी सफ़ेद साड़ी के नीचे झलकता नारंगी रंग का पेटीकोट। लाल नीला हरा सफ़ेद काला जैसे मोटे रंगों के नाम ख़ूब जानता हूँ। पीला आसमानी गुलाबी आदि फीके और मिलावटी रंग भी पहचान लेता हूँ। आसमान का रंग गौरी की रंग-छुटी नाइटी की तरह है। ले-आउट डिज़ाइनर

मोहान्ती बताता है कि आजकल और भी कई आधुनिक और जटिल रंगों की उत्पत्ति हो गयी है। पसीने का रंग कैसा होता होगा : पर्पल, पिच या टेरेकोटा शेड में? मसलन ओसारे की चौकी मेज़ेंटा धूप से रँगी है। पिछले दोल मेले में एक मरून शर्ट ख़रीदी। तालाब में गोता लगाकर आँखें खोलने का रंग स्यैन और हरे का मिला-जुला रंग है। आदि। दोपहर का रंग आधुनिक नहीं है, लेकिन उसका नाम नहीं जानता। दोपहर के सुनसान में भर पेट खाकर पत्नी के साथ लेटने का भी कोई रंग होता है क्या : मोहान्ती से पूछूँगा।

गौरी को सोता देखकर यह धोखा हो जाता है कि वह जाग रही है। सोते में कभी उसके मुँह से एक मरी हुई कुनमुनाहट निकलती है : दो-चार नुचे-चिंथे शब्द, आपस में गुत्थमगुत्था और हतप्रभ : जैसे अक्षरों के बीच स्पेसिंग-लीडिंग कम कर दी गयी हो। उसकी पलकें फड़कतीं। भूल-बिसरा दिये गये छोटे-छोटे सपने। क़ायदे से वयस्क सपने भी नहीं, जैसे सपने का अदना-सा बच्चा : सपनी!

मैं उठकर खिड़की के पास चला आया। धीरे-से खिड़की के पल्लों को खोला। चारों तरफ़ की चुप्पी और सुनसान के बरक्स मेरा इस तरह उठकर खिड़की के पास आना हवा के फेफड़ों में दर्द के मारे बौखला गया। मैं चुप था। कहीं दूर से मेरा चुप होना उड़ता हुआ आता था। बाहर ओसारे में ओसारा भर दोपहर, सीढ़ी से उतरकर आँगन में आँगन भर। इधर-उधर सूराख़ों से, ऊपर के खुले से दोपहर भभकी पड़ रही है। हैंडपम्प के पास रखे कुकर तसली बटुली चम्मच में कुकर तसली बटुली चम्मच भर दोपहर। हैंडपम्प से निकली मोरी से दोपहर छुल-छुल बह रही है। अहाते पर से बाहर को दोपहर के कूदने की आवाज़ आती है : डुबुक... टप्प! कमरे में गौरी की साँसों की कमसिन आवाज़ें हैं। जागे हुए के कारण मैं अपनी साँसें जान-बूझकर इधर-उधर भटकाकर छोड़ता हूँ ताकि आवाज़ न हो और गौरी की नींद न टूट जाए। कभी-कभी ग़लती से मेरी साँस कमरे की किसी ठोस वस्तु से टकराकर छन्न-से बजती है। मैं अफ़सोस करता हूँ। कहीं दूर से मेरा अफ़सोस करना उड़ता हुआ आता है।

दरअसल गौरी को सोता देखकर मेरा मन उसके प्रति कृतज्ञता से भर उठा था। (बेबी पिंक कलर की कृतज्ञता, हे-हे!) अचानक मुझे उसकी देखभाल की ज़िम्मेदारी बढ़-चढ़कर महसूस होने लगी। यह इसलिए भी हो सकता है कि सोते हुए उसका चेहरा विकारहीन और अपेक्षाकृत ज़्यादा वेध्य लग रहा था। मैं कोशिश कर रहा था कि किसी भी हाल में उसकी नींद पूरी होने से पेश्तर न टूटे। इसके लिए मैंने अपने आवश्यकता से अधिक हिलने-डुलने पर रोक लगा दी थी। बहुत ज़रूरत

पर ही मैं चलता, दबे पाँव। खिड़की के बाहर के दृश्य को दिलदारी से देखने की जगह फर्स्ट रीडिंग की तरह मैंने अपनी दृष्टि मोटी-मोटी और पहली ही नज़र में आ जाने वाली चीज़ों तक महदूद कर दी। मैं किसी भी बात पर सूक्ष्मतापूर्वक विचार करने से ख़ुद को निर्ममता से एडिट करने लगा। ज़्यादातर मैंने उन्हीं चीज़ों को अपनी सोच का विषय बनाया जो आकार में बड़ी और महत्त्वहीन हो जाने की हद तक जानी-पहचानी हों—मसलन पेड़, फल, ऐन चौराहे पर आयुर्वेदिक औषधियों और जड़ी-बूटियों की दुकान, मंसूर मियाँ की कानी घोड़ी, ग्वालों के हुड़दंगिये बच्चे।

थोड़ी देर बाद मैंने महसूस किया कि मैं एक बेजोड़ मन्थरता से भर गया हूँ। दोपहर की चुस्सड़ उमस में मेरी सारी तरलता जाती रही थी। मेरी हड्डियाँ तक अकड़ने लगीं। जम्हुआई रोकना भी भारी पड़ रहा था। गौरी नींद में ग़ाफ़िल थी और मैं खिड़की पर खड़ा अपने आपसे जूझ रहा था। भीतर कहीं दबे-छुपे मैं असन्तुष्ट था, उस दबाव से जो घर में रहते हुए चौबीसों घंटे मुझे बाँधे रखता है। मन के धूसर में बासी हवाएँ गूमड़ बनाती हैं। हर घड़ी हमें ख़्याल रखना पड़ता है कि एक अदद ग़लत झोंका सम्बन्धों की दरारों में घुस बैठी चिंगारी को हवा दे सकता है। दफ़्तर में हमारी रुद्ध उत्तेजनाएँ गरगर बहने लगती हैं। किसी भोंडे मज़ाक पर, दकियानूसी छींटाक़शी पर हम हो-हो कर हँसते हैं। सहकर्मियों पर अश्लील फ़िकरे कसते, लतीफ़े बनाते। दफ़्तर में काम करने वाली लड़कियाँ भी भरपूर साथ देतीं। बाल की खाल निकालतीं। जान-बूझकर ग़लतफ़हमी पैदा करतीं। द्विअर्थी संवादों में ख़ूब मज़ा लेतीं। हम सब उनका दिल रखने के लिए एक-दूसरे को अपना रक़ीब मानते। (सुभाष दा और करबी दी वाला मामला जग-जाहिर की तर्ज पर ऑफ़िस-ज़ाहिर था, इसलिए वे दोनों इस खेल से बाहर।) लंच आवर में कट चाय पिलाकर उनके शंकालु पतियों की बात नहीं करते। इससे वे हमें पजेशिव मानतीं, ख़ुश होतीं। सबका अपना घर-बार (करबी दी का भी)। चिन्ताएँ। छाई-तीन महीने की मेटरनिटी लीव में शॉर्ट-टर्म माँ बन जातीं। इस तरह सिर्फ़ दो बार, यानी ज़िन्दगी में कुल छह महीने दो बच्चों के लालन-पालन-पोषण के लिए। हम दो हमारे दो। बच्चे बड़े हो जाते। माँ को पहचान लेते ठीक-ठीक। याद रखते।

'घड़ी ने दो बजायी' जैसे एक वाक्य की बनावट पर सुभाष दा खिसिया जाते। 'सोते हुए उसने एक भारी उसाँस भरी' जैसे एक पुरानी शैली के छायावादी वाक्य पर उन्हें अफ़सोस होता। कहीं कोई ग़लती दिख जाती तो वे उसके लेखक

को गरियाते जिसने बिना रिवाइज़ किये ही प्रेस कॉपी भेज दी थी। 'कमरे का तापमान' और 'देह की धूप' जैसे आलंकारिक पदबन्धों पर उनकी हँसी रोके नहीं रुकती। हँसते हुए वे बीड़ी सुलगाते हैं। हँसते हुए वे खाँसने लग जाते हैं। एक अदद ऊटपटाँग वाक्य भी बर्दाश्त नहीं कर सकते। खाँसते-खाँसते बेहाल हो जाते। (करबी दी, ''मर क्यों नहीं जाता मरदूद! छुट्टी मिले तुझे भी और मुझे भी।'') ज़िन्दगी प्रूफ कॉपी नहीं जिसमें ग़लतियाँ सुधारने की मोहलत हो। 'अन्त तक कुछ नहीं बदलता' जैसे एक फ़ैसलाकुन वाक्य से सुभाष दा की आँखें धुआँ जातीं। फेफड़े जर्जर होते जाते हैं। चश्मे का पावर बढ़ता जाता है।

गौरी गौरी!

गौरी अभी भी नींद के कीचड़ में सनी हुई। धीरे-धीरे दोपहर ढल रही थी। धूप का अभिमान भाप बनकर उड़ता जा रहा है। घंटे-डेढ़ घंटे में यह धूप किसी माँ-मरी बच्ची की तरह हो जाएगी : उदास, शान्त। कमरे की गाढ़ी हवा में बहुत सारे 'मन उदास है' इधर-उधर उड़ रहे हैं। ये सारे शादी के बाद से आज तक के कभी मेरे कभी गौरी के कहे-अनकहे 'मन उदास है' हैं। मैं बहुत क़रीब से गौरी के ग़ाफ़िल चेहरे को देखता हूँ। खिड़की के खुले पल्ले से होकर एक 'भूल स्वप्न' आकर गौरी के चेहरे पर बैठ जाता है। मैं उड़ाता हूँ तो वह इधर-उधर उड़कर वापस वहीं बैठ जाता है (जैसे टेलीफोन के सन्दर्भ में रांग नम्बर, कम्पोज़िंग में रांग फोंट, वैसे ही सपने के सन्दर्भ में भूल स्वप्न। मैं बग़ैर एडिटिंग सेक्शन से कंसल्ट किये यह शब्द गढ़ता हूँ और उदास हो जाता हूँ)। अपनी देह में हर कहीं : गर्म गुदाज अंगों, रन्ध्रों, उँगलियों के जोड़ों, गोरे टखनों, गम्भीर जाँघों : हर कहीं गौरी सो रही है। ख़ून की तरह गाढ़ी दोपहरी नींद। उसे सोता देखकर मैं उदास हो जाता हूँ कि दुनिया में हर कहीं गौरी सो गयी है और अब मैं दुनिया में निपट अकेला जगा हुआ हूँ।

मैं कमरे से निकलकर बाहर आ जाता हूँ। मेरे पीछे कमरा छूट जाता है, नये-पुराने तमाम 'मन उदास है' छूट जाते हैं। नींद के कीचड़ में लथपथ गौरी छूट जाती है। 'हर इतवार को गौरी को प्यार करता हूँ' पीछे छूट जाता है। 'हर इतवार को गौरी के बारे में सोचता हूँ कि बेचारी को हर दिन एक-सा जुते रहना पड़ता है' पीछे छूट जाता है। 'थोड़ा पुरा-पड़ोस घूम आता हूँ। सबसे हालचाल पूछ आता हूँ। किसी की ग़मी में शामिल होता हूँ। नरेन दा की बेटी की शादी के कार्ड का प्रूफ देख आता हूँ।

नरेन दा चाय पीकर जाने को कहते हैं तो मैं कहता हूँ, अरे नहीं-नहीं।' आदि सब भी पीछे छूटकर इतिहास बन जाते हैं। भूगोल में मैं आगे और आगे बढ़ता जाता हूँ। दफ़्तर से लौटते मधुकर दा मिल जाते हैं। मैं मधुकर दा को ख़बर देता हूँ कि आपकी बात सच निकली। मधुकर दा सपन के बारे में सुनाते हैं कि अभी उसकी उमर ही क्या थी। अगले वैशाख में सपन की शादी गोप बाबू की मँझली लड़की से होनी तय थी। सपन के बारे में बातें करते-करते हम दोनों आगे बढ़ते हैं तो कहीं दूर सँझापूजन का शंख बजता सुनाई पड़ता है। 'एक लड़की की माँ गुलाबी रिबन लगाकर उसकी चोटी गूँथती है' सुनाई पड़ता है। गोप बाबू घमौरियों से भरी अपनी पीठ पर नाइसिल पाउडर छोपकर साइकिल से बाज़ार जाते दिख पड़ते हैं। मधुकर दा पूछते हैं कि क्या मैंने गौरी को बता दिया। मैं कहता हूँ आज उसने अलस्सुबह ही मुझे झकझोरकर जगा दिया था। तभी।

गौरी गौरी।

कल्याणी फास्ट अपनी पटरी पर दौड़ते हुए बढ़ती है। आज खिड़की वाली सीट मिलने से इटैलिक बहुत ख़ुश है। पास ही खड़े बुजुर्ग बार-बार टोकर देख लेते हैं कि कहीं उनकी जेबतराशी तो नहीं हो गयी। 'प्यार किया तो डरना क्या' आज अकेले लौट रहा है, उसकी 'मदर डेयरी' गर्लफ्रेंड आज नहीं दिख रही। और वो देखो फुटबोर्ड पर की इतनी धक्का-मुक्की में भी एक कालेजिया लड़का कानों में ईयरफोन लगाये कैसे बिन्दास खड़ा है! कल्याणी फास्ट में जितने भी लोग बैठे हैं, खड़े हैं, लटके हैं : वे दरअसल इतने सारे लोग नहीं, कुल मिलाकर दिन भर के काम से थका-हारा और अब घर को लौटता एक ही आदमी है।

गौरी नींद में रास्ता देखती है।

(तद्भव में प्रकाशित)

*शीर्षक के लिए श्री रवीन्द्र कालिया का आभार

प्रेमकथा में मोज़े की भूमिका का आलोचनात्मक अध्ययन

(अलेसान्द्रा व कायरा के लिए)

तब मेरी उम्र अठारह साल की थी और मैं समझता था कि मैं मेरे आसपास की चीज़ों को भली-भाँति समझने लगा था।

यह शुरुआती दौर ही था, मतलब मैं अठारह का अभी-अभी हुआ था—मेरे वयस्क जीवन की शुरुआत, कॉलेज के भी वे शुरुआती दिन थे और मेरी एकाध कविताएँ छपनी शुरू हुई थीं।

कविताएँ छपने वाली बात विशेष रूप से महत्त्वपूर्ण है। मतलब होने को तो मेरे संगी-साथी भी अठारह के हुए थे, पूर्णतः वयस्क, और हम सबने एक ही साथ कॉलेज में दाख़िला लिया था, लेकिन सबमें एकमात्र मैं ही था जो लिखता था और तुर्रा यह कि स्थानीय ही सही, पत्र-पत्रिकाओं में छपने भी लगा था। यह कुछ ऐसा था जैसे मेरे पास एक और आँख थी जो ऊँचा और अतिरिक्त देखती थी। मेरा एक अंश हमेशा जैसे किसी विराट सच से मुब्तिला था और वही अंश अपने इर्द-गिर्द के कँगले टुच्चेपन के प्रति मुझमें एक सहानुभूति का भाव भर देता था। मैं सायास कोशिश करता कि छोटी-छोटी दुनियावी बातचीत में भी रुचि लूँ और अपनी आँखों को आसपास की साधारण चीज़ों से हटने न दूँ। उन दिनों अपने साथियों के बीच मैं अकसर 'देखो अभिमान मुझको छू भी नहीं गया' वाले भाव से ऊभचूभ बना रहता था। मसलन, मैं सबसे तपाक से हाथ मिलाता था, बात-बेबात बग़लगीर हो जाता था, ऊँची आवाज़ में बातें करता था, कॉफी-हाउस में ठहाके-कहकहे लगाता था और अगर इर्द-गिर्द लड़कियाँ न हों तो सर्वाधिक अश्लील लतीफ़े मैं ही सुनाता था।

ग़ौर कीजिए यह तब की बात है जब मैं अठारह का अभी हुआ ही था। यह एक ऐसी उम्र है, आप भली-भाँति परिचित होंगे, कि हमारा जीवन धीरे-धीरे शुरू होकर सतरह-अठारह तक आते-आते अपनी गति पकड़ लेता है। इसे अगर उड़ान लेते हुए जहाज़ के रूपक से समझा जाए तो यों कहना होगा कि इस उम्र में हम ज़मीन की सतह छोड़कर फ़्लाइट ले चुके होते हैं। 'छोड़ना' महत्त्वपूर्ण है। मसलन, मेरा चेहरा-मोहरा माँ से मिलता था तो मैंने अपने इस औरताना नक़ूश को छोड़ने की

गरज से मूँछें रख ली थीं, नज़रों को गड़ाकर भौंहों पर बल देकर मैं भरसक बदल जाना चाहता था। कोई और हो जाना चाहता था। हाँ, यह सब एक 'अन्य' (other) रूप अख़्तियार करने की क़वायदें थीं, एक ऐसा 'अन्य' जो अपने आपमें स्वतःसम्पूर्ण था, परिपक्व और वयस्क था। मैं किसी नुक्ते पर देर पूर्ण और दूर तक सोचता और बालकोचित उत्साह में आने से अपने आपको रोकता। मैं तनिक ठहरकर, ज़ेहन में उभरते भिन्न-भिन्न आशयों वाले वाक्यों में से किसी एक सर्वथा उपयुक्त को चुनता और बनी-सधी आवाज़ में कहना शुरू करता। मेरी आवाज़ खनकदार थी और मैं इसे चाकू की तरह नुकीली और धारदार बनाना चाहता।

यानी एक तरफ़ तो मैं सतरह-अठारह साल के लड़कों के बीच एक सतरह-अठारह साल के जवान लड़के की हैसियत से रहना चाहता था (लतीफ़े-कहकहे इत्यादि), तो दूसरी तरफ़ मुझमें उनके बरक्स एक श्रेष्ठताबोध भी था, और मेरे तईं इन दोनों ही मोर्चों पर मैं बख़ूबी सफल था। यह ठीक है कि अठारह की उम्र में कविताएँ लिखना और छपना हू-ब-हू कवि होना नहीं होता। मेरे कहने का मतलब, छपी हुई कविताओं के बल पर कोई चाहे तो कवि कह दे भले, लेकिन मैं अपनी असलियत जानता था। दरअसल, आज अभी अठाइस की उम्र में यह असलियत जितनी साफ़-साफ़ दिख रही है, तब इतनी साफ़ भले न हो, फिर भी मैं आंशिक रूप से जानता था कि मेरी कविताओं में उतरने वाले ज़्यादातर शब्द किन्हीं बड़े और आदर्श नामों की देखादेखी उतरते थे। (उनके, जिन्हें मेरे हमउम्र जानते तक न थे, मैंने उनके समस्त साहित्य को घोंट डाला था, क्या यह बड़ी बात नहीं?) मसलन, यह बहुत मुमकिन था कि 'एषणा' और 'लिप्सा' जैसे चमकते हुए और सजावटी शब्द पहले मैंने कहीं पढ़ा-सुना हो और बाद में सायास अपनी कविताओं में टाँक लिया हो। मेरी तब की कविताएँ इस तरह के बचकाने छद्मों से भरी पड़ी हैं। शायद इसीलिए आज मैं उन्हें किसी को न दिखाऊँ। लेकिन यह सच है कि इस उधारी के बल पर ही सही, तब मैं अपनी उम्र के छोकरों के बीच सबसे अमीर था, माना भी जाता था।

इसका सबसे बड़ा प्रमाण थीं क्लास की लड़कियाँ, जो हमेशा मेरे साथ बनी रहती थीं। इसे यों भी कहा जा सकता है कि मैं हमेशा उन्हें अपने साथ बनाये रखता था। आज स्वीकार करने में अजीब-सा लगता है कि तब हम (मुझ समेत) अधकचरे छोकरे इसे बहुत महत्त्वपूर्ण मानते थे कि कितनी लड़कियों की गुडबुक में आपका नाम दर्ज है। ऐसे होने के कुछ ट्रिक्स हुआ करते थे। मसलन, मैं जानबूझकर किसी ख़ास लड़की में रुचि नहीं लेता था। क्या है कि एक के सर्वांश हासिल करने

के चक्कर में यह भले तय न हो कि आप उसे पा लें, लेकिन यह ज़रूर तय है कि बाक़ियों को आप खो देंगे। इसके अलावा हिंसक और अहिंसक होने के बीच एक ज़बर्दस्त सन्तुलन की दरकार है। मतलब लड़कियों को यह हरगिज न लगने पाये कि आप उनके साथ का बेजा फ़ायदा उठा रहे हैं, लेकिन यह भी हमेशा लगता रहे कि अन्तत: वे एक मर्द के साथ हैं, किसी गुड्डे से दिल नहीं बहला रहीं। मेरा आज भी यह मानना है कि एक लड़के और एक लड़की के बीच और चाहे जो हो ले, दोस्ती कतई नहीं हो सकती (देखें फुटनोट–1) शायद अन्त तक यह न मान पाने के कारण ही मैं तब भी सचमुच का कवि नहीं था, आज भी नहीं। मुझे कहानीकार होना ही बदा होगा।

''जिन दग़ाबाज़ राहों में मैं अपनी राह काटने की कोशिश कर रहा था, मेरे अतीत ने मुझे उसके लिए कतई तैयार नहीं किया था। यूँ नहीं कि मैं कोरी स्लेट था या भोला कुमार। पर मेरे तजुर्बे का सागर उथला था, उसमें गहराई और लहरें नहीं थीं। इस मामले में जो मेरी सीवी थी, वह एक छोटे क़स्बे की सीमित सम्भावनाओं से आबद्ध और परिभाषित थी। ...अनुभव के लिहाज से वही परिचित आहें थीं, जानलेवा नज़रे इनायत, प्रेम के झूठे अफ़साने और प्रेमिकाओं पर घोषित पर न पूरे होने वाले अधिकार। इश्क़ के विषय में मर्द दोस्तों के बीच गर्म जोश और तीक्ष्ण विवाद थे और औरत जात के लिए अथक, न मिटने वाली मुहब्बत का इज़हार। ये भंगिमाएँ आकाश और हवा में चुम्बन तिराने की तरह थीं जिनका कोई ग्राह्य आशिक़ नहीं था। ख़ूब शायरी होती और प्रेम पीड़ा और जुदाई के गीत संगीत। हम अकसर वे मजनूँ थे जिनकी कोई लैला नहीं थी। और अगर कहीं लैला थी तो मजनूँ को काठ मार जाता था। यह बनावटी संसार अन्तहीन था और प्रेमाशा की कोई किरण नहीं थी।''

—राजू शर्मा, कहानीकार, तद्भव–19, सं. अखिलेश, जनवरी 2009

लेकिन चूँकि मैं तब जवान था और मेरे चारों तरफ़ लड़कियाँ भरी पड़ी थीं तो इसे ज़रूर होना था कि उनमें से किसी एक से मुझे मोहब्बत हो जाए, और ऐसा हुआ भी। नाम था बिपाशा बसु।

जी नहीं, आप ग़लत समझ रहे हैं, यह वह फ़िल्मी तारिका नहीं, बल्कि यह जिन दिनों की कहानी है तब तक हिरोइन बिपाशा बसु अभी भवानीपुर कॉलेज में पढ़ती थी और वक़्तन–फ़वक़्तन मॉडलिंग कर लेती थी। जिस बिपाशा से मुझे मोहब्बत हुई

वह भवानीपुर कॉलेज की नहीं, प्रेसिडेंसी कॉलेज की छात्रा थी और मेरे साथ पढ़ती थी जब मैं बीए का छात्र था। यह अलग बात है कि दोनों बिपाशाओं में ग़जब का साम्य था, मसलन दोनों का रंग गोरा नहीं बल्कि चाय की रंगत लिये हुए था, दोनों ही लड़कियों की औसत लम्बाई से थोड़ी ज़्यादा लम्बी और दोनों ही... ख़ैर!

दरअसल आज दस साल बाद यह कहानी लिखते हुए मुझे बड़ी सहूलियत है। आपने ग़ौर किया होगा कि बिपाशा से अपने सम्बन्ध को मैंने 'मोहब्बत' नाम दिया। हिन्दी साहित्य में इसके लिए 'प्रेम' शब्द का प्रचलन है। लेकिन 'मोहब्बत' अथवा 'इश्क़' जैसे शब्द से जिस मेलोड्रामा की अनुभूति होती है, यक़ीन कीजिए 'प्रेम' जैसे छायावादी शब्द से वह कतई सम्भव नहीं। आज दस साल के अनन्तर उस मेलोड्रामा को मैं एक तटस्थ आँख से देख सकता हूँ। बिपाशा के साथ कभी भी 'आईलवयू' कहने-कहलवाने वाला मामला नहीं हुआ। न ही क्लास की बेंचों पर 'वी+के' खुरचने वाली स्थिति ही आई। उस तूफ़ानी उम्र में भी इन सबको मेरे 'वह रहा एक मन और' ने सेंसर कर दिया था। बावजूद इसके अगर मैं इस सम्बन्ध में किसी मेलोड्रामा की ओर इशारा कर रहा हूँ, तो समझना होगा मेरा मन्तव्य कुछ और है।

हालाँकि यह अवान्तर लगे, फिर भी बता देना ज़रूरी समझता हूँ कि उन दिनों मेरे परिवार की आर्थिक स्थिति ठीक नहीं थी और मैं जिस कॉलेज में पढ़ता था, वहाँ मुझ जैसे दो-चार सौ छात्रों को छोड़कर बाक़ी सभी दो से लगाकर चार पहियों पर आते-जाते थे। अब इस रोशनी में देखें तो एंट्रेंस एग्ज़ाम में मैंने टॉप किया था और चूँकि साहित्यिक हलके में जाना जाने लगा था, सो प्रोफ़ेसर्स तक मेरे नाम के आगे 'जी' लगाकर बुलाते थे। अर्थात् अपनी एक कमी—अगर माली हालत का दुरुस्त न होना कमी मानी जाए—को ओवरलैप करने के लिए मैंने अपने दूसरे पक्षों—पढ़ाई-लिखाई में तेज़ होना, कविताएँ लिखना आदि—को अत्यन्त मुखर कर लिया था। अब बिपाशा की बात करें तो वह निहायत ही ख़ूबसूरत थी और दिक़्क़त यह थी कि उसे भली-भाँति पता था वह ख़ूबसूरत है। दूसरे यह कि उसके भाइयों का इम्पोर्ट-एक्सपोर्ट (वह बड़ी अदा से कहती, 'ऐम्पोर्ट-ऐक्सपोर्ट') का बिजनेस था। जनाब, वह मोबाइल का नया-नया दौर था और बिपाशा दस में से उन दो लोगों में से एक थी जिसके पास मोटोरोला का भारी-भरकम सेट हुआ करता था, जो उन दिनों एकमात्र प्रचलन में था। इसके अतिरिक्त। कॉलेज आने-जाने के लिए उसके पास नयी-नकोर इंडिका हुआ करती थी जिसे वह ख़ुद ड्राइव करती थी। तीसरे और सबसे महत्त्वपूर्ण यह कि उसे साहित्य में कोई ख़ास दिलचस्पी नहीं थी। यानी मेरे तमाम

औज़ार—कुल मिलाकर बारह फ़र्स्टक्लास की डिग्रियाँ और पैंतीस कविताएँ—उसके 'एकमात्र' रूप-वलय को बेध पाने में नाकाम थे। (देखें फुटनोट-2)

आप जानते होंगे, कॉलेज लाइफ़ में इश्क़, प्यार, मोहब्बत की तमाम गुंजाइशें रहती हैं। यार-दोस्तों की महफ़िल में बैठे, दोबतिया-तीनबतिया हुई तो पता चलता है यह दुनिया कितनी प्यारी है, मतलब, यहाँ के लोग एक-दूसरे से कितना प्यार करते हैं। छोटी-छोटी बातों में प्यार उमड़ा पड़ता है। ऑफ़ पीरियड में सामने की बेंच पर बैठी कोई अपने बाल सँवार रही है, एकाएक पलटकर देखा, मुस्करा दिया और ''यार मैंने उसकी इस अदा पर दिल दे दिया।'' कोई चलते-चलते मचकी, अगले ही पल उसके हाथों में उसका टूटा हुआ सैंडल। देखने वाले ने देखा और दिल दे दिया। दिल की कुछेक ज़ेरॉक्स कॉपियाँ करा के रख लीं और गाहे-माहे देते-दिलाते रहे। ऐसा अवसर मुझे नहीं मिला था अभी। एक दिन क्या हुआ कि बिपाशा आई और जैसे कि 'हाय-हलो' वाली शुरुआती सीढ़ियाँ उसने पहले से चाँप रखी हों, और अब बार-बार घनिष्ठता को सत्यापित करने की फ़ुर्सत किसे है, और कि मान लेना चाहिए हम अच्छे मित्र हैं, उसने सीधे पूछा, ''तुम्हारा नम्बर क्या है?'' यह एक अप्रत्याशित सवाल था, बाद में मेरी समझ में आया कि वह फोन नम्बर पूछ रही है। मैंने पहले यह कहा कि मोबाइल नहीं रखता (मानो यह विकल्प था मेरे पास कि रखूँ, न रखूँ), फिर आगे वह कुछ और पूछे इससे पेश्तर कड़वापन का दूसरा ग्रास यह कहते हुए निगल लिया कि घर पर भी फोन नहीं है। उसने बिना एक पल गँवाये अपना नम्बर—मेरा मतलब फोन नम्बर—मुझे दिया, इस हिदायत के साथ कि किसी और को न दूँ, साथ ही शाम को सात बजे फोन करने को कहा।

काश कि मेरे पास तब मोबाइल होता! ऐसे में चूँकि उसने ख़ुद अपनी पहल पर मेरा (फोन) नम्बर माँगा था, तो प्रेम में ज़रूरतमन्द की भूमिका उसकी होनी थी। लेकिन मेरे पास फोन नहीं था, सो अब मुझे याद रखना था कि शाम सात बजे उसे फोन करना है। इस तरह इस सम्बन्ध में बिपाशा को शुरू से ही बढ़त हासिल थी। इस बात का अहसास तब और बड़ी शिद्दत से होता जब वह सेल के पास नहीं होती और इधर मैं लगातार रिंग करता परेशान होता रहता, अथवा घर के लोगों के साथ होने की वजह से वह मेरा फोन काट देती (मैं राम काकू के ही एसटीडी बूथ से उसे फोन करता और उसने वही नम्बर मेरे नाम से फीड कर रखा था)। दूसरे दिन कॉलेज में हालाँकि इसकी भरपाई हो जाती जब वह सफ़ाई देने की भूमिका में होती। लेकिन फिर शाम होनी थी और फिर...। दूसरे दिन कॉलेज में फिर...। इस तरह प्रेम में हमारी भूमिकाएँ सुनिश्चित हो गयीं। (देखें फुटनोट-3)

प्रेम के शुरुआती दिनों से हम अकसर अपनी भूमिकाओं को लेकर शशोपंज की स्थिति में रहते हैं—ख़ासकर लड़के। लड़कियों के सामने बड़ी जल्दी अपनी भूमिका की रूपरेखा स्पष्ट हो जाती है; और ज़्यादातर लड़कियाँ चूँकि नियतिवादी होती हैं, अपनी भूमिका को लेकर उनमें सन्तोष रहता है। मसलन, एक बार अगर स्पष्ट हो जाए कि उनकी भूमिका जवाबदेही की है तो इसे लेकर वे बहुत माथापच्ची में नहीं पड़तीं। या तो उन्हें यह स्वीकार होगा, अथवा नहीं। जबकि लड़कों को लगता है कि हो सकता है एक जादू के तहत आगे सब दुरुस्त हो जाए और वे अन्त तक पसोपेश में रहते हैं।

एक और मज़ेदार बात, लड़कियों के सामने अपनी भूमिका जितनी स्पष्ट होती है, उससे कहीं ज़्यादा उन्हें उस लड़के की भूमिका याद रहती है जिसे उन्होंने अपने लिए चुना है (जी हाँ, चुनाव हमेशा वे ही करती हैं, चाहे आप जितनी ग़फ़लत पाल लें कि ये आप हैं जिनकी नज़र उन पर पहले पड़ी है)। और एक बार जब उन्हें अपने प्रेमी की भूमिका का ठीक-ठीक अन्दाज़ा हो जाए, तो बस इतना काफ़ी होता है आगे का कार्यक्रम तय करने के लिए। आप इससे शत-प्रतिशत सहमत होंगे कि लड़कियाँ स्वभावतः ज़्यादा डिमांडिंग होती हैं। यह क्यों कर रहे हो, ऐसा क्यों पहना है, सिगरेट छोड़ दो, चाय कम कर दो आदि सब इसीलिए कि उन्होंने आगे का जो तय कर रखा है उसमें ये सारी चीज़ें फिट नहीं बैठतीं। हाँ, ये माँगें कभी एक साथ नहीं आएँगी, क्योंकि उन्हें पता है उनके प्रेमी को जो भूमिका मिली है, उसके आगे एक साथ सारी बातें रख देने से सारा खेल बिगड़ जाएगा। इसलिए वे अपनी बात रखने के लिए महीनों माक़ूल मौक़े का इन्तज़ार कर सकती हैं—बिना थके, बोर हुए। बिपाशा को पता था कि कितने डिग्री सेल्सियस तक आँच पहुँच जाए तो मुझमें उबाल आ जाएगा, यानी मेरा ब्वाइलिंग प्वाइंट क्या है। वह जानती थी कब उसे अपनी वह बात कहनी है जो मैं मान जाऊँ। जिन बातों को मुझे अभी नहीं मानना था, सही समय आने तक वह इन्तज़ार कर सकती थी।

इस तरह यह भी एक शुरुआत ही थी—एक-दूसरे को जानने समझने की। उन दिनों रोज़ कॉलेज जाते समय एक अजीब-सी ख़ुशी होती, और सनिचर-इतवार या दूसरे हॉलीडेज़ बमुश्किल बीतते। रोज़-ब-रोज़ बिपाशा की कुछ ऐसी झलकियाँ मिलतीं, जिन्हें पहले देखना बाक़ी था (एक अदद देह में देखने को कितना कुछ होता है!)। यह सबकुछ उस डॉ. आदम अजीज के अनुभवों जैसा था जो एक चादर की सूराख़ से कमसिन कुँवारी नसीम गनी की नित नयी झलकियाँ पाता। (देखें, मिडनाइट चिल्ड्रन, सलमान रश्दी)

"धीरे-धीरे डॉ. अजीज के दिमाग़ में नसीम की एक तस्वीर आ गयी, उसके अलग-अलग देखे हुए हिस्सों का एक नामाकूल-सा कोलाज़। एक बँटी हुई औरत की काल्पनिक छाया ने उसे जकड़ना शुरू किया और सिर्फ़ सपनों में ही नहीं, उसकी कल्पना में एक साथ चिपककर वह उसके सारे दौरों पर साथ देने लगी। वह उसके ख़यालों के अगले हिस्से में आ गयी, जिससे कि नसीम की गुलगुली त्वचा की कोमलता को या उसकी नफ़ीस छोटी कलाइयों को या उसकी एड़ियों की ख़ूबसूरती को वह अपनी उँगली के पोरों पर महसूस कर सकता था, वह लैवेंडर और चमेली की उसकी ख़ुशबू सूँघ सकता था, वह एक छोटी-सी लड़की की अवश खिलखिलाहटें और उसकी आवाज़ सुन सकता था।"

—वही, अनुवाद : प्रियदर्शन

हम विभिन्न परिस्थितियों में एक-दूसरे को अभी तोल ही रहे थे। कभी कोई किताब या नोट्स पकड़ाते हुए मेरी उँगलियाँ उसकी उँगलियों से छू जाएँ तो? या पार्क में, कॉलेज के पोर्टिको में, लाइब्रेरी में कुछ कहने के बहाने अपना चेहरा उसके इतने क़रीब लिए चला जाऊँ जहाँ उसके चेहरे की आँच आती हो, तो? हर 'तो?' के साथ एक नया, साहस-भरा, कभी जोख़िम भरा भी—अध्याय शुरू होता और हम जहाँ पहले थे, उससे थोड़ा आगे, एक-दूसरे के थोड़ा और क़रीब आ जाते। बिपाशा आम लड़कियों की तरह ही अपनी लज्जाशीलता को अपने व्यक्तित्व का एक मजबूत पक्ष मानती थी। ग़ौर कीजिए, यह वही लज्जाशीलता है जिसके प्रति लड़कों में एक तरह का पूजा भाव होता है। लड़कियाँ बड़ी जतन से, लगभग ज़िद में आकर उसे पकड़े रहती हैं। घरों में उन्हें बचपन से ही सिखाया जाता है कि इस लज्जाशीलता की ओढ़नी को कैसे ओढ़े रखना है। (देखें फुटनोट-4) इस प्रकार हर 'तो?' के बाद इस लज्जाशीलता की एक झीनी परत उघड़ती और मैं बिपाशा के भीतर गहरे उतरता जाता।

इसका एक दूसरा पहलू यह भी है कि हर बार, जब मैं कई तरह से सोचकर, साहस जुटाकर, अकेले में रिहर्सल तक करके इस 'तो?' तक पहुँचता और पाता कि बिपाशा तो पहले से ही वहाँ है, तब मुझे थोड़ा अजीब लगता। यहाँ मैं फिर से याद दिलाऊँ कि तब मैं अठारह साल का था—बचपना छोड़कर जल्दी से जल्दी पुरुष बन जाना चाहता था। इसलिए मेरे उस तथाकथित 'पुरुष' को चोट पहुँचती जब बिपाशा अपनी अग्रिम सम्मति से उसे चैलेंज कर बैठती। मसलन वही सिनेमा हॉल वाली घटना। कुर्सी के हत्थे पर रखा उसका गोरा हाथ अँधेरे में भी रेडियम-सा झलकता था। मैंने न जाने कितना समय इस पसोपेश में बिता दिया कि उसके हाथ

पर अपना हाथ रखूँ अथवा नहीं, कि इस पर उसकी क्या प्रतिक्रिया होगी। तक़रीबन आधे घंटे के ऊहापोह के बाद मैंने जब हिम्मत की तो उसने ऐसे, जैसे यह सामान्य-सी बात हो और इसे तो होना ही था, अपनी उँगलियों को मेरी उँगलियों में बझा लिया। मुझे अफ़सोस हुआ, बिपाशा को इतनी जल्दी प्रस्तुत नहीं होना था, थोड़े नखरे इत्यादि, कम-से-कम एक बार तेज़ नज़रों से मुझे घूरना ज़रूर था कि यह क्या हरक़त है! अगर वह इतनी आसानी से अपना हाथ मेरे हाथों में दे देती है तो इसका मतलब मैं जिस दूरी—हाथों में हाथ दे देने तक की यात्रा—तक इतनी मुश्किल से, और साहित्यिक शब्दावली में कहें तो 'आत्मसंघर्ष' के बाद पहुँचा हूँ, बिपाशा इतनी उथली और मुझे माफ़ करें, इतनी चालू है कि दो सेकेंड में उस दूरी को माप गयी। सबसे बड़ी बात कि उस तक मेरी तमाम कोशिशों, मेरे आत्मसंघर्ष का लेश मात्र भी न पहुँचा और उसने अन्त तक यही समझा किया कि यह परदे पर चल रहे तत्कालिक रोमांटिक सीन की ही त्वरित प्रतिक्रिया है।

अब देखिए कि आज दस साल के गैप के बाद यह कहानी लिखते हुए अपने इस विरोधाभास को मैं ठीक से समझ पा रहा हूँ। एक तरफ़ तो मैंने अभी बिपाशा की 'लज्जाशीलता' की बात की, और ठीक अगले ही पैरा में उसे 'उथली' और 'चालू' तक कह गया। दरअसल बिपाशा और मेरा सम्बन्ध तब अपने शुरुआती स्टेज में ही था, जब हम, जैसा कि मैंने कहा, एक-दूसरे को अभी जान बूझ और तोल ही रहे थे। कभी-कभी बिपाशा को लेकर, साफ़-साफ़ कहूँ तो उसकी देह के प्रति एक अजीब तरह की चाहना से मैं भर उठता था। न सिर्फ़ उसकी देह, बल्कि देह से जुड़े हर उस आख्यान के प्रति मैं उत्सुक था जो मेरे लिए दूसरे ग्रह के जैसे थे। मसलन फोन पर उसकी शर्मीली हँसी, जो उसके छुपाने के बाद भी उसकी मांसल साँसों के ज़रिये मेरे कानों तक पहुँचती थी। मुझे ज़िद-सी चढ़ जाती थी और मैं फोन पर एक के बाद एक कई ऐसी बातें करता जो अपने में सेक्सुअॅल संकेत छुपाये होते। वह मुझे डाँटती, दबी-दबी हँसती—बहुत बदमाश हो गये हो, चुप पगले आदि। यहाँ तक तो उसकी लज्जाशीलता की बात हुई। अब इसके बाद, चूँकि इसकी स्वाभाविक परिणति यही होनी थी कि कभी वह भी ऐसी कोई बात कह दे तो इसका अर्थ यह थोड़े हुआ कि वह 'उथली' या कि 'चालू' हो गयी! दरअसल जब मैं उस तरह की बातें करता तो कविताओं की तरह मेरे ज़्यादातर शब्द उधार के होते—किसी और की भाषा, जिसे प्रसंगानुकूल थोड़ी हेर-फेर के बाद मैंने हथिया लिया होता। इस तरह वास्तव में मैं वहाँ अभिनय कर रहा होता, जबकि बिपाशा की तरफ़ से ऐसी बातें आतीं तो मुझे लगता, वह ऐसी ही है।

बहरहाल, कुल मिलाकर हमारे बीच सबकुछ ठीक-ठाक चल रहा था कि अचानक वह दिन आ गया।

मैं उस दिन की बात कर रहा हूँ जब कॉलेज के कुछ दोस्तों ने घूमने-फिरने का मन बनाया। यह बहुत स्वाभाविक था, कॉलेज के दिनों में ऐसे मौक़े आपको भी मिले होंगे। बहुत जल्द तय हो गया कि हम पास के एक मन्दिर तक जाएँगे, जो बहुत प्रसिद्ध था और आसपास सुरम्य स्थल होने की वजह से कम दूरी पर अच्छा पिकनिक स्पॉट था। चार लड़के और तीन लड़कियाँ—एक ही क्लास के, मेरे और बिपाशा को मिलाकर। हुआ यों होगा कि किसी लड़के को सूझा होगा, हर दिन एक-सी पढ़ाई के मोनोटोन को तोड़ने की गरज से क्यों न तफरीह के लिए कहीं चला जाए! अठारह की उम्र में ज़्यादातर लड़कों को ऐसा सूझता है; घूमना-फिरना, पिकनिक, सिनेमा आदि; और अठारह की उम्र में भी हर बात पर बच्चों-सी चीखने-चिल्लाने वाली लड़कियाँ एकाएक ख़ुशी के मारे पागल हो गयी होंगी। 'वाओ, व्हाट ऐन आइडिया' के साथ किसी लड़की ने उस मन्दिर का नाम सुझाया होगा और एक आम सहमति बनी होगी। (दोस्तो, मुझे पूरा यक़ीन है कि 'मन्दिर' का नाम सर्वप्रथम किसी 'लड़की' ने ही सुझाया होगा और लड़कों में एक लड़का, जो उस सुझाने वाली लड़की का मन ही मन दीवाना होगा, आम सहमति के समय सबसे पहले उसी ने अपना हाथ उठाया होगा—संगीता ने कह दिया तो कह दिया!) वहाँ बिपाशा होगी, और उसे मेरे साथ कुछ समय बिताने का एक अच्छा मौक़ा दिखा होगा। उसकी ज़बान पर मेरा नाम आया होगा और सारे लड़के-लड़कियाँ जैसे पहले से जानते हों, हँस दिये होंगे। बिपाशा ने मुस्कराकर कहा होगा, ''शटअप!''

मुझे बस यह करना था कि बिपाशा को सुनाकर किसी से कहूँ, क्या बकवास आइडिया है, मन्दिर कोर्ट कचहरी जेलख़ाना आदि भी कोई घूमने-फिरने की जगहें हैं भला! बिपाशा को उस वक़्त दूसरों के आगे चुप रह जाना था। बाद में मौक़ा देखकर मेरे पास आना था। तर्जनी दिखाते हुए कहना था, तुम चल रहे हो बस्स! मुझे अपने कन्धे उचका देने थे, कोई बहाना बनाना था। इस पर उसे कहना था, मैं कुच्छ नहीं जानती! और अन्ततः मुझे बेमन से ही, लेकिन मान जाना था। दरअसल यह मान जाना शुरू से निश्चित था। मुझे जो भूमिका मिली थी, उसके स्क्रिप्ट में ही तय था मैं मान जाऊँगा। मेरे मान जाने वाले पेज तक का स्क्रिप्ट बिपाशा ने पढ़ रखा

था। वह शुरू से जानती थी।

इतने पर भी यह पूरी तरह मुझ पर था कि मैं कैसे और कितनी देर में मान जाता हूँ। ध्यान रहे, मैं मान गया था लेकिन बेमन से। झूठमूठ का बेमन। उस उम्र में मुझे लगता था कि झूठमूठ वाली बात सिर्फ़ मैं जानता हूँ। अभी आज अगर यह स्थिति होती तो अपने इस बेमन से मानने को बतौर फ्लर्ट उजागर करता। मतलब, तुम कहती हो तो मान जाता हूँ —तुम दिन को अगर रात कहो रात कहेंगे वाली स्टाइल में। लेकिन अठारह की उम्र में मुझे यक़ीनी तौर पर लगता था कि मैं यह ज़ाहिर करने में सफल हो गया हूँ कि देखो मेरा रत्ती भर भी मन नहीं है, घसीटा जा रहा हूँ, जौ के साथ घुन, यह क्या बचपना है, क्या मतलब है यार!

जिस मेलोड्रामा की ओर मैंने कहानी की शुरुआत में इशारा किया, वह यही है। लगातार उस चीज़ का अभिनय करना जो शुरू से कहीं नहीं है। निर्मल वर्मा को पढ़ना, दुख क्या है, सुनो वह अक्तूबर (अक्टूबर नहीं) की कोई दुबली शाम थी जब हवा में एक झीना परदा डोलता था और मैंने देखा यह तुम हो। भाषा में तैरना। कॉलेज में हम चार-पाँच घंटे के लिए मिलते और हर घड़ी जैसे मुझ पर एक ख़ब्त सवार रहती, बिपाशा यह सुनो, वह सुनो। मुझे इसकी जल्दी मची रहती कि बिपाशा की बेमतलब दैनन्दिन बातें ख़त्म हों और मैं कोई गूढ़ बात कहूँ। संकेतों और कूट इशारों से लबरेज। मुझे उम्मीद रहती कि बाद में बिपाशा उसे डिकोड करे। और मुझे बड़ी कोफ्त होती अगर वह बीच में टोककर पूछती, इसका क्या मतलब?

मैंने पहले ही कहा, जो था भाषिक स्तर पर था। यानी जो नहीं है, उसे भाषा में रचना, उपस्थित करना। और चूँकि छोटा-मोटा ही सही, मैं कवि था तो इस खेल में मुझे बड़ा मज़ा आता। मसलन, मैं कभी-कभी यों ही कह देता कि मेरी तबीयत ठीक नहीं लगती। मेरे लिए यह महज़ एक भाषिक संरचना थी—एक वाक्य भर, गुनगुने विन्यास वाला; और इसे मैंने यों ही कह दिया होता जब कहने के लिए कुछ और न सूझा। लेकिन इसे सुनकर बिपाशा चिन्तित हो जाती। आप जानते हैं, बिपाशा को साहित्य-भाषा-रचना से कोई मतलब नहीं था। वह सीधी-सादी ज़िन्दगी जी रही थी, जीना चाहती थी। सो वह इस तह तक पहुँच ही नहीं सकती थी कि सिर्फ़ भाषा में मेरी तबीयत ठीक नहीं। कल रात मुझे नींद नहीं आयी, करवटें, तुम्हारा ख़्याल आदि भी महज़ भाषिक टुकड़े थे। इस तरह, मैं बहुत हद तक सिर्फ़ भाषा में बिपाशा से प्यार करता था।

मेरे इस कथन को अन्यथा न लें। प्रेम की अनुभूति से मैं भी बिपाशा के बराबर ही भीगा। मुझे आज भी याद है जब पहली बार, बग़ैर किसी झिझक व शर्म के, मैं

बिपाशा की आँखों में आँखें डालकर देर तक उसे देखता रहा था। हम फ़िल्मों में ऐसा होते अक्सर देखा करते थे, लेकिन तब तक मुझे सचमुच इसका अन्दाज़ा नहीं था कि इसमें कैसा अनुभव होगा! हम किसी रेस्टोरेंट में बैठे थे, आमने-सामने, शायद कोई चायनीज़ डिश थी हमारे बीच। सच कहता हूँ, आज दस साल बाद भी अपने उस देखने को याद करते हुए मुझे वही झुरझुरी होती है जो तब हुई थी। हृदय के एकदम क़रीब कोई ग़ैरमामूल हरक़त—संवेदना को झकझोर देने वाली। उसकी आँखों में देखते हुए एकाएक जब ख़्याल आया कि मैं किसी निर्जीव वस्तु को नहीं देख रहा हूँ, एक जीते-जागते इंसान की आँखें हैं ये; और कि वह भी मेरी आँखों में देख रहा है, मुझ जैसा सोच रहा है, उसके पास भी अनुभवों और आख्यानों से भरे अठारह सालों की पूँजी है, यानी वह भी एक वयस्क है। ...ओह! आज दस साल बाद भी अपनी उस कुँवारी झुरझुरी को व्यक्त कर पाने के लिए मेरे पास सटीक शब्द नहीं हैं, हालाँकि अब मैं एक सफल कहानीकार बना फिरता हूँ।।

इसके बावजूद मेरा एक अंश तब जैसे किसी उच्चतर का आकांक्षी बना फिरता था। यह भी सच है कि बिपाशा के साथ अपने सम्बन्धों में ही यह अंश ज़्यादा मुखरित हुआ। इसे यों कहें कि चूँकि प्रेम, साहित्य के लिए नया विषय नहीं—कथावस्तु के स्तर पर थोड़ा-बहुत सब्जेक्टिव हो भी, लेकिन भाषा और शिल्प के स्तर पर कतई नहीं—तो इस कारण पहला प्रेम होने के बावजूद, जैसा मैंने ऊपर बताया वैसे एकाध मौक़ों को छोड़कर, बिपाशा से प्रेम मुझमें वह रोमांच पैदा नहीं कर सका जिसके तहत मेरी ज़िन्दगी ही बदल जाए। इसके विपरीत, प्रेम में पड़ी बिपाशा का अधिकांश बदल गया था। वह बार-बार मुझसे पूछती, प्रेम में मुझे कैसा महसूस हो रहा है, और एकाएक मैं कोई उत्तर नहीं ढूँढ़ पाता था। वह भोली तब ख़ुद ही अपने अनुभवों को बखानने लग पड़ती, लेकिन चूँकि उसके पास एक समृद्ध भाषा नहीं थी, सो वह थोड़ी दूर चलकर लड़खड़ा जाती। ऐन यहीं पर भाषा का खिलाड़ी मेरा वह अंश हरक़त में आता और बिपाशा से प्राप्त क्लू के आधार पर आनन-फानन में भाषा का शीशमहल खड़ा करने लग जाता। बिपाशा मुग्ध होकर सुनती, बीच-बीच में बोल उठती, हाँ-हाँ बिल्कुल ऐसा ही मेरे साथ भी होता है। इससे उस क्रूर खिलाड़ी का अहं तुष्ट होता। बिपाशा को इस बात की भनक तक न लगती कि मैं महज़ एक झूठे प्रवाह में हूँ। जैसा कि मैंने पहले ही कहा, जो नहीं है उसे भाषा में उपस्थित करना।

इस तरह, अगर मैं अपरिपक्व था तो कम से कम अपनी भाषा में परिपक्व दिखता होना चाहता था। 'यह क्या बचपना है यार!' जैसे वाक्यों की मार्फ़त मैं बड़ा

हो गया हूँ, अब बच्चा नहीं रहा आदि को सिद्ध करना चाहता था। इसी क्रम में तुरन्त मान जाना, सहमत हो जाना मैंने छोड़ दिया था। आख़िर बड़प्पन का मतलब सोच-समझकर चलना होता है। अपने स्वभाव में एक गहरे अड़ियलपन को प्रश्रय देकर सामने वाले पर मैं यह संकेत फेंकता था कि इतना आसान नहीं है मुझे मनाना, मैं कोई लल्लू नहीं हूँ, समझे बेटा!

तो जब लड़कों ने मन्दिर जाने की बात छेड़ी तो इसे क्योंकर होना था कि मैं फ़ौरन मान लेता—हाँ-हाँ चलो, ख़ूब मज़े रहेंगे। यह अनिवार्य था कि मैं कोई नुक्स निकालूँ, लेकिन तत्काल चूँकि बिपाशा ज़िद पर अड़ी थी सो बेमन से मान गया। दरअसल एक गुप्त अड़चन थी जो मुझे बिपाशा के साथ कहीं बाहर जाने से रोकती थी। मैंने कहानी के शुरू में ही अपनी और बिपाशा की आर्थिक स्थिति को साफ़ कर दिया था। बिपाशा को भी इस बात का अन्दाज़ा था और अपने जाने वह भरपूर कोशिश करती कि मुझे बुरा न लगे। इसके लिए वह स्थिति पूरी तरह अपने हाथ में ले लेती, मसलन किस रेस्तराँ में जाना है, क्या ऑर्डर करना है (मेनू में टंकित ज़्यादतर डिशों के नाम पढ़कर भी मुझे अन्दाज़ा नहीं होता कि वे है क्या?) और अन्त में उठते हुए वह इस त्वरा से बिल अदा करती मानो उससे अगर एक मिनट की भी देरी हो जाती तो मैं बिल अदा कर देता और कि अपनी इस जीत से ख़ुश होकर ही वह बेयरा को टिप दे रही है। इस तरह उसके साथ मैं जब-जब बाहर जाता, मेरी स्थिति और-से-और बेतुकी होती और वापसी में मन-ही-मन ज़रूर प्रतिज्ञा करता कि यह आख़िरी बार है। बहरहाल, यह अच्छी बात है कि अबकी हम अकेले नहीं थे, क्लास के लड़के-लड़कियों का साथ था। चलो एक छोटी-सी आउटिंग हो जाएगी, बिपाशा के साथ थोड़ा घूमना-फिरना हो जाएगा आदि।

जब हम मन्दिर पहुँचे, तब तक सब ठीक था। हम उस चतुर जीवन्तता से ऊपर तक भरे थे जो एक बँधी-बँधायी रूटीन से निकलने के बाद ख़ुद-ब-ख़ुद हमारी तमाम क्रियाशीलताओं में घर कर जाती है। हँसी मज़ाक छेड़खानियाँ। हम सब एक ही गाड़ी में थे। बिपाशा और मैं अगल-बगल बैठे थे और पहली बार सबके सामने उसने अपना हाथ मेरे हाथों में रहने दिया था, कई बार उसने थोड़ी-थोड़ी देर के लिए अपना सिर भी मेरे कन्धे पर टिकाया और एक बार कोई बात कहते समय उसके होठ मेरे कानों की लव से छू तक गये। सच पूछिये तो आज यह सोचकर आश्चर्य होता है कि कैसे इतना सब होने के बावजूद मैं अपने उसी गुमान से भरा बैठा था कि मेरा तो मन नहीं था जाने का।

जैसा अमूमन किसी प्रसिद्ध मन्दिर के चारों ओर होता है, न जाने कितनी दुकानें थीं जो प्रसाद की मिठाइयों-बताशों, फूल-मालाओं, अगरबत्तियों, रंग-बिरंगी चुनरियों, 'जय माता दी' वाले ब्रेसलेटों-ताबीजों से अँटी पड़ी थीं। पंडे-पुजारियों को भी इन्हीं दुकानों से 'हायर' किया जाता और कई दुकानें ऐसी थीं जहाँ टोकन लेकर जूते-चप्पलें सुरक्षित रखी जातीं। काफ़ी भीड़ थी। भिखारियों का हुजूम आगन्तुकों की टोलियों के पीछे लग जाता। सवारियाँ मन्दिर के सिंहद्वार के बहुत इधर ही छोड़ दी जातीं। निजी वाहनों के लिए पार्किंग प्लेस वहीं पर था। हमने गाड़ी पार्क की और पैदल मन्दिर की तरफ़ चलने लगे। एक तरफ़ दुकानों की कतारें और दूसरी तरफ़ गंगा। गंगा के किनारे-किनारे पत्थर की बेंचें लगी थीं, जिन पर प्रेमी युगल बैठे गंगा के बहते पानी, नौकों की कतारों को देखने, बतियाने में मशगूल थे। यहाँ तक भी सब ठीक-ठाक था।

चीज़ें कभी भी यकायक ही घटती हैं, लेकिन अगर आप चौकस रहें तो इस यकायक में भी दो पल की मोहलत ज़रूर मिल जाती है और इतना समय काफ़ी होता है कि आप चेत जाएँ। एक सदमे की तरह मुझे याद आया और मैं ठिठक गया। बिपाशा ने ग़ौर किया। वह झुककर अपने जूतों के तस्मे ढीले कर रही थी। तब तक बाक़ी लड़के-लड़कियाँ नंगे पाँव मन्दिर प्रांगण में प्रवेश कर चुके थे।

"क्या हुआ?" बिपाशा ने अपने जूते जमाकर्ता को दिये और टोकन लेते हुए पूछा।

"कुछ नहीं।" मैं जान चुका था कि अब मुझे क्या कहना है। "ऐसा करो, तुम लोग जाओ। जल्दी आना। मैं मन्दिर के बाहर ही घूमता हूँ तब तक।" मैंने भरसक अपनी आवाज़ को स्वाभाविक और साथ ही फ़ैसलाकुन बनाते हुए कहा।

"ऊँ, मतलब?"

"मतलब मैं भीतर नहीं जाऊँगा।" मैं मुड़ चुका था।

"अरे सुनो तो!" पीछे से बिपाशा दौड़ी आई। उसने मुझे रोक लिया। "क्या हुआ तुम्हें अचानक?"

"मुझे क्या होगा! कुछ भी नहीं।" इस वाक्य को मुझे इस तरह कहना था मानो मैं कुछ छिपा रहा हूँ। खेल शुरू हो चुका था। एक पल को यह ख़्याल आया कि बिपाशा को सब सच-सच बता दूँ। मैं उस आदमी को देख रहा था जो दुकान पर लोगों के जूते जमा कर रहा था। उसकी नज़रें मुझ पर टिकी थीं। वह हमसे जल्द-अज़-जल्द छुटकारा पा लेना चाहता था।

दोस्तो, आज दस साल बाद जब यह कहानी लिखने बैठा हूँ तो इस नुक्ते पर

पहुँचकर मुझे बड़ा अजीब लग रहा है। मुझे लग रहा है कि जिन बचे-खुचे पाठकों ने अब तक (भी) अपना बचा-खुचा धैर्य नहीं खोया होगा, आगे का पढ़कर ज़रूर खो देंगे। उन्हें यह नामुमकिन प्रतीत होगा कि मेरे साथ (कि किसी के भी साथ) ऐसा हो सकता है! एक छोटी-सी बात मैं छिपा रहा था, जो अगर उजागर भी हो जाती तो फ़र्क़ नहीं पड़ता; आख़िर बाक़ी लड़के-लड़कियाँ तो भीतर जा चुके थे, वहाँ थी तो बस एक बिपाशा। बिपाशा, मेरी जान, जिसे मैं प्यार करता था, जिससे यों भी मुझे कुछ छिपाना नहीं चाहिए था। लेकिन अब जो मुड़ के देखता हूँ तो याद आता है कि उन दिनों सबसे अधिक मैंने अपने आपको अगर किसी पर ज़ाहिर नहीं होने दिया था तो वह बिपाशा ही थी। जाने वह कौन-सा संकोच था!

दरअसल बात इतनी भर थी कि दुकान पर पहुँचकर जब अपने साथियों को मैंने जूते उतारते देखा, सहसा मुझे याद आया कि मेरे मोज़े फटे हुए हैं। वहाँ बिपाशा न होती तो शायद मैं चुपके से जूते उतारकर टोकन ले सकता था, लेकिन...

जब यह कहानी मैंने अपने कथाकार दोस्तों—मनोजकुमार पांडेय और राकेश मिश्र को सुनाई तो वे इसकी मार्क्सवादी व्याख्या करने लग पड़े। बिपाशा और मेरे वर्ग का अन्तर, और भी जाने क्या-क्या! लेकिन...। माना कि मेरी आर्थिक स्थिति ठीक नहीं थी पर मोज़े के लिए भी मेरे पास पैसे नहीं होते थे, ऐसा कतई नहीं। बल्कि एक-दो दिन पहले ही मुझे ट्यूशन के पैसे मिले थे और... हाँ यह भी ठीक है कि उसी में मुझे महीने भर का अपना जेब खर्च भी निकालना होता था और यह भी कि शायद मैं अगले महीने तक वे ही फटे मोज़े पहनता। लेकिन इसका यह मतलब नहीं कि...। पता नहीं, मैं बहुत कन्फ्यूज़्ड हूँ। मुझे वाक़ई इसका ठीक-ठीक अन्दाज़ा नहीं कि मैं क्यों बिपाशा से इतना शरमाता था। एक झिझक-सी रहती थी, बल्कि स्वीकार करूँगा, एक अजीब हीन-ग्रन्थि का शिकार मैं होता जब-जब बिपाशा के साथ होता। कविताओं, भाषा-साहित्य का तो बिपाशा पर प्रभाव पड़ने से रहा, सो अक्सर मैं एक न समझ में आने वाली ज़िद का सहारा लेने लग पड़ा था। बिपाशा के पास इस ज़िद का कोई तोड़ नहीं था। क्यों भला? दरअसल इस ज़िद को भी मैंने अपनी कविताओं की तरह बहुत रियाज़ से साधा था। बिपाशा की कल्पना में भी नहीं था कि जिस तरह कविताई के लिए अब उस तथाकथित 'स्पॉन्टैनियस ओवर-फ्लो ऑव इमोशन्स' की ज़रूरत नहीं रही, उसी तरह हर बार ज़िद की भी एक ख़ास वजह हो, यह ज़रूरी नहीं। वह मेरी हर ज़िद की कोई वजह ढूँढ़ने में लग जाती और उसे लगता कि उसमें ज़रूर उसी का कसूर होगा। वह याद करने लग पड़ती कि उसकी किस बात से मुझे ठेस पहुँची होगी और इतने

में मैं उस पर हावी हो जाता। जैसे उसने उस दिन कहा—

“अब तक नाराज़ हो?” पता नहीं वह किस नाराज़गी की बात कर रही थी, लेकिन उसके इस वाक्य ने हमें एक झटके में वहाँ पहुँचा दिया जहाँ—उसकी किसी ठोस और अक्षम्य हरक़त से मैं नाराज़ था और वह जवाबदेही की भूमिका में थी। डूबते को तिनके का सहारा। इसके बाद का स्क्रिप्ट कैसे और किन शब्दों में लिखना है, मैं अच्छी तरह जानता था।

“हाँ हूँ नाराज़, तो? इससे क्या फ़र्क़ पड़ता है तुम्हें?”

“सॉरी बाबा। देखो मैं कान पकड़ती हूँ। ...मान जाओ प्लीज़!” वह बच्चों-सी ठुनकने लगी। “प्लीज़ प्लीज़ प्लीज़!... चलो भीतर। सब हमारा इन्तज़ार कर रहे होंगे। देखो वो सब खड़े हैं।”

“देखो बिपाशा, मुझे किसी से कोई मतलब नहीं। मेरा यहाँ आने का शुरू से ही मन नहीं था, लेकिन ये तुम्हारी ज़िद थी सो मैं यहाँ तक आ गया। अब ये मेरी ज़िद है कि मैं भीतर नहीं जाऊँगा। तुम्हें देवी दर्शन करना है, बेशक़ जाओ; मैं यहाँ बाहर तुम्हारा इन्तज़ार कर रहा हूँ। ...नाओ डोंट वेस्ट यॅर टाइम, गो।”

“कुणाल प्लीज़!” वह जैसे रिरिया रही थी। “सीन क्रिएट मत करो।”

“मैं सीन क्रिएट कर रहा हूँ?” अब मैं एक ठोस ज़मीन पर था। मुझे अपने एक-एक शब्द पर ज़ोर देना था। “तुम ये कह रही हो कि मैं सीन... ?”

“मेरा मतलब यह नहीं था। मैं तो बस...।”

“क्या तो बस? तुमने अभी कहा कि मैं सीन क्रिएट कर रहा हूँ। कहा या नहीं?... इधर देखो। कहा या नहीं?”

“आ'म सॉरी, मुझसे ग़लती हो गयी। लेकिन मेरा यह मतलब नहीं था।”

वह थोड़ी देर चुप रही। कुछ पलों की ये चुप्पी मुझ पर कितनी भारी बीती, बता नहीं सकता। मैं अपने आपको धिक्कार रहा था। अगर मैं उसे सब सच-सच बता देता तो हद से हद क्या होता? कम-से-कम यह तो नहीं ही होता जो अब हो रहा है। मेरे व्यवहार से बिपाशा कितनी आहत हुई थी, यह उसके चेहरे से ज़ाहिर हो रहा था। आज मुझे ठीक-ठीक याद नहीं, लेकिन ऐसा ज़रूर ही हुआ होगा कि सचाई बताने के लिए मैंने उचित शब्द तलाशे होंगे। यह एक तरह की शिकस्त थी, और अपनी इस 'शिकस्त की आवाज़' ने मुझे बुरी तरह झकझोर दिया होगा, हालाँकि बहुत मुमकिन है तब मेरा ध्यान इस तरफ़ नहीं गया होगा। मैंने हमेशा की तरह अपनी एक कमी को ओवरलैप करने के लिए भाषा का इस्तेमाल करना चाहा था और यह पहली बार था जब मैं कोई 'तुरत्ता दर्शन' गढ़ने में नाक़ामयाब रहा था।

मैं स्वीकार करूँगा, मुझमें भरे 'विशिष्टता बोध' ने ही... मेरा मतलब कि अगर मैं दूसरे साधारण लड़कों की तरह होता जो कवि नहीं थे और जिन्हें लड़कियाँ प्यार से 'पप्पू' बुलाती हैं तो शायद मैं आसानी से स्वीकार कर लेता कि मेरे मोज़े फटे हुए हो सकते हैं। 'मेरे मोज़े फटे हुए हैं'—यह वाक्य एक अनपढ़ गँवार भी बोल लेता, जबकि तब मैं एक कवि, आज एक कहानीकार हूँ और मेरे पास भी ऐन यही एक सपाट संरचना वाला वाक्य है। इस दो टूक, बेशर्म वाक्य को सजाने के लिए मुझे साहित्य से कोई मदद नहीं मिलती—आज भी नहीं। पहली बार मुझे लगा कि एक हद के बाद सारे शब्द, सारे अलंकार थोथे पड़ जाते हैं; सारे विशेषणों की क़लई खुल जाती है।

दूसरे, अब मैं यह भी महसूस कर रहा था कि इस सचाई को जस का तस, इसके ऐसे नंगे रूप में बताने का समय भी निकल चुका है। बिपाशा चुप थी और मैं अपना मुक़दमा हार चुके किसी कमज़ोर वकील की तरह दलीलें दिये जा रहा था कि चूँकि तुम तो जानती हो कि मैं ईश्वर में विश्वास नहीं करता, नीत्शे ने तो कह भी दिया है, देखो बिपाशा, मैं मार्क्सवादी विचारधारा, चारु मजूमदार, यार मैंने चार साल से किसी मन्दिर में पाँव तक नहीं, बेकार के सब चोंचले, इससे तो अच्छा है डियर कि किसी ग़रीब को, निदा फ़ाज़ली का वो शे'र कि घर से मस्जिद है बहुत दूर, और फिर चचा ग़ालिब ने भी तो कि रगों में दौड़ते-फिरने के हम नहीं क़ायल, उसी दिन तो सुनाया था तुम्हें, तुम तो जानती हो, क्यों ज़िद, अरे क्या हुआ, सुनो भई, अरे सुनो तो!

बिपाशा चली गयी और मैं मुँह लटकाये लौट रहा था। एक बार मन हुआ कि जल्दी से दुकानदार के मुँह पर जूते फेंकूँ और दौड़ पड़ूँ अपनी बिपाशा के पीछे। लेकिन मुझसे तब यह भी न हो सका। आज दस साल बाद इस घटना को रिकॉल करता हूँ तो लगता है क्या बेवक़ूफ़ी थी! एक इतनी छोटी-सी बात पर मैंने अपना सर्वस्व दाँव पर लगा दिया था! लेकिन आप तो जानते ही हैं, तब मेरी उम्र महज़ अठारह साल की थी।

परिशिष्ट : कहानी की कहानी

यह कहानी वर्ष 2004 के अख़ीर में शुरू हुई थी और इसके साथ यह भी गिनाये जाने का रिवाज़ है कि इसके कितने ड्राफ़्ट हुए, तो चूँकि सीधे कम्प्यूटर पर लिखता हूँ सो इसका ठीक-ठीक अन्दाज़ा नहीं। बीच-बीच में जोड़-घटाव, उठा-धरी चलती रही, कभी-कभी एक बड़े अंश को री-कम्पोज़ करना पड़ा। यह सब

कहने का यह अर्थ कतई नहीं कि मैं इस बात पर ज़ोर देना चाहता हूँ, यह मेरी अत्यन्त महत्त्वाकांक्षी कहानी है—ज़ोर देना छोड़िए, मैं यह कहना ही नहीं चाहता। इसे लिखने में लगे इतने ज़्यादा समय का कारण मेरी अक्षमता कहिए, किन्हीं दूसरी व्यस्तताओं को ज़िम्मेवार मानिये या फिर मेरी काहिली को दोष दीजिए। अक्षमता इस अर्थ में कि वाक़ई कई बार इस कहानी को नाधने में मैं असफल रहा। युवा आलोचक, मित्र राहुल सिंह के कुछ महत्त्वपूर्ण सुझावों, और उनके कुछ वैयक्तिक अनुभवों ने इसके स्वरूप को स्थिर किया। कहानी के कई अंश इतने आत्मीय होने का भ्रम पैदा करते हैं कि मुझे भी लगने लगा, ऐसा वाक़ई मेरे साथ हुआ होगा—हालाँकि हो सकता है कि उसे मित्र सुशील कान्ति या मनोज चौधरी (जो न जाने कितनी दफ़े मुझसे यह कहानी सुन चुके होंगे) ने सुझाये हों। पहले मैंने 'अन्य पुरुष' में कहानी को लिखना चाहा था, और जब किसी ड्राफ़्ट में मैं 'प्रथम पुरुष' पर आया तो इसे लिखना पहले कि निस्बत सहज-सरल लगा। पहली बार मुझे एहसास हुआ कि दोनों शैलियों में क्या और कितना अन्तर है! डच उपन्यासकार सेस नोटेबोम ने अपने एक उपन्यास ('दो प्रेमियों का अजीब क़िस्सा', जिसका बहुत ही सुन्दर अनुवाद विष्णु खरे ने किया है) में सच ही लिखा है कि कई मायनों में अन्य पुरुष एक भद्दा बचाव होता है, जैसे कहीं कोई देश हो जहाँ सिर्फ़ अन्य पुरुष रहते हैं और जिन्हें आपके लिए बिरादराना ख़िदमत करने के वास्ते तलब किया जाता हो जब आप अस्थायी रूप से शर्म में डूबे होते हैं। इस कहानी में मैंने इस तरह का अपना कोई बचाव नहीं किया है।

सेस नोटेबोम ने यहीं पर यह भी कहा है कि जब भी हम कुछ लिखते हैं तो अकसरहाँ कई चीज़ें, कई ख़यालात, जिनका लिखे जाते कथ्य से कोई सीधा सम्बन्ध नहीं बैठता—उन्हें हम सेन्सर कर देते हैं। "आख़िरकार, जब आप लिखते हैं तो इतनी चीज़ों के बारे में सोचते हैं, और उसका क्या मतलब होगा अगर उस सबको किताब के बाहर ही रहना है।" क्योंकि "लिखना व्यवस्थित होने का प्रश्न है और इसलिए निर्णय लेने का, और उन निर्णयों में यह आते हैं कि एक पुस्तक में क्या होगा और क्या नहीं होगा और वह कब ख़त्म होगी।" इस कहानी को लिखते हुए भी, सेन्सर कर दिये गये अंशों को फुटनोट्स के रूप में रख दिया गया है और कई बार लिखे जाते अंश से किन्हीं दूसरे लेखक के मिलते-जुलते अंश (जिसे 'भाव-साम्य' कहें) भी आये हैं।

मेरी सबसे अजीज़ दोस्त नीमा सिंह की शंका भी जायज़ थी कि एक इतनी छोटी-सी बात पर, कि लड़का मन्दिर में नहीं जाता है, प्रेम कैसे टूट सकता है! कई

पाठक भी ऐसा ही सोचते होंगे। तो अपनी तरफ़ से यह जोड़ दूँ कि क़ायदे से देखा जाए तो यह महज़ एक दिन की प्रेम कथा है। दूसरे दिन कॉलेज में उन्हें फिर से मिलना है, बातें होनी हैं। या यह भी हो सकता है कि मन्दिर से लौटने के बाद लड़का लड़की को फोन करे। एक बार में नहीं उठाएगी, दोबारा भी यही होगा, लेकिन आइए प्रार्थना करें कि तीसरी बार कॉल जाए तो लड़की फोन उठाए, तामककर बोले—क्या है, क्यों परेशान कर रहे हो? इसके बाद तो लड़का सँभाल ही लेगा! आमीन!

फुटनोट्स

1. 'दोस्ती' महज़ एक फलसफा हो जाती है, अगर वह अपोज़िट सेक्स वाले लोगों के बीच हो—एक उदात्त फलसफा, जिसे हम तत्काल ओढ़ लेते हैं। हम अन्ततः कहीं और पहुँचना चाहते हैं, लेकिन चूँकि इसमें बहुत समय का लगना है और हम यदि आज वहाँ तक न पहुँच सके तो भी 'दोस्ती' इसकी एक उम्मीद बरक़रार रखती है। जिस ज़मीन पर हम पहुँचना चाहते हैं, उसे अगर झाड़ी के पीछे छिपे 'दो बटेर' मानें तो इस अर्थ में दोस्ती हाथ आये 'एक बटेर' का नाम है।

कभी-कभी हम वाक़ई मान लेते हैं कि एक लड़के और एक लड़की के बीच दोस्ताना सम्बन्ध मुमकिन है। लेकिन अकसर यह तब होता है जब हम झाड़ी के पीछे छिपे दो बटेरों की लालच में आकर हाथ आये एक बटेर को भी खोने का ख़तरा मोल लेना नहीं चाहते। इसे न मानने वाले शायद उस बायोलॉजिकल अन्तर को भूल जाते हैं जिसके रहते इनमें दोस्ती हो ही नहीं सकती। फ़िल्मों में भी जब एक लड़के और एक लड़की के बीच दोस्ती दिखाई जाती है तो अकसर लड़की को कम-से-कम 'लुक' के स्तर पर लड़कानुमा दिखाकर इस बायोलॉजिकल डिफरेंस को कम करने का प्रयास किया जाता है। (देखें—दिल तो पागल है, कुछ कुछ होता है आदि।)

2. हालाँकि जब की यह कहानी है तब भारत की अर्थ प्रणाली में 'उदारीकरण' को लॉन्च हुए सात-आठ साल हो चुके थे, लेकिन स्वतन्त्रता संघर्ष के दौरान गाँधी ने जिस 'ग़रीब आदमी' (साभार अशोक सेकसरिया) का मॉडल खड़ा किया था और उसके प्रति आस्था व आदर की जो साख थी, वह अभी पूरी तरह से ध्वस्त नहीं हुई थी। एमएनसीज़ व लाखों के सालाना पैकेजेज़ के दौर के शुरू होने में अभी वक़्त था और अब भी 'पैसे' ने 'विद्या' को अपदस्थ नहीं किया था—ख़ासकर कलकत्ते में, जहाँ गाँधी की फ़ाकेमस्ती के साथ-साथ कम्युनिस्टों की फटेहाली भी परम्परा से एक रोलमॉडल के रूप में चली आ रही थी। मैं अपनी डूबती नैया को फ़र्स्ट क्लास की डिग्रियों और कविताओं की मस्तूल से सँभाले हुए था और जब कभी 'इतर' कारणों से पस्त होता महसूस करता, अपने इसी ब्रह्मास्त्र का प्रयोग करता। और जगहों की बात नहीं करता, लेकिन कलकत्ते में 'कवि' होना कमोबेश

आज भी सामाजिक प्रतिष्ठा का सबब है।

बिपाशा, जबकि समाज के उस ऊँचे तबके से वाबस्ता थी, जो चूँकि पीढ़ियों से 'विद्या' से महरूम था, इसलिए अब तक उसने 'विद्या' को पूर्णत: ग़ैरज़रूरी (और किसी हद तक अनुत्पादक) मान लिया था। आने वाले दिन बिपाशा जैसे लोगों के ही थे, और तब भी हम भीतर-भीतर कहीं ख़ुद को ज़माने से हारा, पिछड़ा हुआ समझने लगे ही थे—लेकिन यह एक शुरुआत ही थी।

3. ''इसे अगर दूसरे ढंग से कहा जाए तो हर प्रेम सम्बन्ध एक अनलिखे अनुबन्ध पर टिका होता है, जिसके मसौदे को प्रेमी-प्रेमिका अपने प्रेम के शुरुआती दिनों में, बिना ठीक से सोचे-विचारे, तैयार करते हैं। शुरुआती दिनों में वे सपनों में डूबे होते हैं, लेकिन इन्हीं दिनों, अपने अनजाने ही वे दो ज़िद्दी वकील की तरह अपने कॉन्ट्रैक्ट की शर्तों को भी लिख रहे होते हैं। इसलिए हे प्रेम में डूबे लोगो! उन शुरुआती ख़तरनाक दिनों के प्रति सावधान हो जाओ। याद रखो, अगर एक बार तुम अपने प्रेमी का नाश्ता बिस्तर तक लेकर गये, तो यह तुम्हें हमेशा करना होगा।''

—मिलान कुन्देरा, द बुक ऑव लाफ्टर ऐंड फॉरगेटिंग, अनुवाद स्वयं

4. ''कहीं न कहीं एडवर्ड के मन में था कि शादी के बाद अपनी पत्नी के आगे छोटा न पड़े। ...अब अन्तत: वे यहाँ हैं—शादीशुदा और अकेले। एक-दूसरे के सामने बैठे हुए। वह क्यों नहीं अपनी कुर्सी से उठता, फ्लोरेंस के चेहरे पर चुम्बनों की बौछार लगा देता और बिस्तरे की तरफ़ लिये जाता? ...दरअसल यह सब भी उतना आसान नहीं है। उसने एक लम्बे अरसे तक फ्लोरेंस की 'लज्जाशीलता' को देखा है। उसके शर्मीले स्वभाव की इज़्ज़त की है, बल्कि कहें, इसके लिए उसके मन में श्रद्धा है। यह लज्जाशीलता दरअसल इज़्ज़तदार घरों की लड़कियों का वह परदा है जिसकी आड़ में वे अपनी ऐन्द्रिक कामनाएँ छिपाकर रखती हैं और इस परदे को एकाएक उघाड़ फेंकना एक पति के बूते की भी बात नहीं। दरअसल एक 'पति' के लिए यह थोड़ा और मुश्किल हो जाता है क्योंकि वे लड़कियाँ कतई नहीं चाहतीं कि पहली ही रात एकाएक खुलकर अपने पति पर वे कोई ग़लत सन्देश दें और उनकी यही छवि जीवन भर के लिए बन जाए। अपनी इस लज्जाशीलता को वे सँजोए रखती हैं और जल्दी हार नहीं मानतीं। आख़िरकार वे भी चाहती हैं कि अपने पति के आगे छोटी न पड़ें।''

—इयान मैक एवान, ऑन चेसिल बीच, अनुवाद स्वयं

(नया ज्ञानोदय, प्रेम महाविशेषांक, खंड-3, सितम्बर 2009)

नाटक

सियालदह से लास्ट लोकल के छूटने में अभी देर है। खिड़की वाली सीट पर बैठे-बैठे रमापद सो गया है या केवल सोने का नाटक करता है, कौन जाने!

1989 में जब रमापद छोटा था, मोहल्ले के लोगों के बीच बहुत फेमस था। लोग कहते थे, कालोशशि तुम्हारा छोटा लड़का क्या ही ख़ूब नाटक करता है मरने का। मरने के सीन में जान डाल देता है एकदम!

दुर्गापूजा में बारीपाड़ा हाइस्कूल माठ में जब-जब नाटक खेला जाता था तो रमापद को रोल दिया जाता था मरने का। नाटक में ऐसा कोई दृश्य न हो तो पब्लिक भड़क उठती। इसलिए उद्घोषक को नाटक के बाद कहना पड़ता था—और अब देखिए मास्टर रमापद की दर्दनाक मौत!

कालोशशि तब मन ही मन ज़रूर डर जाती थी। लेकिन उसे और भी ज़्यादा डर लगता था रमापद के बाप हरिपद से। अपनी छाती से सटाकर कहती थी, क्या बताऊँ रे रमा, तुम्हारे बाप की अँतड़ी में दो घूँट शराब के पड़ते ही वह जैसे शैतान बन जाता है।

वास्तव में रमापद का बाप हरिपद शैतान था या शैतान होने का नाटक करता था, कौन जाने!

1989 नहीं रहा, रमापद का बाप हरिपद कभी का मर गया ज़हरीली शराब से। कालोशशि भी एक बार मर ही गयी थी, लेकिन फिर यह कहकर अचानक जी उठी कि रमापद की शादी हो जाये, सुलछना बहू का मुख देख ले, गोदी में पोते को खेला ले एक बार—फिर मरेगी चैन से। अभी कौन-सी लास्ट लोकल छूटी जा रही है—हाँ तो!

यही सब सोचता है रमापद खिड़की वाली सीट पर बैठकर सोते-सोते।

रमापद की बीवी मुनमुन ने लौकी की डंठल और रोहू की एक साबुत मूड़ी डालकर दाल बनायी है, क्या ही स्वादिष्ट! पोस्ते का दाना भूनेगी रोटी सेंकेगी गरमागरम, रमापद के आ जाने के बाद।

रमापद की बीवी मुनमुन लौकी की डंठल और रोहू की मूड़ी डली दाल बनाकर 'स्वीट ड्रीम्स' कढ़े तकिये पर सर रखकर सो गयी है या सोने का नाटक करती है, कौन जाने!

1989 में मुनमुन ने प्रेम किया था नागा घोष के मँझले लड़के सन्नी देओल से। मोहल्ले में क्या ही हो-हल्ला मचाया था मुनमुन के बाप सुमन सरकार ने। नागा घोष भी कम न पड़े थे तब।

स्कूल से पीठ पर बस्ता टाँगे लौटती मुनमुन को अपनी साइकिल के कैरियर पर बिठाकर भाग चलने को कहा था सन्नी देओल ने बहुत दूर सूरत को, जहाँ उसका ममेरा भाई राजू नौकरी करता था किसी कपड़ा मिल में।

रिजर्वेशन, कोर्ट मैरिज, वकील-गवाह, जेरॉक्स, गुमनामी पत्र, एसटीडी कॉल—उस उम्र में मुनमुन डर के मारे थर-थर काँपने लगी थी यह सब सुनकर। 'ज़माने की दीवार', 'अरमान', 'मियाँ-बीवी राज़ी', 'दो दिलों का बिछड़ना सदा-सदा के लिए', 'बर्दाश्त से बाहर' और अपनी बाँहों की मछलियाँ दिखाने के बाद भी निराश, साइकिल के कैरियर पर बिठाकर छोड़ गया था सन्नी देओल उसे उसके बाप के घर।

कई दिनों तक रोती-सुबकती रही थी मुनमुन सन्नी देओल के बनाये दिल और उसमें बिंधे तीर को देख-देख। कई दिनों तक सुनती रही थी लोगों के बोल—साली नाटक करती है!

1989 नहीं रहा। नागा घोष सुमन सरकार मर-खप-बिला गये। सन्नी देओल बहुत दूर सूरत में, या कि दिल्ली में नौकरी करता है या नौकरी का नाटक करता है, कौन जाने!

यही सब सोचती है रमापद कि बीवी मुनमुन 'स्वीट ड्रीम्स' कढ़े तकिये पर सर रखकर सोते-सोते।

हुर्र हुर्र भागती है लास्ट लोकल...रमापद खटखटाता है घर का दरवाज़ा...ख़ूब चाव से खाता है रमापद, मुनमुन के हाथ के बने खाने की तारीफ़ करता है ख़ूब। बिस्तर पर पड़ते ही सो जाता है।

आधी रात झकझोड़कर जगाती है मुनमुन रमापद को।

1989 1989 1989—हुर्र हुर्र भागता है 1989।

ख़ूब प्यार करती है मुनमुन रमापद को—देर तक।

(भाषासेतु ब्लॉग, 2011)

झूठ तथा अन्य कहानियाँ

मसलन हमने शिबू के पिता को कभी नहीं देखा। अपनी माँ से शिबू ने कई बार पूछा था, शुरू में तो वह टालती रहीं, एक दिन आज़िज आकर कसके तमाचा जड़ दिया। उसने रोते हुए मुझसे कहा था, झूठ बोलती है स्साली। कहती है कि जिस साल मैं पैदा हुआ था, मेरा बाप हैजे में मर गया। कभी कहती है, ख़ूब दारू पीता था, जिगर की ख़राबी से मर गया। मैंने उसके कन्धे सहलाये थे—जाने दे यार! उसकी हिचकी बँध गयी थी। मैंने हिचकते हुए पूछा—जब तू पैदा हुआ था, तेरा बाप मर गया। फिर तेरी बहन कहाँ से टपक पड़ी? उसने आस्तीन से मुँह पोंछते हुए सहमति में सिर हिलाया—वही तो! ...लेकिन अगर मैं यह पूछने जाऊँ तो मुझे लात से मारेगी, पक्का।

उसकी बहन नैना के बारे में मैंने जो अभी ऊटपटाँग बातें कीं, अगर तापस ने सुन लिया होता तो मुझे लात से मारता, पक्का। शिबू को नहीं बताया मैंने कि तापस नैना पर जान छिड़कता था। खुलेआम नैना मेरी मैना, जगाये सारी रैना, छीने मेरा चैना वाला गीत गाता था। वैसे शिबू को इस सन्दर्भ में कुछ बताने की ज़रूरत भी नहीं थी, हम सभी जानते थे। तापस ख़ुद उसके बारे में गन्दी-गन्दी बातें करता था, लेकिन उसकी बातें सुनकर अगर हममें में से किसी ने एक सिसकारी भी भरी, तो पीट देता था। वह उम्र में हम दोनों से चार, नैना से साढ़े पाँच साल बड़ा था। एक दिन उसे मैंने शिबू के घर से कमर पर बँधे अँगोछे को ठीक करते हुए निकलते देखा था। नैना तो स्कूल में थी, फिर वह किसके साथ... ? सुनकर शिबू ने फिर से अपनी माँ के लिए एक भद्दी-सी गाली निकाली थी। लेकिन मैंने तापस के अँगोछा ठीक करते निकलने वाली बात झूठ कही थी।

मैं अच्छे परिवार से था, मेरे पिताजी कुछ नहीं करते थे, लेकिन मेरे पिताजी के पिताजी ज़मींदार थे। मेरा घर बहुत बड़ा था, मेरी माँ हमेशा पूजा-पाठ करतीं और छुप-छुपकर रोती रहती थीं। मेरे सिर में हिमताज तेल लगाकर मालिश करती थीं और कहती थीं कि झूठ बोलना पाप होता है। वह चोरी करने को भी पाप मानती थीं,

मुझे चोरी करने में मज़ा आता था। घर में ही नहीं, स्कूल में भी चोरी किया करता था। जब कुछ करने को नहीं होता, मैं चोरी करता या झूठमूठ क़िस्से बनाता कि कल मैंने देखा कि तापस कमर में बँधे अँगोछे को ठीक करता हुआ...। शिबू अपनी माँ को गाली देते हुए कहता था कि एक दिन वह घर छोड़कर बम्बई भाग जाएगा। मैं किसी फ़िल्म का डायलॉग मारता—ऐसी ज़िन्दगी से तो मौत बेहतर! मैंने उससे नहीं बताया कि मैं भी नैना को लेकर बम्बई भाग जाने के सपने देखा करता था। रात में सोने से पहले नैना के बारे में गन्दी-गन्दी बातें सोचता था। बीच में मेरी माँ देखने आतीं कि मैं ठीक से सोया हूँ कि नहीं, मेरी मसहरी ठीक करतीं, चादर ओढ़ा जातीं। कभी-कभी पलंग के पाये से लगकर देर तक मुझे सोते हुए देखतीं, मैं दम साधकर सोने का नाटक करता।

हमारे घर मांस-मछली नहीं बनती थी। पिताजी वैष्णव थे, तुलसी धारण किया हुआ था। माँ ने बताया था कि वह अपने मायके में खाती थीं, शादी के बाद उन्होंने भी छोड़ दिया। इसी प्रकार पिताजी को बैंगन पसन्द नहीं था तो हमारे घर बैंगन कभी नहीं बना और आज तक मुझे मौक़ा नहीं मिला यह तय करने का कि बैंगन मुझे पसन्द है या नहीं। पिताजी कढ़ी भी नहीं खाते थे, जबकि मुझे दही डली कढ़ी बहुत पसन्द थी। शिबू की माँ कभी-कभी मेरे लिए कढ़ी बनाया करती थीं। शिबू की माँ मछली क्या ही स्वादिष्ट बनाती थीं! एक दिन मैंने कहा—काकी, अब से जब भी बनाना, मेरे लिए भी बना देना। उन्होंने प्यार से मेरी ठोड़ी छूते हुए कहा था—ठीक है, लेकिन दीदी को या ठाकुर दा को मत बताना। वह मेरी माँ को दीदी और पिताजी को ठाकुर दा कहती थीं। अपने माता-पिता से सच न बोलना, झूठ बोलने का स्वाद लिए होता। जिन दिनों हम सर्वाधिक झूठ बोल रहे होते, हमारे चेहरे सच के अपूर्व प्रकाश में खिले हुए होते। दुनिया के जघन्य अपराधियों के चेहरे साधुओं की शान्ति-दीप्ति लिए हुए होते। पिताजी का चेहरा हमेशा निर्लिप्त रहता था। वहाँ अमूमन कोई भाव नहीं होता। रेडियो पर क्रिकेट की उत्तेजक कमेंटरी सुन रहे होते और हमें भ्रम होता, वे सो गये हैं।

पिताजी दिन भर सहन में पड़ी आरामकुर्सी पर पैर फेंके हुक़्क़ा पीते रहते थे। मैं भी छिपकर हुक़्क़ा पीता था। मैं सोचता था कि जब मैं बड़ा हो जाऊँगा तो दिन भर खुलेआम हुक़्क़ा पियूँगा। माँ कहती थीं, छी-छी, हुक़्क़ा पीना गन्दी बात है। मैं कहता, पिताजी तो पीते हैं। माँ कहतीं, वे तो बड़े हैं। मैं कहता, मैं भी बड़ा हो जाऊँगा तो गन्दी बातें करूँगा। इस बात पर माँ कभी हँसने लगतीं, कभी आँख निकालकर डराती थीं। माँ ने मुझे तीन-चार दफ़े पीटा था, पिताजी ने कभी छुआ भी

नहीं था। मैं माँ से नहीं डरता, लेकिन पिताजी से ख़ूब डरता था।

पिताजी के अलावा मैं तापस से भी डरता था। वह जब भी जहाँ जाने को कहता, मैं और शिबू मन मारकर चल देते। कभी माठ में दूसरे बच्चों के साथ क्रिकेट या खो-खो खेल रहे होते, खेल क्या ही जम रहा होता, हमारा दल जीत रहा होता कि वह आता और पुकार लगाता।

क्या है? मैं पूछता।

वह कहता, काम है।

फिर नदी किनारे ले जाता, चट्टान पर बैठकर इधर-उधर की बातें करता। आज़िज आकर मैं पूछता, बोलो क्या काम है? वह रवि ठाकुर की कविता सुनाने लगता। नज़रूल गीत-सुगम संगीत, मोहन बागान-ईस्ट बेंगाल। उत्तम कुमार की तारीफ़ करता, जबकि हमें सौमित्र की फ़िल्में पसन्द थीं। मैं सिर धुनता रहता। सत्यजीत रे या ऋत्विक घटक का नाम हमने सबसे पहले उसी के मुख से सुना था। पहाड़ी सान्याल-छबि बिस्वास, मेघे ढाका तारा-मृगया। वह पूछता, शरत् बाबू का 'पथेर दाबी' पढ़ रहा हूँ, उसका एक अंश सुनेगा? मेरी माँ भी दोपहर के खाने के बाद जब पिताजी भात-नींद लेते, उन्हें पंखा झलतीं और शरत् बाबू को पढ़ती रहतीं। शरत् बाबू उन्हें रोने का बहाना देते। पिताजी या मेरे पूछने पर वे आँचर से लोर पोंछते हुए कहतीं, आह बेचारी किरणमयी!

नदी किनारे जब मैं और शिबू होते, मैं कंकड़ी उठाकर पानी की सतह पर यों फेंकता कि कंकड़ी दो-तीन बार उछलते हुए सतह को छीलती चली जाती। मैं बहुत कोशिश करता, लेकिन दो-तीन से ज़्यादा उछाल नहीं दे पाता, शिबू कभी-कभी सात-आठ उछाल दे देता। वह मेरी ही कक्षा में पढ़ता, उसकी याद्दाश्त बहुत पक्की थी। जिस पाठ को मैं सुबह-सुबह दूध-चबेने के साथ रट्टा मारकर भी ठीक से याद नहीं कर पाता, वह दो-एक बार पढ़ने के बाद ही कंठस्थ कर लेता। गुरुजी उसकी तारीफ़ करते नहीं थकते। मैं मन ही मन कुढ़ता और तरह-तरह के क़िस्से बनाता। नैना के बारे में स्कूल के पेशाबघर की दीवारों पर गन्दी-गन्दी बातें लिखता और बाद में शिबू को पढ़वाता। एक बार मैंने नैना का नंगा चित्र भी बनाया था जो मुझे ख़ुद ही बहुत सुन्दर लगा। बाद में कॉपी पर मैंने कई बार कोशिश की, लेकिन उतना सुन्दर नहीं उतर पाया।

एक बार तापस ने मेरा कॉलर पकड़कर पूछा था, नैना के बारे में तू ही लिखता

है न पेशाबघर की दीवारों पर? मैं मारे डर के मारे काँप गया था, इंकार में सिर हिलाया, हकलाते हुए विद्या क़सम खायी। तापस मुझे ग़ौर से देखता रहा, बोला, कुणाल तूने दुबारे ये हरक़त की तो इसी नदी में तेरी लाश उतराती हुई मिलेगी। उस दिन लंच टाइम में कदम्ब की गाछ के नीचे मैंने शिबू को बताया कि यह तापस ही है जिसने पेशाबघर की दीवार पर नैना का नंगा चित्र उकेरा था। फिर मैंने देर तक नैना के अंगों के आकार-प्रकार पर बातें की थीं। शिबू ने कुछ नहीं कहा, चुपचाप मुझे देखता रहा।

उस दिन मैं उसके घर भी गया, काकी ने मछली बनायी थी। उस दिन मैं नशे में था—वह उन्माद था कि जाने क्या, क्रूर से क्रूरतम् होने के क्रम में खाते हुए खाते हुए मैं काकी के अस्त-व्यस्त कपड़ों में झाँकता रहा। शिबू ने मुझे ऐसा करते हुए देख लिया और जब उसकी माँ ने उससे पूछा, और लेगा? वह ग़ुस्से से भरकर बोला, कोई ज़रूरत नहीं। खाना खाने के बाद मैं नैना के कमरे में गया, वह बिस्तर पर अधलेटी 'अदरक के गुण' नामक पुस्तक पढ़ रही थी। मैंने उसकी बाँह को सहलाते हुए पूछा, यह क्या पढ़ रही हो मेरी नैना? वह तुनक गयी, मेरा हाथ झिड़कते हुए पूछा, तुमसे मतलब? मैंने कपड़ों के उपर से उसकी जाँघ पर चिकोटी काट ली। उसने मुझे देखा, मेरी हिम्मत की बलिहारी, मैंने उसे आँख मारी। उसने मुझे गाली दी, कुत्ता कहीं का, बेशरम! मैं उससे बड़ा था, मेरी सामाजिक हैसियत उससे बड़ी थी। ऐसे में उसका मुझे गाली देना उस विशेषाधिकार के तहत आता था जहाँ बड़े-बड़े राजा-रजवाड़े शराब के नशे में धुत्त होकर दो-टके की वेश्याओं के क़दमों में लोटते रहते हैं और वह उन्हें दुत्कारती-फटकारती रहती है। अपनी कलाई पर लिपटे अदृश्य गजरे को सूँघते हुए में ही-ही करता बाहर चला आया।

शिबू सोने के लिए चला गया था, मैं बर्तन धोती उसकी माँ के आगे कुर्सी डालकर बैठ गया। वह उकड़ू हो बैठी बर्तन धो रही थीं, मैं उन्हें ग़ौर से देख रहा था। कभी-कभी वह मुझे देख लेतीं। मैंने निकर पहना हुआ था, थोड़ी देर में मेरा उनके सामने बैठना मुश्किल हो गया। उन्होंने भी ग़ौर किया, पल्लू ठीक कर लिया, हँसते हुए बोलीं, जा भाग यहाँ से बोदमाश!

दूसरे दिन मैंने शिबू को सारी बातें विस्तार से बताईं, जिनमें से कई झूठी थीं। मैं चाहता था कि शिबू रोये, अपनी माँ को गाली दे, लेकिन ऐसा कुछ भी न हुआ। वह उजबक की तरह मुझे टुकुर-टुकुर देखता रहा। पहली बार यह सब सुनकर भी उसके चेहरे पर कोई भाव नहीं आया। अन्त में थककर मैं चुप हो गया। फिर थोड़ी देर बाद वहाँ से उठकर हम माठ में खेलने आ गये। खेलते हुए एक बार जान-

बूझकर मैंने उसे धक्का दिया। वह गिर पड़ा, उसका बायाँ घुटना छिल गया। मैंने उससे पूछा, मैं तुम्हें सहारा देकर तुम्हारे घर तक छोड़ दूँ? उसने कहा कि वह ठीक है और लँगड़ाते हुए घर लौट गया।

इस घटना के बाद दो दिनों तक शिबू मुझसे नहीं मिला, न स्कूल ही आया। तीसरे दिन मैं उसके घर पहुँचा तो पता चला, वह बीमार है। थोड़ी देर उससे इधर-उधर की बातें कीं, उसकी माँ से मिला। उसकी माँ ने नैना को चाय बनाने के लिए कहा। चीनी नहीं थी, सो वह गुड़ की चाय बना लायी। मैंने चाय की तारीफ़ की, वह आँगन में लगे लकड़ी के पाये से सटकर सुनती रही। मेरी देखा-देखी उसकी माँ भी उसकी तारीफ़ कर रही थीं। नैना की नज़रें नीचे की तरफ़ थीं और वह पैर के अँगूठे से फ़र्श को खुरच रही थी। शिबू चादर ताने सोने की कोशिश कर रहा था। थोड़ी देर बाद जब उसकी माँ चली गयीं, चाय ख़त्म कर मैं उठा।

कप कहाँ रखूँ? मैंने नैना से पूछा।

मुझे दे दो। वह पाये की आड़ से निकलकर मेरी तरफ़ ख़ुद कम बढ़ी, हाथ को ज़्यादा बढ़ाया।

मैंने एक नज़र शिबू को देखा, उसने करवट लेकर मुँह दीवार की तरफ़ कर लिया था। चादर सिर तक। मैंने नैना का हाथ पकड़ लिया। उसने चुप ही चुप हाथ छुड़ाने की कोशिश की। मैं आगे बढ़ा और उसकी तर्जनी को मुँह में भरकर चूसने लगा। उसे गुदगुदी हुई, वह खिल-खिल हँसने लगी। चादर के भीतर शिबू की बेडौल आकृति खाँसने लगी। मैंने दूसरे हाथ से उसकी छातियाँ टटोलनी शुरू कर दीं। नैना ने एक नज़र उधर देखने के बाद मुझे आँखें तरेरीं। मैंने एक बार कसके उसकी छाती को भींचा, उसके मुँह से एक अजीब-सी सीत्कार निकली। शिबू की खाँसी बढ़ गयी। मैंने नैना को और पास खींचा। इस खींचातनी में कप फ़र्श पर गिर पड़ा। हड़बड़ाकर मैंने उसे छोड़ दिया। मुस्कराकर उसने मुझे गाली दी, कमीना! उसके जाने के बाद मैंने शिबू से कहा कि यार मैं भी चलता हूँ। उसने कोई जवाब नहीं दिया।

घर लौटा तो पड़ोस की दादी आई हुई थीं माँ के पास। मेरी ही बातें चल रही थीं, किसी सन्दर्भ में माँ मेरी तारीफ़ कर रही थीं। मैंने दादी के चरण छुए और माँ से

कहा, माँ भूख लगी है। दादी ने मेरे बालों में उँगली फेरीं, बोलीं, बड़ा प्यारा और संस्कारी बच्चा है। माँ ने उठते हुए हँसकर कहा, नज़र न लगे मेरे लाल को! और वह खाना निकालने चली गयीं। मैंने दादी से कहा, दादाजी हाथ-मुँह धोकर आता हूँ। खेल कर आया हूँ, सो बहुत सारे किटाणु होंगे न! डिटॉल साबुन से फ्रेश हो जाऊँगा। दादी बोलीं, जा-जा बेटा, जल्दी जा। रेडियो पर किटाणुओं के बारे में बहुत सुना है। बड़े दुष्ट होते हैं। जा तू।

माँ को मेरी सारी बातें पसन्द थीं, सिवाय इसके कि मैं शिबू-लोगों से मेलजोल रखता हूँ। पिताजी कुछ नहीं कहते, लेकिन माँ जब-तब अकेले में मुझे बरजा करती थीं। दरअसल हमारे गाँव में शिबू-लोगों के बारे में कई बातें प्रचारित थीं। शिबू के पिता को, जैसा कि मैं पहले ही बता चुका हूँ, आज तक मैंने नहीं देखा। उनका घर कैसे चलता है, आमदनी का क्या स्रोत है, यह भी किसी से छुपा न था। कुल मिलाकर मैं भली-भाँति जानता था कि खुले तौर पर उनसे किसी प्रकार का सम्बन्ध मेरे जैसे घर के लोगों के लिए वर्जित था। इसके उलट शिबू की माँ कई बार मेरे दालान में आती-जाती दिख जातीं। पिताजी से घूँघट की आड़ करतीं, पिताजी हुक़्क़ा पीते रहते। एक बार आधी रात जब प्रकृति की पुकार से निबट कर मैं सहन से गुज़र रहा था, वह दालान से जल्दी-जल्दी निकलती दिखीं। हमारे खेतिहर जब धान या सब्ज़ी ले आते तो पिताजी थोड़ा-बहुत शिबू के घर भिजवा देते। माँ कुढ़ती रहतीं। बहुत दिनों पहले एक बार जब खेल में मैं हार रहा था तो शिबू की माँ ने उसे फटकारा था, उसके बाद अक्सर मैं जीत जाता और मेरी जीत पर शिबू की माँ बहुत ख़ुश होतीं। कक्षा पाँच के बाद से मैं हमेशा प्रथम आया, शिबू द्वितीय। शिबू ने बताया कि उसकी माँ हेड सर से मिलने गयी थीं।

दो-चार दिनों में शिबू की तबीयत जब ठीक हुई, तो उसकी माँ ने उसे मेरे साथ खेलने को भेजा। इन दो-चार दिनों में मैं तापस के साथ नदी में तैरना सीख रहा था। तापस बड़ा तैराक था, अक्सर नदी हेल जाया करता था। मैं बस पानी में हाथ-पाँव पटकते हुए किनारे से कुछ दूर जाकर वापस लौट आता। शिबू जब आया, तो मैंने अपने इस नये शौक़ के बारे में उसे बताया। झूठ, चोरी, मांस-मछली और बैंगन-कढ़ी की तरह नदी में नहाना भी मेरे घर में वर्जित था। माँ कहतीं, मेरे सिर के पिछले हिस्से में बालों के बीच दो भँवरें पड़ा करते हैं। कहा जाता है कि ऐसे लोगों को पानी से दूर रहना चाहिए। मेरी तरह शिबू को भी नदी में नहाना बहुत पसन्द था,

और उसके घर में कोई ख़ास रोक–टोक भी नहीं थी। नैना शुरू से ही नदी में नहाती थी, उसकी माँ भी कभी–कभी उसके साथ हो लेतीं। इसलिए जब भी हम नहाते, शिबू अपने घर से अँगोछा ले आता। चूँकि उसकी माँ भी नहीं चाहती थीं कि मैं नदी में नहाऊँ, इसलिए वह सिर्फ़ अपने लिए ही अँगोछा लाता। उससे अँगोछा लेकर मैं अपने सारे कपड़े उतार देता और नदी में कूद पड़ता। वह किनारे बैठा मेरे कपड़ों को अगोरता रहता। कभी उसे नहाना होता तो मेरे बाद गीला अँगोछा लपेटकर वह भी उतर जाता। कभी–कभी मैं ज़िद करता कि हम दोनों साथ नहाएँ। इसके लिए वह बमुश्किल ही तैयार होता, क्योंकि तब उसे नंगे ही उतरना होता। पानी के भीतर मैं अक्सर उसे चिढ़ाता। वह हँसकर टाल जाता।

एक बार ऐसे ही पानी के भीतर वह नंगा था, तो मैं उसे चिढ़ाने लगा। थोड़ी देर बाद मैं उत्तेजित हो गया और अनायास ही मेरे मुँह से नैना का नाम निकल गया। वह एक पल को वह ठिठका। मुझे चुपचाप देखने लगा। फ़ारिग होने के बाद मैं देर तक चट्टान पर लेटा हाँफता रहा।

इस घटना के बाद मैं शिबू के सामने नैना के मामले में खुलकर बातें करने लगा। शुरू–शुरू में वह चुप ही रहा करता, जैसे उसने स्थिति को स्वीकार लिया हो। कभी मैं जब उसके घर पर होता, वह जान–बूझकर इधर–उधर हो लेता, ताकि मैं नैना के साथ ज़्यादा से ज़्यादा वक़्त बिता सकूँ। एक समय ऐसा आया जब मैं उसकी माँ के समक्ष नैना के हाथ थाम लेता। नैना के मन में मेरे लिए क्या था, यह मुझे नहीं पता। वह बहुत सुन्दर थी और स्कूल भर के लड़के उसकी नज़र में आने के लिए बेताब रहा करते थे। तापस से उसका ठीक किस स्तर तक सम्बन्ध था, मुझे या शिबू को यह नहीं पता, लेकिन इतना तय है कि उसकी तस्वीरें मैं ही पेशाबघर की दीवारों पर उकेरता था, यह ख़बर तापस तक किसी और ने नहीं, ख़ुद नैना ने पहुँचायी थी।

मुझे आज भी याद है, एक बार लगातार दो दिनों से मूसलाधार बारिश हो रही थी। बीच में आधे घंटे से बारिश रुकी थी, और लगातार दो दिनों तक बिना कुछ किये–धरे अपने कमरे में क़ैद रहने के बाद जैसे ही बारिश रुकी, मैं शिबू के पास चल पड़ा। रास्तों में पानी भर आया था, खेतों में खड़ी फ़सलें बरबाद हो गयी थीं। घरों–खलिहानों में लग आये पानी को लोगबाग टम्बर–बाल्टियों से उलीच रहे थे। बच्चे छप्प–छप्प बारिश के चहबच्चों में उछल–कूद मचाये हुए थे। मैं जैसे–तैसे शिबू के

यहाँ पहुँचा, द्वार पर ही नैना से भेंट हो गयी। वह एक हाथ में साफ़-धुली नाइटी, साबुन आदि तथा दूसरे हाथ में पीतल की एक लुटिया लिये नदी की तरफ़ जा रही थी। अँगोछे को उसने पहनी हुई नाइटी के ऊपर से ही शॉल की तरह वक्षों पर लपेट लिया था। मैंने उसे टोका, ऐसे में नदी पर जा रही हो नहाने?

उसने कुछ नहीं कहा।

ज्वार आया होगा।

चलोगे? उसने बस इतना पूछा।

चलूँ? मैंने पूछा, हालाँकि इसकी क्या ज़रूरत थी!

वह बिना कोई उत्तर दिये आगे बढ़ गयी। असमंजस में मैं वहीं रुका रहा। दस क़दम बढ़कर वह रुकी, मुड़कर देखा। किसी सम्मोहन में मैं उसके पीछे बढ़ गया। वह फिर से आगे बढ़ गयी। गाँव के सीमाने को पार कर उसकी गति थोड़ी धीमी हुई, जिससे कुछ ही देर में मैं उसके साथ हो गया। उसने साबुनदानी और लुटिया मुझे पकड़ा दी। हाथ में ली हुई नाइटी के नीचे उसके अधोवस्त्र दिखे, जिसे उसने दिखने दिया।

नदी का जल-स्तर काफी बढ़ गया था। लहरें ऊँची हुई आ रही थीं। घाट की अधिकांश सीढ़ियाँ जलमग्न थीं। चारों तरफ़ सुनसान, एक परिन्दा तक नहीं। बहती हुई हवा अपेक्षा से ज़्यादा ठंडी थी और उसकी गति तेज़। आसमान का रंग काला हो रहा था, बारिश कभी भी लौट सकती थी।

लौट चलो नैना। जब वह घाट की सीढ़ियाँ उतरने को हुई, मैंने कहा। मेरी आवाज़ जैसे लौकी की लता हो, नैना की गतिविधियों से लगी-बझी।

अकेले में मेरे साथ डर लगता है? ...भाई के सामने या माँ के सामने तो बड़े ढीठ बन जाते हो! उसने गर्दन मोड़कर मुझे स्त्रैण लहजे में कोंचा।

बात वो नहीं। नदी ख़तरनाक हो चुकी है।

मज़बूत मुफ़ीद जवाब देने की जगह उसने अपनी कोमल भंगुर बाँह बढ़ायी, जैसे बुला रही हो। आज सचमुच उसके हाव-भाव साँप की तरह आकर्षित करने, किन्तु डराने वाले थे। एक अजीब-से सम्मोहन में लिथड़ता जब मैं उसके एकदम पास घिसट आया, उसने फुसफुसा कर कहा, ज़रा मेरी नाइटी का हुक तो खोल दो। उसके बुलाने से लगाकर मेरे यहाँ आने तक के फ़ासले में उसकी उजली आँखें मेरी आँखों की दीवार को छील रही थीं। जब उसने बहुत धीमी रफ़्तार से (और अन्त समय तक उसकी आँखें मेरी आँखों से चस्पाँ रहीं। आगे की तरफ़ मुँह कर लिया, मैंने देखा, हुक से उलझे हुए मेरे हाथ काँप रहे थे। तब तक उसने जूड़े में लगे पिन

को ढीला कर झटके से बालों को खोल दिया। मेरे चेहरे को बुहारते हुए उसके साँवले केश उसकी कमर पर फैल गये, और ठीक इसी वक़्त मैंने उसकी नाइटी ढीली कर दी। एक पल के लिए उसकी नंगी पीठ झलकी और फिर केशों की आड़ में छिप गयी, जैसे एक क्षण के लिए बिजली चमकी हो, फिर पूर्ववत् अँधेरा। उसकी पीठ की धूप ने मुझे चौंधिया दिया। गिरती हुई नाइटी को उसने थामने का कोई यत्न न किया। उसके आलता लगे तलुवों को गोलाई में घेरती हुई नाइटी ने सीढ़ियों के फ़र्श पर जैसे एक सुरक्षा वृत्त बना दिया और जब उसने दायाँ पैर उठाकर उस वृत्त को लाँघा, तो मुझे ऐसा लगा वह एकदम नंगी दुनिया के खुले ख़तरनाक में दाख़िल हो गयी। पीछे उस मूरख नाइटी की लाश बिछी थी जिसने मरते दम तक उसे ढँके रखने की ज़िद पाल रखी थी।

वह जैसे किसी नशे के प्रभाव में सीढ़ियाँ उतर रही थी, फ़ैसलाकुन पाँव से दम्भ भरे क़दमों को एक नियमित अन्तराल से नापती हुई। जब उसके तलुवों ने पानी की सतह को स्पर्श किया, उसके पैरों के रोंगटे खड़े हो गये। वह रुकी। मुड़ी। हम दोनों की नज़रें मिलीं। मैं आगे बढ़ा। उसने साथ लाये धुले कपड़ों को मेरी तरफ़ बढ़ाया। मैंने ले लिया। उसके हाथ पीठ की तरफ़ मुड़े और उसने बड़ी सौम्यता से अपनी अँगिया को खोला। एक पल के लिए जैसे मुझे काठ मार गया। पीतल की लुटिया मेरे हाथ से गिर कर देर तक टुनटुनाती रही, फिर जलमग्न सीढ़ी पर जाकर पानी में गुड़प हो गयी। क्या कोई इतनी सुन्दर हो सकती है? उनकी शंक्वाकार गोलाइयों ने मुझे और मेरी दृष्टि को जड़ कर दिया। उसने हाथ बढ़ाकर मेरे बायें हाथ को पकड़ा और हवा में एक निश्चित दूरी तक अपनी छाती की दिशा में बढ़ाकर फिर छोड़ दिया। बीच की रिक्तता को मैंने ख़ुद तय किया। जैसे ही मैंने उन्हें छुआ, अब तक करीने से बिछे उसकी बाँहों के रोंये खड़े हो गये। उसके उभारों में कई नीली-हरी शिराएँ झलक रही थीं, मानो इस ज़िद में कि अगर सिर्फ़ छातियों पर ध्यान केन्द्रित किया जाए तो वे चुगली कर सकें, ये छातियाँ भी अन्ततः रक्त-मांस की बनी हैं, दैवीय नहीं। कत्थई दानों के गिर्द एकाध रोंये अपना आकार खोकर बड़े छल्ले बना रहे थे। रोंये से भरे तलपेट, गहरी नाभि, थोड़ा उभरा हुआ पेडू, सुनसान आसपास, हवा का गम्भीर बलगमी बहाव, आसमान के ऊपर बादलों का घिरना, धरती पर नीचे मेरा हल्के-हल्के काँपना वहाँ जो कुछ था, कमज़ोर और थोड़ा कुरूप था, इसलिए अपूर्ण था, मानवीयथा, इसलिए ऊष्म और उत्तेजक था। वहाँ मुझे पहली बार अपनी मर्दानगी पर पूरा विश्वास न हुआ, वहाँ नैना पहली बार सम्पूर्ण सुन्दर न लगी। वहाँ सबकुछ खुला था, अनावृत्त, हर राज़ से परदा उठ गया लगता

था। वहाँ जो था दो-टूक वही था, ऐन उतना ही था। उससे लगे-बझे क़िस्से, फन्तासियाँ अब न बचीं। आज के बाद नैना के बारे में सोचते हुए मेरी रातें बेस्वाद होनी बदी थीं।

आती हुई लहरों ने अबकी हमारे काँपते घुटनों को निशाना बनाया। एक तेज़ की छपाक हुई और वह पानी में कूद चुकी थी। मैंने महसूस किया कि सबसे पहले मेरे उस अब तक बढ़े हुए हाथ पर एक बूँद गिरी। जैसे ही मैंने अपना चेहरा ऊपर आसमान की तरफ़ किया, मेरे गाल के ठीक ऊपर आँखों के पास एक और बूँद। शुरू के कुछ बूँदों का हिसाब रखने के बाद मैं गड़बड़ा गया, और वहीं खड़ा-खड़ा बारिश में भीगने लगा। कहीं दूर से बादल के घरघराने की आवाज़ आई। एक किलकारी, फिर होश आया कि नैना कहाँ है! वह नदी में काफ़ी आगे बढ़ गयी थी। छींटों से आगे का दृश्य धुँधला दिख पड़ रहा था और नैना एक छोटे काले धब्बे की तरह दिख रही थी। एक नज़र ऊपर की सीढ़ियों को देखा, दो-चार सीढ़ी ऊपर गिरी पड़ी नाइटी पानी में सराबोर हो अब लोंदे की तरह दिख रही थी। मेरे दायें हाथ में नैना का धुला हुआ कपड़ा भी भीगकर कीचड़ हो रहा था। कपड़ों को वहीं दो सीढ़ी ऊपर सावधानी से रखकर मैं मय कपड़ों के पानी में उतर गया।

नैना की किलकारी रह-रहकर गूँज रही थी। मैंने तैरना नया-नया ही सीखा था, थोड़ी दूर तैरने के बाद ही थक गया। नदी के फ़र्श पर बारिश झमाझम बरस रही थी। पानी की सतह पर पड़ती बारिश की बूँदें साँस लेना दुश्वार कर रही थीं। कभी-कभी थपेड़े सीधे चेहरे पर पड़ते और तमाचे की तरह झनझनाते। नैना जैसे वापस आ रही थी। मैंने उसे आवाज़ दी, पता नहीं उसने सुना या कि नहीं। मुझे ख़ुद अपनी आवाज़ ठीक-ठीक नहीं सुनाई पड़ रही थी। लौटने की सोचकर एक नज़र पीछे की ओर देखा, तो अहसास हुआ कि मैं एक ऐसी ख़तरनाक दूरी तक आ गया हूँ कि वापस लौटना भी शायद ही सम्भव है। सहसा एक डर से मेरा कलेजा काँपने लगा। मैंने महसूस किया कि अब हाथ-पैर चलाने में भी काफ़ी मशक़्क़त करनी पड़ रही है। जाँघें बँध चुकी थीं। सिवाय मेरी चेतना के सब सुन्न पड़ने लगा। अन्ततः मैं चीखने लगा। हलक़ में नदी का पानी घुसने लगा। मेरी आवाज़ एक कुरूप घों-घों में तब्दील हो गयी।

जब मुझे होश आया, पहला अहसास यह हुआ कि बारिश अब भी हो रही है। मेरी पीठ किसी सख्त चीज़ पर टिकी हुई है और मेरे ऐन चेहरे के ऊपर कुछ अँधियारा-

सा है। ...नैना थी। अलफ नंगी। उसकी छातियाँ उसकी देह का आसरा खोकर अब मेरे सीने पर टिकी थीं। वह कुछ कह रही थी और उसी ताल में मेरा कन्धा झकझोर रही थी। मैंने आजिज़ आकर फिर से आँखें मूँद लीं।

थोड़ी देर बाद जब मैंने आँखें खोलीं, चारों तरफ़ देखा तो पता चला कि मैं नदी के दूसरे किनारे हूँ। नैना का कहीं कोई पता न था। कराहते हुए उठा तो अहसास हुआ, मेरी पीठ में चोट आई है, सिर किसी डिब्बे की तरह भारी था। बारिश अभी भी हो रही थी और ठीक मेरे ऊपर एक पाइप जैसा कुछ लगा था जो दूर दिखती दीवार में जाकर बिला जाता था। यह वर्षों से बन्द पड़ी जूट मिल की दीवार थी जो नदी के उस पार से भी दिखती थी। लोहे के उस जंग खाये पाइप का सहारा लेकर मैं खड़ा हो गया। चप्पलें उसी किनारे छूट गयी थीं। पतलून लस्त-पस्त। चारों तरफ़ देखा, नैना कहीं भी नहीं थी। खड़ा रहना दुश्वार होने लगा, तो धम्म-से वहीं बैठ गया। जाने कितनी देर तक बैठा रहा!

नैना जब लौटी तो उसके शरीर पर सिवाये जाँघिये के और कुछ न था। उसे देखकर मेरी घबराहट थोड़ी कम हुई, लेकिन जब उसी दीवार की आड़ से एक युवक भी निकला, तो मेरी हैरानी का ओर-अन्त न रहा। नैना ने बताया कि मैं लगभग डूब ही चुका था कि उसके इस दोस्त ने अपनी जान पर खेलकर मुझे नदी से निकाला। वह विस्तार से वर्णन करती रही। ...मुझे चुप देखकर उसने अन्त में पूछा, जब तुम्हें तैरना नहीं आता तो फिर क्यों कूद पड़े थे मेरे पीछे? मैं आ ही जाती एकाध घंटे में, बच्ची थोड़े हूँ!

नैना के बारे में यह इस तरह की पहली घटना थी, जिसका जिक्र मैंने शिबू से तो क्या, अपने जानने वाले किसी भी व्यक्ति से न किया। चन्दन नाम था उस लड़के का, उसी के बुलाने पर वह नदी पार कर उससे मिलने आई थी। यह अजीब बात है कि यह सब उसके मुँह से सुनने और उसे किसी और के साथ अधनंगी अवस्था में देखने के बाद भी मुझे उससे प्रेम की तीव्र अनुभूति हुई। इससे पहले कभी वह मेरी इतनी अपनी नहीं लगी थी। दो-एक दिन बाद मैंने उसे एक प्रेम-पत्र लिखा था, लिखा था कि मैं उससे शादी करना चाहता हूँ। उसके साथ घर बसाकर एक स्वस्थ और सुखी जीवन जीना चाहता हूँ। उसे पत्र थमाते हुए मेरे हाथ काँप रहे थे। उसने पूछा, क्या है ये? मैंने कहा, ख़ुद ही देख लो। जानती हूँ क्या हो सकता है, कहते हुए उसने पत्र को अपनी अँगिया में दबा लिया था। कई दिन बीत गये, उसने कोई जवाब नहीं दिया। पता नहीं उसने उस पत्र का क्या किया! एक बार साहस कर मैंने पूछा। उसने कहा, कई लोगों ने ऐसी चिट्ठियाँ पकड़ाई हैं। तुम्हें तो फिर भी जवाब

दे दिया, औरों की चिट्ठी तो फाड़ के फेंक देती हूँ वहीं के वहीं।

तुमने मुझे जवाब कब दिया?

दे चुकी हूँ कुणाल। याद करो।

नैना की माँ को अन्दाज़ा था कि मुहल्ले के सारे उसके हमउम्र उस पर जान छिड़कते हैं। उन्हें अपनी जवानी के दिन याद आ जाते। वह नैना को ग़ौर से देखतीं, क्या ख़ूब क़द-काठ पायी है उसने! कभी उन्हें उस पर लाड़ आता तो कभी वे डर जातीं। एक बार उन्होंने मुझसे खुले शब्दों में पूछा था कि क्या मैं नैना को पसन्द करता हूँ! मुझे तब नदी पार वाली घटना याद आई और जो मैंने कहा, उसका मुझे आज भी अफ़सोस है। मैंने कहा था कि नैना से मैं हँसी-मज़ाक कर लेता हूँ, लेकिन इसके अलावा उसके प्रति मेरे मन में और कुछ भी नहीं। शिबू वहीं था, उसे मेरा यह जवाब सुनकर आश्चर्य हुआ होगा। उसकी माँ ने मेरे सिर में दुलार वाली उँगलियाँ फेरीं। मैं बहक गया, बोला, लेकिन काकी, नैना अब बड़ी हो रही है। उसे अकेले नदी पर नहाने के लिए या सौदा-सुलुफ लाने के लिए मत भेजा करो। गाँववाले कैसे हैं, मुझसे बेहतर तुम जानती हो।

हाँ रे! जानता है, ठाकुर दा ने उसके लिए कोई लड़का देख रखा है। एकाध सालों में देवी माँ ने चाहा तो पार लगा दूँगी। फिर ये शिबू रह जाएगा तो इसके लिए कोई चिन्ता नहीं।

हालाँकि शादी की बात सुनकर मुझे अच्छा नहीं लगा था, लेकिन उनके रवैये से मुझे थोड़ा साहस मिला था। मैंने पूछा, काकी, तुमने क्यों पूछा कि नैना मुझे पसन्द है कि नहीं?

वो तो वैसे ही पूछा था शोना! तुझे बचपन से देखती आ रही हूँ, लेकिन समझ नहीं पाई कभी। वह उठते हुए बोलीं। सहसा देहरी तक जाकर रुकीं और कहा, और सुन, शादी में अभी वक़्त है। तब तक तू भी यहीं है और नैना भी। हँस-बतिया लिया कर। मैंने उसे समझा दिया है, वह तुझे रोकेगी नहीं। ठाकुर दा नहीं होते, तो जाने हमारा क्या होता!

वह चली गयीं और मैं आश्चर्य से उन्हें देखता रह गया। शिबू भी थोड़ी देर बाद उठकर अपने कमरे में चला गया। एक नज़र मैंने नैना के कमरे की तरफ़ देखा, लेकिन फिर बाहर चला आया। उस दिन पहली बार मैं नदी के किनारे अकेले गया था। चट्टान पर बैठे-बैठे जाने कितना समय बीत गया! रह-रहकर उस दिन वाला

दृश्य आँखों के आगे कौंध जाता जब नैना के साथ यहाँ आया था। उसकी उल्लंग छातियाँ, उसके घने बाल, बारिश, मौत, उसका प्रेमी। क्या नैना की माँ को उस युवक के बारे में पता है? क्या शिबू भी कुछ नहीं जानता? मुझे अपने-आप पर खीझ होती कि मैं ही क्यों न उन्हें सबकुछ बता देता! बता दूँ, फिर नैना क्या सोचेगी मेरे बारे में? उसे मुझ पर यक़ीन न होता तो वह मुझे अपने साथ क्यों आने देती? लेकिन अगले ही पल मैं यह सोच कर शशोपंज में पड़ जाता कि क्या नैना ने यह सब इसलिए किया कि उसे मुझ पर यक़ीन था? या वह बताना चाहती थी कि वह मुझसे, तापस या उस पर मर-मिटने वाले दसियों लोग से नहीं, बल्कि उस चन्दन से प्रेम करती है! उसे कैसे मालूम था कि मैं उसे प्रेमपत्र लिखने वाला हूँ, कि उसने मुझे पहले ही इतना करारा जवाब दे दिया!

निश्चित रूप से यह एक ऐसा सच था जो नैना के अलावा उसके घरवालों को पता नहीं था। मुझे पता भी था तो मैं उसकी माँ या शिबू से इस बाबत कुछ कहने वाला नहीं था, यह तय था। क्यों, यह ख़ुद मुझे भी नहीं मालूम। मेरे चारों तरफ़ ऐसे कई सच थे जिनके बारे में लोगबाग सब जानते थे, लेकिन उनकी चर्चा कोई नहीं करता था, क्यों यह नहीं मालूम। नैना की माँ और मेरे पिताजी के बारे में मेरी माँ अच्छी तरह वाक़िफ़ थीं, उन्हें कई दफ़े छुपकर रोते मैंने देखा है। नैना का चेहरा-मोहरा मेरे पिताजी से मिलता था, फिर भी उसके लिए मेरे मन में कोई नेक ख़यालात नहीं थे, यह उसका सगा भाई शिबू या उसकी माँ भी जानती थीं। मेरी माँ नहीं जानती थीं कि मैंने कई बारी नैना की जाँघों को सहलाया है, उसकी छातियाँ मसली हैं। वह यह भी नहीं जानतीं कि मैं उनके दुख को समझने जितना बड़ा हो गया हूँ। या क्या पता जानती हों तो भी ज़ाहिर नहीं करतीं। रातों में मेरे गीले सपनों में कभी नैना होती तो कभी उसकी माँ, यह सच शिबू को मैंने बताया है, लेकिन क्या इस बारे में उसकी माँ जानती हैं? कई बार अनजान बनकर मैं शिबू की माँ की देह से सट गया हूँ, यह उन्हें अच्छी तरह पता होगा। तापस समझता है कि नैना औरों की अपेक्षा मुझे ज़्यादा छूट देती है, मेरे साथ अकेले नदी पर नहाने जाती है। मेरी माँ को नहीं पता कि मुझे तैरना आ गया है। शिबू की माँ समझती हैं कि मैं पानी से बहुत डरता हूँ, इसलिए वह भी कभी-कभी मुझे बरजा करती हैं कि नदी किनारे न जाया करूँ। शिबू मेरे साथ नहाना नहीं चाहता, अगर कभी मेरी ज़िद पर नंगे पानी में उतरे भी तो मुझसे दूर-दूर ही रहा करता है। मेरे पिताजी ज़मींदार हैं, अमीर हैं, रसूख वाले, यह सच सब जानते हैं, मेरी माँ भी और मेरे स्कूल के हेड सर भी।

तापस को मैंने ही बताया था शेघी बघारते हुए कि उस दिन ख़ुद नैना ने मुझे अपने साथ नहाने चलने को कहा था। वह देर तक चुप रहा था, फिर पूछा था कि क्या नैना मुझसे प्रेम करने लगी है?

कन्धे उचकाते हुए मैंने कहा था, क्या पता, शायद।

तापस बुरी तरह मरोड़ खा चुका था। इससे पहले जाने कितनी बार उसने मुझे परेशान किया था, धमकाया था। आज वह ज़्यादातर चुप था। एक बार उसने मुझसे नैना के लिए लिखा प्रेमपत्र भी भिजवाया था जिसे मैंने रास्ते में ही फाड़कर फेंक दिया था। बाद में उसे पता चला, तो साथ-साथ यह भी पता चल गया कि हो न हो मैं भी नैना से प्रेम करता हूँ। क्या तू भी नैना से मोहब्बत करता है? तब उसने पूछा था। तब मैंने इंकार में सिर हिलाया था। फिर तुमने मेरी चिट्ठी क्यों नहीं दी उसे? मैंने बहाना बनाया था कि उसकी चिट्ठी मेरी पतलून की जेब में थी और ग़लती से माँ ने उसे धो दिया। उल्टे मैं ही उस पर चढ़ बैठा कि शुक्र करो कि माँ की नज़र में चिट्ठी नहीं पड़ी, वर्ना मेरी तो धुलाई होती ही, पिताजी तुम्हारी भी टाँगें तोड़ देते।

उस दिन मैंने नदी वाली बात सविस्तार बताई, सिर्फ़ चन्दन वाली बात छिपा गया। आगे वह सुन न सका। बोला, आटा निकालने को चक्की पर गेहूँ दे आया है। बातों ही बातों में देरी हो गयी। ...कि अब उसे निकलना होगा।

इसके बाद से तापस मुझसे कटा-कटा-सा रहने लगा, दूसरी तरफ़ जब से मैंने शिबू की माँ से कहा कि नैना के लिए मेरे मन में कुछ ख़ास नहीं, शिबू ने पहले-सा निस्संकोच मेरे साथ उठना-बैठना शुरू कर दिया। अब मेरा भी प्रयास होता कि उसके सामने नैना या उसकी माँ के बारे में कोई ऐसी-वैसी बातें न करूँ। कभी खेल में उसके साथ कोई बेईमानी कर रहा होता, तो मैं उसके पक्ष में उतर जाता। एक बार जब पहले की तरह बीच खेल में तापस आया और उसने हमें आवाज़ दी, शिबू उसकी तरफ़ बढ़ने ही लगा था कि मैंने उससे साफ़ शब्दों में कहा कि अभी हम दोनों नहीं आ सकते। शिबू ने इशारे में मना करना चाहा लेकिन मैं अड़ गया कि जब तक खेल पूरा नहीं होता, और उसके बाद भी जब तक हमारी इच्छा नहीं होती, हम यहाँ से नहीं जाएँगे। कुछ देर तक तापस वहीं खड़ा-खड़ा हमें खेलता हुआ देखता रहा, फिर चुपचाप लौट गया। उस दिन शिबू के चेहरे पर एक अरसे के बाद मैंने ख़ुशी की पनियल छाँह देखी। उस दिन मुझे उस पर बड़ा प्यार आया था। उस दिन तापस के लिए मेरे मन में हमदर्दी जगी थी।

इसके बाद मैं जब भी शिबू-लोगों के घर जाता, काकी से बातें करने के बाद, या शिबू के कमरे में कुछ वक़्त बिताने के बाद निकल आता। नैना की याद आती भी

तो प्रकट नहीं करता। कभी नैना से दो-चार हो जाता, तो भी मेरी कोशिश रहती कि उससे आम बातचीत ही हो। मैंने कई बार साफ़-साफ़ महसूस किया कि उसकी माँ या शिबू ही, जान-बूझकर मुझे नैना के साथ अकेला छोड़ने की फ़िराक़ में हैं, लेकिन हर बार मैं बहाना करता कि अब देर हो गयी, मुझे घर लौटना चाहिए। दूसरी एक आदत मुझमें और आ गयी कि अब मैं अक्सरहाँ नदी के किनारे अकेले बैठ जाता। काफी सुकून का अहसास होता बहते हुए पानी को देखकर। शाम बीत जाती, अँधियारा होने लगता तो ही मैं घर के लिए जाने का उपक्रम करता।

एक दिन माँ ने पूछा, क्या बात है आजकल चुप-चुप रहने लगा है! मेरी समझ में न आया कि क्या वाक़ई मैं चुप-चुप रहने लगा हूँ! मैंने बस इतना ही कहा, नहीं तो माँ! फिर माँ मेरे साथ देर तक बैठी मेरे दोस्तों, मेरी पढ़ाई-लिखाई की बातें करती रहीं। मैंने उनकी गोदी में अपना सिर टिका दिया। वह मेरे बालों में कंघी की तरह उँगलियाँ करती रहीं। कुछ देर बाद हम दोनों चुप हो गये। मेरी आँखें मुँदने लगीं। मैं अपनी माँ की गोदी में था, लेकिन मुझे शिबू की माँ याद आती रहीं। मुझे जीवन में पहली बार शिबू की माँ के सन्दर्भ में ग्लानि का अहसास हुआ। वह कहीं से भी मेरी माँ से अलहदा नहीं थीं। तापस के लिए भी दिल में रह-रहकर हूक-सी उठ रही थी। थोड़ी देर ऐसे ही लेटे-लेटे मुझे नींद आ गयी। जब आँख खुली, मेरे सिर के नीचे तकिया लगा हुआ था। रात के आठ के आसपास का वक़्त होगा, माँ रसोई में होंगी। जाने कब वह वहाँ से चली गयी थीं!

सुबह-सुबह जब मेरी आँखें खुलीं और महरी की जगह नैना को अपने कमरे में झाड़ू लगाते देखा तो मेरे मुँह से चीख निकलते-निकलते रह गयी। माँ स्नान करने के बाद पूजा की तैयारी कर रही थीं। मैंने जब पूछा तो उन्होंने बताया कि महरी अपने बेटे के यहाँ कोलकाता लौट चुकी है।

अब मुझसे तो यह सब पार लगेगा नहीं। शिबू की माँ काम पर लगना चाहती थी, लेकिन तू जानता है उसकी शकल मुझे पसन्द नहीं। जब तक कोई और महरी नहीं मिल जाती, नैना ही कर दिया करेगी। माँ ने जब कहा तो पता नहीं क्यों मैं भीतर तक दहल गया।

किसी और को भी रख सकती थी!

क्या हुआ सुबह-सुबह तुझे? माँ ने उल्टी हथेली मेरे माथे पर लगाकर तापमान जाँचा। मुझे चिढ़ हुई। मैंने उनका हाथ झटक दिया।

तू ठीक तो है न?

मुझे क्या होगा! ...लेकिन तुम तो जानती हो, मेरे कमरे में मेरी घड़ी, बटुआ सब यों ही पड़े रहते हैं। पहले वाली महरी थी तो डर नहीं था। मैंने बात बनाई।

देख, भले मैं शिबू की माँ को पसन्द नहीं करती, लेकिन इतना जानती हूँ कि ये लोग और चाहे जो कर लें, चोरी-वोरी नहीं करेंगे। वर्ना शिबू की माँ की जगह कोई और होती, तो वह बहुत कुछ कर सकती थी। कड़वा-सा मुँह बनाकर माँ मुड़ चुकी थीं। मैं वहीं खड़ा रहा, जब तक नैना को अपने कमरे की सफ़ाई कर निकलते नहीं देख लिया।

उस दिन स्कूल से लौटकर मैंने अपना बैग फेंका और तुरन्त बाहर निकल गया। नैना भी स्कूल से लौट आई होगी और थोड़ी देर में यहाँ पहुँच जाएगी। कई दिनों तक मेरी कोशिश थी कि मेरा सामना उससे न हो। वह सुबह सात बजे के आसपास आ जाती और नौ-साढ़े नौ तक रहती, शाम को पाँच बजे के आसपास आने के बाद लौटना रात के खाने के बाद ही होता। जाते हुए माँ कुछ खाना भी बाँध देती। कभी उसे जल्दी निकलना होता तो खाने का डब्बा पहुँचाने का काम मुझे करना पड़ जाता। शिबू-लोगों के लिए माँ की यह हमदर्दी मेरे पल्ले नहीं पड़ रही थी। कहाँ तो वह कभी उनके नाम से ही चिढ़ती थीं, मुझे वहाँ जाने से बरजा करती थीं और कहाँ अब अपने हाथों से डब्बा तैयार करतीं, मुझे पहुँचाने के लिए चिरौरी पर उतर आतीं। इसका नतीजा यह हुआ कि शिबू के साथ उसके घर की मेरी तफ़रीह कम से कमतर होती गयी। कभी जाता और उसकी माँ मेरी आवभगत में घर की एकमात्र कुर्सी लाने के लिए शिबू को भेजतीं तो मुझे अटपटा लगता। वह पूछतीं, क्यों बेटा, नैना मन लगाकर काम तो कर रही है न? मैं कन्धे उचका देता। फिर उसकी माँ देर तक मेरी माँ की तारीफ़ करती रहतीं। कहतीं, साच्छात् देवी हैं दीदी। भगवान मुझे कभी माफ़ नहीं करेंगे।

काफ़ी वक़्त लगा मुझे नैना के इस नये अवतार को स्वीकार करने में। धीरे-धीरे मैं सहज हुआ। इस बीच की अवधि में उसने मुझे समझा, कभी भी उसने कोशिश नहीं की कि मुझसे अकेले में मिले, बातें करे। बल्कि जब से उसने मेरे घर काम करना शुरू किया, वह मेरे प्रति पहले-सी शोख़ नहीं रही। हमेशा एक तरह की रुक्षता उसके नक़ूश पर मली होती। वह माँ की फरमाँबरदार थी। माँ उसे बहुत मानने लगी थीं। शाम को सारे काम निबटाकर दोनों टीवी देखने बैठ जातीं। मुझे

हँसी आती दोनों को साथ बैठे सास–बहू वाला धारावाहिक देखते देखकर। कई दफ़े माँ उसे लाड़ से भरकर डाँटतीं कि वह अपना ख़याल नहीं रख रही, बाल अस्त–व्यस्त हो रहे हैं, कपड़े मैले हो गये हैं इत्यादि। हद तब हुई जब एक दिन माँ ने ख़ुद मेरी अलमारी से क्रीम निकालकर उसे दिया कि वह नहाने के बाद अपने चेहरे पर लगाया करे। न सिर्फ़ यह, बल्कि उसे इस बात की इजाज़त मिल गयी कि वह यहीं का साबुन–शैम्पू इस्तेमाल करे। नैना ने संकोच से मेरी तरफ़ देखा था तो माँ ने कहा था, कुणाल की ओर क्या देख रही है, मैं कह रही हूँ न! दुर्गापूजा के अवसर पर पिताजी ने तो चाहे जो दिया हो, माँ ने अपनी तरफ़ से भी नैना के लिए दो जोड़ी सलवार–कमीज़ दिलवायी। नैना ने उसे मेरी ही अलमारी में रख दिया यह कहकर कि उसके घर में सीलन से ये महँगे कपड़े ख़राब हो जाएँगे। देखते–देखते मेरी अलमारी के एक आले पर उसका उपनिवेश स्थापित हो गया। उसकी बिन्दियाँ, चूड़े, क्लचर, पाउडर, आलते की शीशी, मेहँदी के पैकेट्स, कपड़े आदि वहाँ सलीके से जमाये रखे रहते। जब भी मैं अलमारी खोलता, उसका आला देखकर एक सुखद अनुभूति से भर जाता। कभी मेरी कंघी में नैना का कोई टूटा हुआ बाल फँसा मिल जाता, तो कभी मेरी मेज़ पर गृहशोभा गोल–मोल कर रखी होती।

जब उसे पहली तनख़्वाह मिली, वह सीधे मेरे कमरे में आई। मैं बिस्तर पर लेटा हुआ जीबनानन्द दास को पढ़ रहा था। उसने मुझे देखा, मुस्करा दिया। अँगिया में गुड़ीमुड़ी कर रखे नोटों को निकाला, थूक लगाकर उन्हें गिना। अलमारी खोली और उस डिबिया को निकाला, जिसमें मैं खुले पैसे जमा रखता था। मैं चुपचाप उसे देख रहा था।

उसने कहा, पूरे साढ़े पाँच सौ हैं, रख रही हूँ। हिसाब रखना अब से तुम्हीं।

और अगर मैंने तुम्हें बिना बताये खर्च कर दिये तो? मैंने शरारती हँसी हँसते हुए पूछा।

मत करना। वह जाने लगी। फिर रुकी। मुड़ी। एक बार हल्के–से दायें–बायें सिर हिलाते हुए पूछा, नहीं करोगे न खर्च?

नहीं करूँगा।

मुझे छूकर बोलो। उसने अपनी बाँह बढ़ा दी। कोहनी के आगे उसकी बाँह वक्र हो गयी थी। बाँह की रोंयेदार पीठ नीचे थी और पीठ की अपेक्षा पेट की चमड़ी मुलायम और उजली थी। इससे पहले जाने कितनी दफ़े मैं उसकी बाँहें पकड़ चुका था, लेकिन यह पहली बार था कि उसकी बाँहों को छूते हुए मैंने अपने भीतर एक सिहरन–सी महसूस की।

वह जाने लगी, फिर लौटी। पलंग के पैरहाने सटकर खड़ी हो गयी। चेहरा नीचे। एक हाथ से केश की सँवार से बाहर निकल आई लट को तर्जनी में घुमेटती। चुप। मैंने कहा, तुम्हें छूकर कहा न! नहीं करूँगा खर्च, जाओ निश्चिन्त रहो।

नहीं, वो बात नहीं है।

फिर?

वह किसी असमंजस में थोड़ी देर चुप बनी रही। फिर चेहरा उठाकर हठात् बोली, कुणाल तुम मार्केट जाओगे?

क्यों?

एक काम था।

क्या?

तुमसे कुछ मँगवाना था। ...अपने लिए। अन्तिम वाक्य थोड़ा धीमे कहा गया था, जैसे सिर्फ़ 'अपने लिए' कहा गया हो—दूसरे सुनने वाले से दूर हटकर।

हाँ भई अब तो तुम अमीर हो गयी हो, हाथ खोलकर खर्च कर सकती हो। मैंने हँसते हुए कहा। उसने बस एक फीकी हँसी हँस दी। हँसने की जुम्बिश में आँखों के कोर छोटे हो गये और उनमें मधु भर आई।

क्या मँगवाना है? रघु को बोल दूँ? रघु हमारा नौकर था, घर के लिए सौदा-बाज़ार या बाहर के अन्य काम वही किया करता था।

नहीं, जब तुम जाओगे तो बताना। वह जाने को उद्धत हुई तो मैंने उसे टोका, ठीक है शाम को जाऊँगा। अब तो बोलो क्या मँगवाना है?

जाने लगना तो बताना। कहकर वह चली गयी। मैंने पुस्तक एक तरफ़ कर दी और करवट लेकर उसके बारे में सोचने लगा।

शाम को जब मैं तैयार हुआ तो वह चाय देने मेरे कमरे में आई। एक बार एहतियातन इधर-उधर देखा और हाथ में दबायी एक मुड़ी-तुड़ी पर्ची थमा दी। पसीने से भीगने को आई उस पर्ची को जब मैंने खोलना चाहा तो उसने फुसफुसाकर बरज दिया, अभी नहीं, बाज़ार में पहुँचकर खोलना। मैं कुछ समझा नहीं, इस भाव से उसे देखने लगा। मेरे हाथ से पर्ची छीनकर उसने मेरी कमीज़ की जेब में डाल दी। यह सब करते हुए उसका मेरे पास आना अनायास ही हो गया। मैंने दरवाज़े की तरफ़ देखा कि किसी ने देखा तो नहीं। वह ढीठ वहीं खड़ी रही। निचले होठ को दबाये मुस्कराती हुई। मेरी जेब को अपनी हथेली से सहलाने-थपथपाने लगी।

एक बात पूछूँ कुणाल? ...क्या बात है, मुझसे तुम्हारा मन भर गया लगता है? उसने धीमे से पूछा। पूछने की इस सुनहली बेशरमी में उसका चेहरा कम आँखें

ज़्यादा झुक गयीं।

मेरी साँसें तेज़ हो गयीं, हटो यहाँ से, कोई आ जाएगा।

माँ सन्ध्या-पूजन कर रही हैं। उसका चेहरा अभी भी नीचे था।

घर में और लोग भी हैं। कहते हुए मेरा चेहरा ख़ुद-ब-ख़ुद उसके चेहरे से सटने लगा। उसने अपना चेहरा ऊपर को तान दिया। नज़रें मिलीं। मैंने उसकी कमर अपनी बाँहों में बाँध ली। मेरी जेब पर रखी हुई उसकी बाँह अब तक कॉलर का घेरा बनाते हुए मेरे कन्धे पर आ चुकी थी। उसकी देह से पसीने और मसालों-घी की घरेलू गन्ध आ रही थी।

तुम्हें मैं सुन्दर लगती हूँ?

हूँ। बहुत।

कितनी? वह घुँघरुओं-सी खिलखिलाहटों के बीच बोली। गुलाबी मसूढ़ों के अनुशासन में धवल दन्तपंक्तियाँ टिमकने लगीं।

मेरा चेहरा और पास आ गया। मेरी संजीदगी को भाँपकर उसकी हँसी काफ़ूर हो गयी। होठों पर पिछली मुस्कराहट के आधे-अधेले संस्मरण शेष रह गये। कुनमुनाती हुई बोली, कोई आ जाएगा। उसके इस कहे हुए वाक्य की दीवार दरकती हुई-सी थी।

तुम्हीं ने तो बताया, माँ पूजा कर रही हैं।

घर में और लोग भी हैं। कहते हुए उसने अपना चेहरा मेरे चेहरे से साट दिया।

मैंने अपने होठ उसके होठों से लगा दिये। उसकी नासापुटों से भाँप का एक गर्म झोंका निकला। मेरी जुबान ने पहली बार उसके तालू का स्वाद चखा। थोड़ी देर बाद उसने कहा, छोड़ो न! मैंने उसे छोड़ दिया। उसकी नज़र मेरे बिखर चुके बालों पर गयी। सबकुछ भूलकर सहसा वह हँसने लगी, देखो तो, एकदम भालू जैसे लग रहे हो।

वह कंघी ले आई और मेरे सामने आकर मेरे बालों को सँवारने लगी। पहली बार मुझे पता चला, वह क़द में मुझसे बित्ता भर नीची थी। मैंने सिर झुकाया हुआ था, वह अपनी एड़ियों को ज़रा उठाकर खड़ी थी। थोड़ी देर में मैं एक अच्छा बच्चा बन गया। मेरी ठोड़ी पकड़कर उसने मेरा चेहरा दाएँ-बाएँ करके मुझे निरखा, फिर उचककर चट्-से मेरी पेशानी को चूमते हुए कहा, देखने में तो तुमसे शरीफ़ कोई और नहीं!

मुझे नहीं पता था कि पर्ची में क्या लिखा था नैना ने। अगर इस बात की ज़रा भी भनक होती तो मैं अपने साथ शिबू को ले जाने की ग़लती कभी न करता। शिबू ने पूछा भी था कि ऐसा क्या ख़रीदना है जिसके लिए मुझे ख़ुद बाज़ार जाने की नौबत आन पड़ी। मैंने उससे कहा था कि ख़रीदना कुछ ख़ास नहीं, बस कई दिनों से इस तरफ़ आना नहीं हुआ तो सोचा घूम-फिर लिया जाए और जब नैना ने जाना कि मैं बाज़ार आ रहा हूँ तो घर की कुछ ज़रूरी चीज़ों की फ़ेहरिस्त पकड़ा दी। फिर मैंने बात बनाई, यार दरअसल मुझे कभी-कभी आते रहना चाहिए, पता तो चले कि जिस चीज़ का भाव रघु बीस रुपये बता रहा है उसका असल रेट क्या चल रहा है!

बात तो ठीक कहते हो! शिबू ने सहमति में सिर हिलाया, एक बात अच्छी लग रही है कि तुम घर के प्रति काफ़ी ज़िम्मेदार हो गये हो।

मैं हँस दिया। गाँव से कुछ दूर जहाँ हाइवे एक तीखा कोण लेकर बिछी है, एक छोटा-मोटा बाज़ार बस गया है। ज़रूरत के सामानात की दुकानें और फिर एक मछली बाज़ार। ज़ेरॉक्स-एसटीडी बूथ, जूते-चप्पलों, मिठाइयों, सैलून, विडियो पार्लर, कपड़ों और दवाइयों की दुकानें थोड़ा हटकर हैं और इससे सटा हुआ सब्ज़ी बाज़ार। पान-चाय की एक टिपरिया दुकान पर बैठकर मैंने दो सिगरेटें लीं और दोनों को शिबू की तरफ़ बढ़ाते हुए कहा, जा चूल्हे से सुलगा ला। उसने हैरत भरी नज़रों से मुझे देखा, बोला कुछ नहीं। सिगरेटें लेकर चूल्हे की तरफ़ बढ़ गया। साथ में हमने चाय भी ऑर्डर की। पैसे देने के लिए जब मैंने जेब टटोली, साथ में नैना की दी हुई पर्ची निकलकर गिर गयी। शिबू ने उठाया, पढ़ा। वह नैना की हस्तलिपि से वाक़िफ़ था। चुपचाप पर्ची को मेरी तरफ़ बढ़ा दिया।

क्या मँगाया है नैना ने?

मेरे इस सवाल के जवाब के रूप में शिबू ने कहा, यार तुम ख़रीदारी करो, मेरा पेट ज़रा गड़बड़ है सुबह से। मैं पीछे की तालाब का चक्कर लगा आता हूँ।

ठीक है, फिर यहीं मिलना। आधे घंटे में। पर्ची को जेब के हवाले कर मैं आगे बढ़ गया। थोड़ी देर बाद जब मैंने पर्ची को निकालकर पढ़ा तो सहसा साँप सूँघ गया। अनजाने ही आज फिर से शिबू पर मैंने अत्याचार कर दिया था। नैना ने अपने लिए कुछ सैनिटरी नैप्किन्स और एक ब्रेसरी मँगायी थी। सैनिटरी नैप्किन्स के आगे घसीटकर लिखा था, जैसा टीवी में दिखाया जाता है।

इन चीज़ों को ख़रीदने में मुझे कितनी परेशानी आई, बता नहीं सकता।

ख़रीदारी करके निकलते हुए मुझे महसूस हो रहा था कि मेरे हाथ में पॉलिथीन का बैग नहीं, बम की अटैची है। शिबू मुझे वहीं मिल गया। मैंने उससे

कहा, यार मुझे नहीं पता था कि नैना ने यह सब लाने के लिए लिखा है। तेरी क़सम।

वह मुस्करा दिया, कोई बात नहीं। मैं उसका भाई हूँ, इसलिए शायद मुझसे कहते शरमा रही होगी। फिर मेरे बाद बचा तो एक तू ही न जो यह सब उसे लाकर दे!

उसकी बात सुनकर मैं दंग रह गया। कितनी बड़ी बात उसने कितनी आसानी से कह दी थी! नैना के लिए मैं एक बाहरी पुरुष था और शिबू घर का। इसलिए वह शिबू से उतना नहीं खुल सकती जितना मुझसे। शिबू उसे बचपन से देखता आया था, उसके लिए वह वही बहन थी जिसे कभी-कभी उसने अपनी गोद में बहलाया था, अपने हाथों से निवाले खिलाये थे। धीरे-धीरे वह बड़ी होती गयी और उसके रूप-रंग, क़द-काठ ने अपना एक जुदा अस्तित्व धारण किया। लेकिन शिबू ने भाई होने के नाते हमेशा उसकी इस छवि को नज़रअन्दाज़ किया। मैं या तापस या अन्य लड़के जब उससे नैना की सुन्दरता, मादकता के बारे में बातें करते तो वह एक कान से सुनकर दूसरे से निकाल देता। यह एक झूठ था कि उसकी बहन उसके लिए अब भी बच्ची थी, लेकिन भाई होने के नाते वह इस झूठ को पूरी शिद्दत से निभाये जा रहा था। मेरे हाथों में पॉलिथीन का जो बैग था, उसमें उसकी बहन की छातियों की नाप थी, लेकिन शिबू से पूछा जाए तो उसे पता नहीं था कि उसकी बहन की छातियाँ भी हैं।

शिबू भली-भाँति परिचित था कि जब से नैना हमारे घर पर काम करने लगी है, उससे मेरी निकटता बढ़ गयी है। धीरे-धीरे न सिर्फ़ शिबू को, तापस इत्यादि सबको इसका अहसास हो गया। कई लड़के मुझे चिढ़ाते थे, हँसी-मज़ाक करते थे। शिबू इसे भी सहजतापूर्वक लेता, कम से कम मेरे सामने सहज ही दिखता। इसके उलट तापस मुझसे उखड़ा-उखड़ा रहने लगा। कभी आते-जाते उससे टक्कर हो जाती, वह मुस्कराता, पूछता कि क्या नया चल रहा है, लेकिन फिर तुरन्त किसी बहाने खिसक लेता। उसे जानने वाले उसका यह रूप देखकर आश्चर्य में थे। पहले भी वह घंटों बगियारी में घूमता-टहलता दिख जाता था, कभी कोई गीत गुनगुनाते हुए, कभी कोई पुस्तक पढ़ते हुए, लेकिन इस बीच वह लगभग पूरा का पूरा दिन पागलों की तरह भटकता रहता। और एक सुबह, जब अभी रात का धुँधलका शेष था, तारे ठीक से डूबे नहीं थे और आसमान के एक कोने में थका हुआ चाँद धीरे-धीरे रेंग

रहा था, उसने पेड़ की एक मजबूत डाल से लटककर फाँसी लगा ली। उसके शरीर पर एक सूत न था, और आँखें बाहर निकलने-निकलने को थीं। नीचे ज़मीन पर उसकी कविताओं की कॉपी पड़ी थी, जिसके पहले पृष्ठ पर बड़े हरफों में 'तुम्हारे लिए...' लिखा था।

उसकी मृत्यु के बाद पता नहीं क्यों शिबू बुरी तरह ख़ौफ़ज़दा हो गया था। कई बार अकेले में वह मेरा हाथ थाम लेता और जैसे उसकी साँसें रुकने लगतीं। किसी दिशा में एकटुक देखते हुए वह अपनी काँपती तर्जनी उठाता और कहता, वह देखो। मैं उसके बालों में हाथ फेरता और पूछता, क्या दिख रहा है? वह हकलाते हुए कहता, पता नहीं कौन है, पूरा नंगा। देखो, वह हमारी ओर ही नज़रें गड़ाये हुए है।

मुझे याद आया, जब हमें एक पागल बुड्ढे ने यह सूचना दी थी कि आम की बगियारी में तापस की लाश लटक रही है, शिबू देखने जाना नहीं चाहता था। मेरी ही ज़िद पर वह वहाँ गया था। तब तक पूरे गाँव में चर्चा फैल चुकी थी। काफी भीड़ लगी थी वहाँ। पड़ोस के पुलिस थाने से दो हवलदार और चांडाल बुलाये जा चुके थे। लाश को उतारा जा चुका था। डाल में गाँठ पड़ जाने से फन्दे को खोला नहीं गया था, चाकू से काटकर एक तरफ़ रखा गया था। रस्सी का कुछ हिस्सा अभी डाल से लटक रहा था। तापस की माँ छाती पीट-पीटकर रो रही थीं। कह रही थीं, आख़िर उस चुड़ैल ने मेरे बेटे को लील ही लिया। मिल गयी शान्ति अब उसे!

उसकी माँ का विलाप सुनकर शिबू ने फुसफुसाते हुए मुझे वहाँ से चलने को कहा था। जब मैंने कोई तवज्जो न दी तो थोड़ी देर में वह स्वयं वहाँ से निकल गया। बाद में मैंने उसे चारों ओर खोजा, वह नदी के किनारे उसी चट्टान पर बैठा मिला जहाँ तापस अक्सरहाँ बैठा करता था। जब मैं वहाँ पहुँचा, एक पल के लिए उसकी पीठ देखकर लगा, वह नहीं तापस है। घुटनों में अपना सर दबाये बैठा शिबू धीमे-धीमे रो रहा है, इसका पता थोड़ी देर बाद उसकी पीठ को एक लय में हिलते देखकर हुआ। मैं दबे पाँव उसके पास पहुँचा और ज्यों ही उसकी पीठ को सहलाया, वह डर के मारे एकबारगी चीख पड़ा। मैं हूँ यार, मैंने कहा तो उसने आस्तीन से आँसुओं को पोंछा और एक भद्दी-सी गाली निकाली। यह गाली मेरे लिए नहीं थी, मैं जानता था। वह अक्सर अपनी माँ के लिए यही गाली निकालता था, लेकिन अबकी यह गाली उसकी माँ के लिए भी नहीं थी, यह भी मैं जानता था। तब मुझे उस पर ग़ुस्सा आया।

ज़बान सँभाल के बात किया कर, इसमें उस बेचारी का क्या दोष है?

उसने मेरी दोनों बाँहों को पकड़कर झकझोरते हुए कहा, यार, मैं उसे तुझसे ज़्यादा जानता हूँ। तू उससे बचकर रहना, वर्ना तुझे भी खा जाएगी एक दिन। इतना कहकर वह दुबारे से रोने लगा। अबकी मैंने उसे चुप नहीं कराया। सचमुच तब मैं डर गया था।

इसके बाद शिबू बीमार पड़ गया। एक दिन मैं उसके घर पर था। सुबह का समय था। नैना भी वहीं थी। उसकी माँ शिबू की पट्टियाँ कर रही थीं। अचानक आँगन में बँधे तार से अँगोछा उतारते हुए नैना ने अपनी माँ से कहा, मैं नहाने जा रही हूँ। मैंने देखा, उसकी माँ थोड़ी असहज हुईं, फिर बोलीं, आज यहीं नहा ले। नैना ने मेरी जानिब इशारा करते हुए कहा, दादा को साथ लिये जा रही हूँ। डरने की कोई बात नहीं, घंटे भर में आ जाएँगे। दादा को बहुत दिनों से टाल रही थी, आज जाने दो। कहना न होगा, वह साफ़-साफ़ झूठ बोल रही थी, लेकिन मुझसे कुछ कहते न बना। उसकी माँ ने मेरी तरफ़ देखा। उचटे स्वर में कहा, ख़्याल रखना कोई देख न ले।

मैं न चाहते हुए भी उठा और नैना के साथ हो लिया। रास्ते में मैंने पूछा, तुमने झूठ क्यों कहा?

मेरी मर्ज़ी। तुम्हें वहीं के वहीं बता देना था कि मैं झूठ बोल रही हूँ।

मेरे बताने से भी क्या काकी मान लेतीं कि तू झूठ बोल रही है?

वही तो! वह इतराकर बोली। उसका यह इतराना मुझे बाज़ारू क़िस्म का लगा। ताव में आकर मैंने कहा, आज तुझे नदी के उस पार नहीं जाने दूँगा।

अच्छा? उसने ललकारने के स्वर में मेरी तरफ़ तिरछी नजरों से देखते हुए कहा। उसकी बायीं आँख के सफ़ेद कोये में एक तिल था जो अभी साफ़-साफ़ दिख पड़ा।

आख़िर क्यों कर रही है ये सब? मैं लगभग गिड़गिड़ा रहा था। मुझे अपनी आवाज़ से नफ़रत-सी हुई।

तुम करो तो ठीक और मैं करूँ तो ग़लत?

मैंने क्या किया आज तक तेरे साथ? मेरी आवाज़ तेज़ हो गयी। उसने उसी अनुपात में धीमे-से कहा, मैंने क्या रोक रक्खा है? बस तुम भी मुझे न रोका करना।

स्वीकार करता हूँ कि जब से नैना ने हमारे घर पर काम करना शुरू किया था, मेरे मन में उसके प्रति जो भावनाएँ पहले थीं, बदलने लगी थीं। उस दिन जब नैना ने नदी पार चलने की ज़िद की, मैंने मना कर दिया। वह अकेले ही गयी। मैं चट्टान पर बैठा उसे दूर तक देखता रहा। धीरे-धीरे तैरते हुए उसका आकार छोटा होता

जाता था और जब वह थोड़ा-सा कुछ भी नहीं बची, मैंने आँखों का रुख़ मोड़ लिया। उसे लौटने में तक़रीबन एक-सवा घंटा लगा। इतनी देर तक मैं वहाँ क्यों बैठा रहा, और बैठे-बैठे क्या कुछ सोचता रहा, पता नहीं। लौटी तो वह थोड़ा चुप-चुप थी। मैंने जाने क्यों पूछा, क्या हुआ? सब ठीक है न!

वह चुप रही। चुपचाप आकर चट्टान पर बैठ गयी। थोड़ी देर बाद मैंने उसके चेहरे से अपनी आँखें हटाकर नदी की पनैली सतह पर लगा दी। इस तरह काफ़ी देर बैठने के बाद मैंने कहा, देर हो रही है, अब हमें लौटना चाहिए।

उसने कहा, अच्छा कुणाल तुम्हीं बोलो, कल को कोई और भी फाँसी लगा ले, इस नदी में डूब मरे, ज़हर खा ले, तो इसमें मेरा क्या दोष!

मैं चुप रहा।

उसने कहा, तुम बहुत अच्छे हो। सब तुम्हारे जैसे नहीं होते।

धूप में अब तक उसकी देह से चिपके गीले कपड़े सूखने को थे। फिर भी वह आड़ में चली गयी। लौटी तो उसने कपड़े बदल रखे थे। हम बीमार क़दमों से घर को लौट पड़े।

शिबू से मेरे सम्बन्ध अब पहले से बेहतर थे। तापस की आत्महत्या को लेकर उसके मन में जो ग्रन्थि समा गयी थी, उससे वह काफ़ी हद तक उबर चुका था। नदी किनारे हम फिर से जाने लगे थे। अब तक हमने अच्छी तरह से तैरना सीख लिया था। कभी-कभी हम नदी के पार चले जाते। तैरना एक नशे की मानिन्द था और जब तक हम पूरी तरह से थक न जाते, घर लौटने का नाम नहीं लेते। ख़ासकर तैरते हुए जब हम नदी की देह के ऐन बीचोबीच होते, लगता हम किसी गोलार्द्ध की सबसे ऊपरी नोक पर टिके हैं और हमारे चारों तरफ़ सिर्फ़ पानी ही पानी है। पृथ्वी कितनी गोल है, यह तैरते हुए ही जाना जा सकता है।

कभी-कभी ऐसा होता कि तैरते हुए हम दोनों में से कोई एक दस रस्सी भर आगे निकल जाता। तब पीछे छूटे हुए को एक बेचैनी-सी घेर लेती। लगता, यदि उसने तेज़ हाथ-पाँव न मारे तो बस डूब ही जाएगा। लगता, पूरी दुनिया आगे निकली जाती है और वह अकेला छूट गया। लगता, पीछे कोई तापस है जो हमारे पैरों को बाँधे दे रहा है, अपनी ओर, पीछे से और पीछे खींचे लिये जा रहा है। तब सचमुच डर लगता।

पता नहीं ऐसा कैसे होता कि ऐन तभी सामने वाला पीछे छूट गये की

मानसिकता को भाँप लेता और जान-बूझकर उसकी गति धीमी पड़ जाती। ऐसे ही एक बार जब मैं आगे था तो एक हल्की-सी आवाज़ आई पीछे से। तैरते हुए नदी की आवाज़ से थोड़ा अलग इस आवाज़ को सुनकर मैंने पूछा, शिबू? ...आ जा यार, थोड़ा तेज़ चला हाथ। कोई प्रतिक्रिया नहीं। मैं थोड़ा धीमा हुआ। रुका। मेरे पैर नीचे हुए। मुड़ा। देखा। शिबू कहीं नहीं था।

हाँ, मैं डर गया।

मैंने डरते हुए आवाज़ लगाई, शिबू-शिबू! इधर-उधर देखा। नहीं, वह कहीं नहीं था।

मैंने अपनी सोच को तत्काल के लिए स्थगित किया और विपरीत दिशा में तैरने लगा। पानी की सतह, जो अब तक मेरे रुकने पर भँवर-सी बनाती हुई ठोस हो चली थी, अब फिर दो-फाड़ हुई मुझे रास्ता दे रही थी। लेकिन उसे चीरने की वह ख़ुशी अब नदारद थी जब हम आगे की दिशा में तैरते हैं। तब हमें लगता है कि हम मैदान जीतते हुए आगे बढ़ते सिकन्दर-से हैं। लौटते हुए हम अपने द्वारा कभी खोले गये अध्याय को बन्द करते चलते-से प्रतीत होते हैं।

घाट के क़रीब जैसे ही मेरे पैर ज़मीन से छूने लगे, मैंने एक दौड़ लगाई और सीधा घाट पर। एक नज़र फिर से नदी की तरफ़ देखा, वह चुड़ैल ऐसे बह रही थी जैसे इन सबसे उसका कोई देना-पावना नहीं। दूर दृश्य के सुलझेपन में सबकुछ पूर्ववत् था। शान्त, स्थिर। कहीं कोई हलचल नहीं। मैंने महसूस किया कि मेरे घुटने काँप रहे हैं। मैं वहीं सीढ़ियों पर उकडू होकर बैठ गया। मितली-सी आने लगी। फिर अचानक मैं रोने लगा और देर तक हिचकियाँ लेता रहा।

मुझे उम्मीद थी कि थोड़ी देर में शिबू लौट आयेगा। मैंने एक बार शुरू से सबकुछ सोचा, कैसे हम एक साथ पानी में उतरे थे, थोड़ी दूर तक साथ-साथ ही तैरना हुआ था। फिर मेरी गति बढ़ी और बढ़ती ही गयी थी। फिर पीछे से आने वाली आवाज़ पर मैंने ग़ौर किया, क्या वह शिबू था? मैंने दिमाग़ पर ज़ोर डाली कि उसने क्या कहा होगा! क्या उसने ये कहा था कि वह थक गया है और लौट रहा है! उसकी आवाज़ सुनने के बाद मैं फ़ौरन तो पीछे मुड़ा नहीं था, कोई दसेक मिनट तक तैरता रहा। जान-बूझकर अपनी गति धीमी कर ली थी कि वह कवर कर ले। उससे कहा था कि वह तेज़ी से अपने हाथ-पाँव चलाये। ...और तब कहीं मैं मुड़ा था। क्या इस बीच वह लौट चुका था? अभी वह घर पर तो नहीं? ...और मैंने तुरन्त अपने कपड़े पहने और तेज़ क़दमों से उसके घर की तरफ़ चल पड़ा।

जब मैं उसके घर के दरवाज़े पर खड़ा था, भीतर से घरेलू खटर-पटर सुनाई

पड़ी थी। दरवाज़ा मुस्करा रहा था, उसकी कुंडी जीभ बिरा रही थी। जिस डर ने अब तक मेरा साथ छोड़ा हुआ था, वह लौट आया। मैंने काँपते हाथों से कपाट को धकेला। भीतर काकी थीं। पूछा, शिबू कहाँ है काकी?

कौन? काकी ने जैसे मेरा प्रश्न नहीं समझा।

मैंने हिचक को एक झटके में दूर धकेलकर पूछा, शिबू।

और तभी मैंने महसूस किया कि जैसे मेरे भीतर कुछ आकार ले रहा है, नाभि के पास एक हौल-सी उठ रही है, जिसके बाद मुझे राहत मिली। मैंने अपने आपको तनते हुए पाया। मेरी रीढ़ ने आसपास की हवा में अब तक अपना सन्तुलन गाँठ लिया था।

वह तो तेरे साथ ही होगा न? काकी जैसे स्पष्ट नहीं थीं। उनकी इस उलझन ने मुझे बल दिया और जब जवाबदारी में मैंने जब अपना मुँह खोला तो अब तक मेरे भीतर पूरी तरह से आकार ले चुका वह झूठ अपनी पूरी भव्यता के साथ निकला, नहीं तो। मैंने तो उसे सुबह से ही नहीं देखा।

तो कहीं माठ में तो नहीं खेल रहा?

यहाँ आने से पहले मैं गया था माठ की तरफ़। वहाँ उसे न पाकर ही यहाँ आया हूँ।

होगा यहीं कहीं, कहाँ जाएगा भला! आओ, चाय बनाती हूँ।

मैं वहाँ कोई आधे घंटे के आसपास बैठा। चाय पी और नैना से हल्की-फुल्की बातें कीं। मुझे अहसास हो रहा था कि नैना से बातचीत में इस बीच मेरे भीतर जो ठंडापन आ गया था, वह अब नहीं रहा। यह भी, कि नैना को मेरी यह ख़ुलूसी भा रही थी। काकी ने हमें थोड़ी देर के लिए अकेला छोड़ा तो मैंने उस दिन नैना को दुबारे चूमा। देर तक।

रात में जब मैं पढ़ रहा था, माँ आईं और प्यार से मेरे सिर पर हाथ फेरते हुए पूछा, क्यों रे, तुझे सच्ची नहीं पता कि शिबू कहाँ गया?

मतलब? मुझे ग़ुस्सा आया। अब तक जिस झूठ को मैं झूठ मानकर बोलता आया था कि शिबू के बारे में मुझे कुछ नहीं पता, इतनी देर में वह सच का स्थानापन्न बन गया था। अब सचमुच ही शिबू के बारे में मुझे कुछ नहीं पता था।

उसके घर में सब परेशान हैं। तेरे साथ ही तो लगा रहता था हमेशा। तुझे बताया तो होगा उसने कुछ?

हाल-फ़िलहाल तो कुछ नहीं बताया, लेकिन एकाध महीने पहले कह रहा था कि वह मुम्बई जाना चाहता है।

बम्बई? क्यों भला?

वहाँ सब किसलिए जाते हैं माँ? फ़िल्मों में काम करने, और क्या?

शिबू के घर रोना-पीटना मच गया। काकी छातियाँ कूट रही थीं और नैना भी दबे-दबे रो रही थी। पिताजी का बुलावा आया और उन्होंने मुझे खींचकर एक तमाचा रसीद किया। पूछा कुछ नहीं। मैंने अब तक जिस रुलाई को स्थगित कर रखा था, उसे बाहर आने का बहाना मिला और मैं देर तक रोता रहा। माँ मेरी पीठ सहलाती रहीं, बोलीं कुछ नहीं।

खाने के वक़्त जब नैना मेरे कमरे में आई, मैं चुपचाप खिड़की से बाहर देख रहा था। हम खाना साथ ही खाते थे, लेकिन उस दिन मैंने अपने कमरे पर मँगवा लिया था। माँ ने नैना के ज़रिये काकी को भी बुलवा लिया था। काकी अब भी बीच-बीच में रोती जा रही थीं। नैना न सिर्फ़ मेरा, बल्कि अपना खाना भी लाई थी। उसने बताया कि माँ ने कहा था कि मुझे अकेला न छोड़े। मैंने कहा था कि ढँक कर रख दो, अभी खाने की इच्छा नहीं है। नैना ने कहा था, उसे भूख लगी है। मैंने उसे अपने पास खींच लिया और हम एक-दूसरे को बेतहाशा चूमने लगे। जब मैंने नैना की कमीज़ में हाथ डालना चाहा, तो उसने बरजते हुए कहा, फट जाएगी। फट जाने दे, मैंने कहा था। अभी नहीं, रात में आऊँगी। मैंने कहा, मुझे छूकर क़सम खाओ। वह हँसने लगी। उसने अपने होठों से मुझे छू लिया।

और वह आई। रात के कोई दो बज रहे थे। मैं उसके आने का वायदा भूलकर सो गया था। जगा तब जब लगा कि बिस्तरे में मैं अकेला नहीं हूँ। मैंने उसे दबोच लिया। उसकी हँसी घुँघरुओं-सी थी। उसने भीतर वही अधोवस्त्र डाल रखे थे, जिन्हें मैंने ख़रीदा था। जल्द ही हमारी साँसें तेज़ हो गयीं। यह मेरा पहला अनुभव था।

दो दिन और तेरह घंटे बाद रात के समय मुहल्ले में इधर-उधर घूमते रहने वाले उसी बौड़म ने आकर ख़बर दी कि यहाँ से दो-ढाई किलोमीटर दूर पंछेड़ गाँव में शिबू की लाश किनारे लगी दिखी है। कहीं फिर से बह न जाए, इसलिए वह किनारे एक तेंतुल गाछ के तने से उसे बाँध आया है। पिताजी को जगाया गया, गाँव के कुछ लोगों और चांडाल को लेकर वे पंछेड़ गये। काकी और नैना भी जाना चाहती थीं, लेकिन माँ और गाँव की कुछ अन्य बुजुर्ग महिलाओं ने उन्हें जाने से बरज दिया। काकी रो नहीं पा रही थीं। नैना मेरी तरफ़ देखे जा रही थी, लगातार।

शिबू की लाश बेतरह फूल गयी थी। कौव्वों ने चेहरे में कई जगह चोंच मारे थे और बायीं आँख की कौड़ी फूट गयी थी। चांडाल ने पिताजी से दारू के पैसे लिये, पिया, फिर इस स्थिति में आया कि लाश को ढोकर ले आ सके। तय हुआ कि वहाँ से सीधे श्मशान ले जाया जाए। जब हम लौटें तो संस्कार कर के ही लौटें। उसी हत्यारी नदी में उसके फूल सिराये गये। फ़िलहाल काकी को बताया गया कि लाश शिबू की नहीं, किसी और की थी। पगले ने ग़लत सूचना दी थी। घर लौटने के बाद काकी ने मुझसे रोते हुए पूछा था कि क्या यह ख़बर सच है कि वह शिबू न था! मैंने कहा था, हाँ। और अपने कमरे में चला आया।

उस दिन पहली बार माँ को झूठ बोलते हुए देखा जब वे काकी को कह रही थीं कि शिबू ने जाने से पहले उनसे कुछ रुपये लिये थे। मैं कहाँ जानती थी कि मुआ बम्बई जाने के लिए ले रहा है। मैंने सोचा, दोनों बच्चे साथ रहते हैं, सिनेमा-विनेमा देखने के लिए मेरे बेटे ने ही उसे भेजा होगा कि जा माँ से माँग ला। धीरज रखो, एक-दो दिन में लौट आयेगा।

देखा था, काकी बहुत आश्वस्त लग रही थीं। सेहन के पाये से लगी नैना अब भी मुझे देखे जा रही थी।

दोपहर में खाना खाते हुए मैंने माँ से कहा, मुझे नहीं पता वह नदी के पास क्यों गया था।

सच-सच बता। माँ ने उठी हुई भौंहों से देखा। एक पल को मैं ठहरा, कौर निगलते हुए बोला, तुम्हारी क़सम माँ। वह कहता था कि उसे तैरना सीखना है। लेकिन मुझे तैरना आता नहीं, इसलिए मैं मना कर देता था। तुमने साफ़-साफ़ मना कर रखा है कि मैं नदी पर न जाऊँ—फिर में क्यों जाऊँ भला! उसकी ज़िद पर कभी जाता भी था तो घाट की सीढ़ियों से ही लौट आता था।

उस रात भी नैना आई थी मेरे कमरे में। पूछा था, तुमने ही डुबोया न?

मेरी समझ में नहीं आया, मैं उसे क्या जवाब दूँ! वह पलंग पर बैठ गयी। मैंने उसे छूना चाहा तो तर्जनी उठाकर उसने बरजा। मैं जहाँ का तहाँ ठिठक गया। बहुत धीमे शब्दों में मैंने कहना शुरू किया। सब सच-सच बता दिया। वहाँ तक जहाँ से मेरे भीतर उस झूठ ने आकार लेना शुरू किया था। वह चुप थी। मैं जाने क्यों रोने लगा था। वह आगे बढ़ी और मुझे अपने कन्धे पर ले लिया। माँ की तरह ही उसने मेरी पीठ सहलायी थी। माँ की तरह ही वह कुछ न बोली थी।

मैंने अपने को सँभालते हुए उससे पूछा, क्या तुमने माँ को कुछ बताया है?

नहीं।

बताना भी मत। वह पूछ रही थीं तो मैंने कहा कि मुझे तैरना नहीं आता। अब मैं उसे सीधे-सीधे देख रहा था। अब मैं फिर से बदल रहा था।

लेकिन क्यों किया तुमने? पूछने की जुम्बिश में उसका चेहरा एक तरफ़ को झुक गया। तेल लगे खुले बालों के लच्छे झूल गये। उसकी आवाज़ में पूछने का खुरदुरापन नहीं, एक कातर थरथराता कौतूहल भर था।

मैंने कुछ नहीं किया। अभी सारी बातें बताईं तो तुम्हें!

वह चुप रही। उसे चुप देखकर मैं डर गया। मैंने हकलाते हुए पूछा, तुम मेरे कमरे में हो, माँ जानती हैं? यह एक शुरुआती प्रश्न था, और इसमें शुरू-शुरू का अनगढ़पना शेष था और क्रूरता अभी पूरी तरह से आकार में नहीं आई थी।

पागल हो क्या? उनको क्यों बताऊँगी?

उस दिन मेरे-तुम्हारे बीच जो हुआ, उसके बारे में किसी को पता है? अब मैं एक शैतानी रौ में आ चुका था। अब मुझे चाहकर भी वह नहीं रोक सकती थी। वह किसी शातिर बिल्ली की तरह तुरन्त इसे भाँप गयी।

तुम मुझे धमकी दे रहे हो?

और नदी पार तुम क्यों जाती हो, ये?

वह चुप।

चन्दन के बारे में मैंने किसी को नहीं बताया अभी तक।

तुमने ऐसा क्यों किया? उसने मुझे वापस उन्हीं गलियारों में घसीटने की कोशिश की। लेकिन मैं अपनी जगह से हिलने वाला न था। यह मेरा एकमात्र सहारा था, मेरे पाँव तले की ज़मीन। अब तक मैं अपनी जड़ें बहुत गहरे तक जमा चुका था।

तापस से तुम्हारा क्या सम्बन्ध था?

कुछ नहीं। मैंने आज तक उसे अपने को छूने भी नहीं दिया।

मैंने किसी वहशी उन्माद में उसे अपनी ओर खींचा। चूमने लगा। उसके होठों पर दाँत गड़ा दिये। ख़ून निकल आया। मेरी जुबान को ख़ून का स्वाद लग गया।

तापस से...

कहा न कुछ नहीं किया उसके साथ। वह हाँफने लगी थी।

तुम्हें झूठ बोलते हुए शर्म नहीं आती? मेरी आँखें छोटी हो आईं।

तुम्हें आती है झूठ बोलने में शर्म? उसने मेरा कॉलर पकड़ लिया। झकझोरते हुए पूछने लगी, क्यों किया क्यों किया? उसकी रुलाई फूट पड़ी। जैसे वह ढह

गयी हो, उसने अपने को मुझ पर छोड़ दिया।

जो भी किया, तुम्हारी वजह से किया। अबकी यह मैं था जो उसकी पीठ सहला रहा था। यह एक झूठ था जिससे मैंने चाबुक की तरह उस पर सटाक्–से वार किया।

उस रात मैंने उसे बुरी तरह रौंदा।

नैना ने, जैसा कि मुझे उम्मीद थी, किसी को कुछ नहीं बताया।

साल भर तक वह मेरे साथ वैसे ही पेश आती रही जैसे पहले आती थी। पहले की तरह ही कभी–कभी रात में मेरे साथ हो लेती। पिताजी ने उसके लिए जो लड़का देख रखा था, उससे उसकी शादी तय हो चुकी थी। मुझे लगता था, उस दिन के बाद वह चन्दन को पूरी तरह भूल चुकी है, लेकिन ऐन शादी से दो महीने पहले वह घर से भाग गयी। पिताजी और माँ ही नहीं, ख़ुद काकी भी स्तब्ध थीं। उन्हें चन्दन के बारे में कुछ भी नहीं पता था।

एक रात जब मैं सोने का यत्न कर रहा था, माँ मेरे कमरे में आईं। पूछा कि क्या इस बाबत मैं कुछ जानता था पहले से?

मैंने कहा, नहीं।

(नया ज्ञानोदय, भारतीय युवा पीढ़ी विशेषांक, अगस्त 2011)

दिलवाले दुल्हनिया ले जाएँगे

इस कहानी के सारे पात्र व घटनाएँ वास्तविक हैं। अगर आपको यहाँ किसी जीवित अथवा मृत व्यक्ति से किसी भी प्रकार की समरूपता दिखे, तो समझें यह जान-बूझकर किया गया है।

वह जो यथार्थ था

ज़्यादातर लड़कियों की तरह उसे भी शाहरुख़ ख़ान बहुत पसन्द था और उसे इस बात का बड़ा अफ़सोस था कि उसके फ़ादर ने उसका नाम अंजली, पूजा या प्रिया क्यों नहीं रखा। शायद इसकी भरपाई करने की गरज से ही उसने अपना ई-मेल आईडी 'सिमरनसिंह85' के नाम से बना रखा था। मुझे लगता है कि वह मेरी तरफ़ देखती भी नहीं अगर मेरा नाम राहुल न होकर सचिन तेन्दुल्कर वाला सचिन या अभय देओल वाला अभय होता। वैसे दुनिया में राहुल भी बहुत हैं—राहुल गाँधी से लगाकर राहुल द्रविड़ तक, लेकिन हमारी पहली ही मुलाक़ात में जब उसने मेरा नाम जानना चाहा था और एकदम अनजाने ही मैंने कहा था—राहुल, नाम तो सुना ही होगा; तो वह देर तक हँसती रही थी। जब वह हँस रही थी तो मैं उसे मुग्ध होकर देख नहीं रहा था, बल्कि मुझे मन ही मन अफ़सोस हो रहा था कि मेरा सरनेम मल्होत्रा, सिंहानिया या ओबेरॉय क्यों नहीं! फिर जब उसने अपना नाम निहारिका सिंह बतलाया, उस वक़्त मैं सोच रहा था कि मैं आज तक किसी ऐसे व्यक्ति से साक्षात् नहीं मिला जो अपने नाम के आगे ऐसे सरनेम लगाता हो।

हम दोनों की यह पहली मुलाक़ात 'इंस्तित्यूतो दे सर्वान्तेस' में हुई, जहाँ हमने स्पैनिश भाषा सीखने के लिए दाख़िला लिया था, हालाँकि मैं इसलिए सीखने गया था कि किसी कॉलसेंटर में नौकरी कर लूँ और वह शौक़िया सीख रही थी। इंस्टीट्यूट में पहले दिन हमारी ट्यूटर उर्सुला दे ला बेंरे ने बारी-बारी से जब यह जानना चाहा कि हम यह भाषा सीखने क्यों आये हैं तो मेरे बगल में बैठी निहारिका घबरा गयी। उसने फौरन मुझसे हिन्दी में कहा कि वह यहाँ समय काटने के लिए आई है, कि वह चाहती है कि वह एंगेज्ड रहे। मैंने दबे स्वर में कहा, बहुत अच्छी

बात है!

"क्या अच्छी बात है!" फुसफुसाहट में भी वह तनिक तेज़ बोल गयी। उर्सुला ने अपने होठों पर उँगली रखकर उसे बरजा, लेकिन जैसे ही वह हमारे एक अन्य सहपाठी से सुनने में व्यस्त हुईं कि वह यहाँ स्पैनिश सीखने क्यों आया है, निहारिका फिर मेरी तरफ़ झुक गयी, "तुम क्या सोचते हो, मेरी बारी आयेगी तो मैं ये कहूँगी कि मैं यहाँ टाइमपास करने आई हूँ!"

"तो क्या कहोगी?"

"वही तो पूछ रही हूँ कि क्या कहूँ!" उसने एक बार क्लास की तरफ़ देखा, दो-चार लोगों के बाद उसी की बारी थी। यह हमारी पहली मुलाक़ात थी और इस पहली ही बातचीत में उसकी यह अनौपचारिकता मुझे आश्चर्यचकित कर रही थी। हो सकता है यह इसलिए हो कि वह अचानक ही इस 'मुसीबत' में फँस गयी थी और ठीक उसकी बगल में इत्तेफ़ाक़ से उस दिन मैं बैठा था।

"कह देना शौक़िया सीख रही हो, और कि इस भाषा से तुम्हें प्रेम है।"

"जिस भाषा को मैं अभी जानती तक नहीं, उससे प्रेम कैसे हो सकता है स्टुपिड!"

"अरे भई, दुनिया में लव ऐट फ़र्स्ट साइट नाम की भी कोई चीज़ होती है कि नहीं!" मैं मुस्करा पड़ा था।

"स्पैनिश से मुझे प्रेम है..." पलकें झुकाकर वह बुदबुदाई, मानो ख़ुद को यक़ीन दिला रही हो; फिर मेरी तरफ़ देखते हुए मुस्कराकर कहा, "हम्म! साउंड्स गुड।" वह अभी आश्वस्त ही हुई थी कि तभी एक सरदारजी, जो काफी उम्रदराज थे, ने लगभग यही कह दिया।

"अब... ?" उसकी बारी आने ही वाली थी। वह बेतरह घबरा रही थी।

"ओके, कह दो कि तुम्हारा बड़ा मन है तुम गैब्रिएल गार्सिया मार्केस को मूल स्पैनिश में पढ़ो।"

"गैब्रिएल मर्सिया... क्या?"

"गार्सिया मार्केस!" मैंने धीमे से हँस दिया, "राइटर है वहाँ का बहुत बड़ा। तुम मार्केस बोलना बस, काम चल जाएगा इतने भर से।"

उर्सुला जहाँ उसका जवाब सुनकर बहुत प्रभावित हुईं, मेरा जवाब सुनकर उतना ही निराश। मैंने साफ़-साफ़ कहा था कि किसी कॉलसेंटर में नौकरी पाने या एम्बैसी से कुछ अनुवाद का काम झटकने के लिए मैं यहाँ आया हूँ।

"इससे पहले मैंने भारतीय विद्या मन्दिर से डिप्लोमा लिया हुआ है। एक्सेंट

सुधारने और फ्लुएंसी बनाने भर के लिए मैंने यहाँ दाख़िला लिया है। शायद एकाध सेमेस्टर के बाद यहाँ आने की ज़रूरत न पड़े।''

क्लास ओवर होने के बाद निहारिका मेरे पास आई। उसने मुझे धन्यवाद दिया। 'राहुल, नाम तो सुना ही होगा' वाला प्रकरण तभी हुआ। वह देर तक हँसती रही। फिर उसने मुझसे पूछा कि मैंने अपनी बारी आने पर वैसा क्यों कहा!

''सचाई तो यही है।'' मैंने मेज़ पर से अपना हेल्मेट उठाते हुए कहा।

''हाँ, लेकिन कुछ और भी कह सकते थे!'' उसने समझाइश के स्वर में कहा।

''पहले सोचा था कुछ और कह दूँगा।''

''फिर?''

''फिर क्या?''

''फिर कहा क्यों नहीं?'' हम बरामदे से निकलकर सीढ़ियाँ उतरने लगे। उतरकर वहीं खड़े हो गये। उसका वर्दीधारी ड्राइवर तैनात हो गया।

''तब तुम क्या कहती? ...और इतनी जल्दी और कुछ सूझा ही नहीं।''

वह थोड़ी देर चुप मुझे देखती रही। फिर मुस्कराकर हाथ बढ़ा दिया, ''फ्रेंड्स?''

मैंने भी मुस्कराकर हाथ मिलाया और अपनी बाइक की तरफ़ बढ़ गया।

बाइक में चाबी उमेठते हुए सहसा मुझे लगा कि वह वहीं सीढ़ियों के पास खड़ी मुझे देख रही है। मैं सजग हो गया। मेरे रोंये तक खड़े हो गये। उसकी दोनों आँखें मेरी पीठ पर चुभती हुई महसूस होने लगीं—दहकती हुईं। लगा कि अगर मैंने पलटकर एक बार उसे नहीं देखा तो ये दहकते अंगारे मेरी पीठ में सूराख़ कर देंगे। ...और मैं पलटा।

सीढ़ियों के पास वह नहीं थी। वहाँ चमचमाती हुई एक बीएमडब्ल्यू थी जिसके बैक-लाइट जल रहे थे—लाल सुर्ख़। वह अपनी गाड़ी में बैठ चुकी थी जिसे अब उसका ड्राइवर बैक कर रहा था। गली ज़्यादा चौड़ी न थी और गाड़ी को वहाँ से निकालने के लिए मुझे रास्ते से हटना होगा, यह सोचकर मुझे धक्का लगा। एक क्षण के लिए मैं जिस गहरे रोमांच की गिरफ़्त में था, वह चिन्दी-चिन्दी होकर बिखर चुका था। ये बैक-लाइट के सुर्ख़ अंगारे मेरी पीठ की जगह सीधे मेरे सीने में छेद करते हुए मेरी आत्मा की दहलीज़ तक पहुँच रहे थे। वे इतने लाल थे जैसे किसी साज़िश से ऐसे हुए हों। मैंने ग़ौर किया, वे किसी कूट भाषा में मुझ तक सन्देश फेंक रहे थे—गहरे अभिप्रेतों से ऊभ-चूभ। जो मेरे मन में था वह महज़ एक

रूमानी झूठ था, जैसा फ़िल्मों में होता है—लव ऐट फ़र्स्ट साइट, अगर वह मुझसे प्यार करती है तो मुझे पलटकर देखेगी, इतनी शिद्दत से मैंने तुम्हें पाने की कोशिश की है इत्यादि। सचाई यह थी कि उसके पास नीले या सलेटी रंग की एक बीएमडब्ल्यू 7 सीरिज थी और मैं एक सेकेंड-हैंड पल्सर पर बैठा था, उसकी वसन्तकुंज या ग्रेटर कैलाश जैसे किसी पॉश एरिया में अपनी कोठी थी और मैं तिलक नगर में किराये की एक कोठरी में रहता था, उसके हाथों में चमचमाता ब्लैकबेरी था और मैंने अपनी जेब में नोकिया 1100 ब्लैक ऐंड व्हाइट स्क्रीन वाला मोबाइल वाइब्रेशन मोड पर छिपा रखा था, वह एडीडास की जीन और फ़ैब-इंडिया के कुर्ते में थी और मैं हमेशा जनपथ व सरोजिनी नगर से सस्ते कपड़ों की ख़रीदारी करता था। सचाई वही थी जो क्लास में उसने मुझसे फुसफुसाकर और मैंने उर्सुला दे ला बेर्रे से डंके की चोट पर कहा था। ऐसा इत्तेफ़ाक़न ही हुआ, पर मुझे ख़ुशी है कि मैंने किसी मार्केस का सहारा नहीं लिया अपने यथार्थ को ढँकने के लिए।

मैंने एक ज़ोरदार किक के साथ बाइक स्टार्ट की।

आज का अतीत

दूसरे दिन इंस्टीट्यूट पहुँचने में राहुल को थोड़ी देर हो गयी। दरअसल रास्ते में वह अपनी बाइक का इंडीकेटर रीप्लेस करवाने लगा था। कोई दस-पन्द्रह मिनट लेट से जब गली में प्रवेश किया तो वहाँ निहारिका का बीएमडब्ल्यू न देखकर उसे थोड़ा अच्छा नहीं लगा। अजीब बात है कि अपने इस अच्छा न लगने को उसने आलोचनात्मक दृष्टि से भी देखा। बुझे मन से जब उसने क्लास में प्रवेश किया तो एकाएक ख़ुशी की एक लहर-सी उसकी रीढ़ पर रेंग गयी। निहारिका बैठी थी और बाक़ायदा राहुल के लिए अपनी बगल वाली सीट आरक्षित किये बैठी थी। उसने इशारा किया कि वह उसकी बगल में बैठे। वहाँ जाते हुए राहुल इस अपनी ख़ुशी पर भी एक आलोचनात्मक दृष्टि डालना न भूला।

शुरुआती क्लास में जैसी एक अनजानी-सी हवा बहती है, बह रही थी। उर्सुला ने आज उनका तआरुफ़ स्पैनिश वर्णमाला से कराया, जो अमूमन अँग्रेजी की तरह ही था, एकाध बढ़ती के वर्णों को छोड़कर। उन्होंने एक-एक वर्ण का उच्चारण कर के दिखाया, पूरी क्लास को अभ्यास भी कराया। राहुल यह सब पहले भी सीख चुका था, सो इस पूरे दौरान उसके ध्यान की केन्द्रबिन्दु निहारिका ही थी। क्लास की समाप्ति के बाद उसने निहारिका से उसकी गाड़ी की बाबत पूछा तो उसने बताया

कि उसके पैरेंट्स वापस हरियाणा लौट चुके हैं, उसकी रिहाइश का बन्दोबस्त कर के। कि उसने और उसकी एक सहेली ने यूसुफ़ सराय में एक फ़्लैट किराये पर ले लिया है। निहारिका ने दिल्ली विश्वविद्यालय से एमए किया था, और उसकी वह सहेली, जो किसी बीपीओ में काम करती थी, एमए के दिनों में उसकी क्लासमेट हुआ करती थी। उस दिन निहारिका और राहुल ने काफी बातें की थीं, वापसी में राहुल ने उसे नज़दीकी मेट्रो स्टेशन तक ड्रॉप भी किया। हालाँकि उसका रास्ता भी रिंग रोड से होकर था, अगर वह चाहती तो राहुल उसे हौज खास के आसपास कहीं छोड़ सकता था जहाँ से उसका फ़्लैट क़रीब पड़ता, लेकिन ऐसा करने के लिए न उसने कहा, न राहुल ने ही कोई पहल की।

दिल्ली विश्वविद्यालय में जब निहारिका और उसकी वह सहेली पद्माशा बिष्ट एमए में थीं, मैं जेएनयू से एम.फिल कर रहा था। वे दोनों वहीं नॉर्थ में मुकर्जी नगर के पास परमानन्द कॉलोनी में एक फ़्लैट लेकर साथ ही रहती थीं। पद्माशा से मैं प्रेम करता था और वह अक्सर जेएनयू के मेरे हॉस्टल में आती थी। कभी रात बितानी हो तो वह निहारिका को फोन कर देती और सुबह-सकारे, जब मैं अभी सो ही रहा होता, 'यू-स्पेशल' पकड़कर वह वापस नॉर्थ लौट जाती। कभी मुझे वहाँ जाना होता तो हम तीनों नरूलाज़ या बरिस्ता में देर तक बैठे गप्पें किया करते थे। पद्माशा पहाड़ से थी, पौड़ी गढ़वाल तरफ़ की। चूँकि मैं बंगाल से था, निहारिका मुझे 'दादा' के सम्बोधन से पुकारती। बांग्ला के एकाध शब्द जैसे 'ख़ूब भालो', 'मिष्टी', 'बोई', 'छातार मूड़ी', 'घोड़ार डिम' इत्यादि उसने सीख लिया था, जिन्हें वह अपने वार्तालाप में बेवजह (और कई बार ग़लत सन्दर्भों में) चस्पाँ करती रहती।

निहारिका का घर मानेसर के पास था, हरियाणे में। आज से तक़रीबन एक-डेढ़ दशक पहले तक उसके घरवालों का मुख्य पेशा खेती-बाड़ी ही हुआ करती थी। पिछली सदी के आख़िरी वर्षों में आप सब वाक़िफ़ होंगे कि देश के कोने-अँतरों से निकलकर हरित क्रान्ति दिल्ली को अपना ठिया बना रही थी और 'क्लीन दिल्ली ग्रीन दिल्ली' जैसे नारों का आविष्कार हुआ था। नतीजतन दिल्ली के सारे उद्योग अगल-बगल के राज्यों की ओर कूच करने को बाध्य हुए और इस तरह गुड़गाँव, फ़रीदाबाद, नोएडा और ग़ाज़ियाबाद को नेशनल कैपिटल रीजन (एनसीआर) कहे और माने जाने की शुरुआत हुई।

इत्तेफ़ाक़ कहें या अन्तरराष्ट्रीय हवाई अड्डे से निकटता या जो भी वजह रही हो, इनमें गुड़गाँव ही ज़्यादातर विदेशी कम्पनियों का पहला चुनाव था जो उदारीकरण

और मुक्त बाज़ार नीति के तहत भारत में अपनी पूँजी का सीधा निवेश करने पहुँची थीं। नयी सदी के आते-आते इस क्षेत्र में गुड़गाँव 'नुमेरो उनो' बन गया। मानेसर के पास जब स्पेशल इकोनॉमिक ज़ोन निर्मित हुआ, तो ज़मीन अधिग्रहण के चलते वहाँ के किसान रातोरात करोड़पति हो गये। निहारिका के पिता श्री दुर्गपाल सिंह भी उन 'भाग्यशाली' किसानों में से थे। आज मानेसर गाँव के पास ही उनका एक आलीशान बँगला है, जिसके लम्बे-चौड़े अहाते की शान बढ़ाने के लिए एक बीएमडब्ल्यू, एक पजेरो, दो जर्सी गाएँ और ब्रूनो नाम का एक डॉबरमैन कुत्ता है। दरवाज़े पर जहाँ 'कुत्तों से सावधान' की लकड़िया पट्टी लगी है, वहीं बँगले के सामने एकदम ऊपर 'श्रीमती इमरती देवी निवास, स्थापना 2004' की एक संगमरमरी पट्टी भी।

इमरती देवी निहारिका की स्वर्गवासी दादी थीं। उसके दादा श्री जगई सिंह अभी जीवित थे। संयुक्त परिवार था, निहारिका के पिता दुर्गपाल और ताऊ धर्मपाल का। धर्मपाल निस्सन्तान थे, छोटे भाई दुर्गपाल के दो बच्चे थे। निहारिका छोटी थी, उससे बड़ा उसका भाई बंटी था। बंटी का भला नाम शायद राजेश था या ऐसा ही कुछ, मुझे ठीक-ठीक नहीं पता। निहारिका उसे बंटी भइया ही कहती थी। पजेरो बंटी ही चलाता था, कई बार वह निहारिका से मिलने दिल्ली भी आया था। एक बार निहारिका ने उसे मुझसे भी मिलवाया, नोएडा-गुड़गाँव के ज़्यादातर 'नवोदित अमीर' लड़के जैसा हुआ करते थे, वह वैसा ही था। पढ़ा-लिखा कुछ ख़ास नहीं, टूटी-फूटी अँग्रेजी बोल लेता था, हालाँकि अँग्रेजी बोलते हुए भी वह 'न' को 'ण' ही उच्चारता था। पूछा जाए कि करते क्या हो तो कहता था कि रियल इस्टेट में इंवेस्ट करने की सोच रहा हूँ। निहारिका चटखारे लेकर बताती थी कि भइया को रियल इस्टेट है क्या बला, ये भी नहीं पता, बस उसके सर्किल के लड़के बोलते रहते हैं तो वह भी यही कहता है। सचाई यह थी कि काम-धाम के नाम पर पिता ने वहीं आसपास किराये पर देने के लिए जो दो-चार इमारतें बनवा रखी थीं, उनमें रहने वाले मजदूरों से समय पर किराया वसूलना भर उसके ज़िम्मे था। इन दिनों वह अपने पिता पर छतरपुर पहाड़ी के आसपास कोई फार्म हाउस ख़रीदने के लिए ज़ोर दिये हुए था।

उसके घर के बैकग्राउंड से भली-भाँति परिचित होने के कारण ही जब मुझे पता चला कि एमए पूरा करने के बाद भी निहारिका दिल्ली में बने रहना चाहती है, तो मुझे थोड़ा आश्चर्य हुआ था। जब उसके पिता स्वयं उसके रहने-खाने-पीने का बन्दोबस्त करने दिल्ली पधारें, तो यह आश्चर्य दुगुना हो गया। पद्माशा पहले वहीं कहीं नॉर्थ में इन्दिरा विहार या हद से हद मॉडल टाउन के आसपास रहना चाहती थी, लेकिन वहाँ

से रोज़ इंस्टीट्यूट के लिए आमोदरफ़्त निहारिका के लिए मुश्किल होता। इसलिए उसके फादर ने पद्माशा से अनुरोध किया कि वह कहीं साउथ दिल्ली में रहे। चूँकि वे निहारिका का अकेले रहना 'सेफ' नहीं समझते थे और पढ़ाई के दिनों में कई बार पद्माशा उनके परिवार वालों से मिल चुकी थी, सो वे चाहते थे कि दोनों लड़कियाँ पूर्ववत साथ ही रहें। यूसुफ़ सराय वाला कमरा मैंने ही ठीक किया था। वहाँ से जेएनयू अपेक्षाकृत पास पड़ता, इसलिए पद्माशा भी अन्ततः मान गयी। बाद में पद्माशा ने ही बताया कि मानेसर में जैसा सामाजिक परिवेश है, वह निहारिका या किसी भी पढ़ी-लिखी, देखने में सुन्दर लड़की के लिए ठीक नहीं। दुर्गपाल सिंह के एक मित्र थे मॉरिशस में, जिनका लड़का किसी अच्छे पोस्ट पर वहीं सेटल था। दुर्गपाल की दिली इच्छा थी कि उस लड़के के साथ ही निहारिका की शादी हो। लड़के वालों ने भी थोड़ा-बहुत इंटरेस्ट दिखलाया था, सो वे चाहते थे कि जब तक बात पक्की न हो जाए, निहारिका दिल्ली में ही बनी रहे। पढ़ाई ख़त्म होने के बाद स्पैनिश इंस्टीट्यूट ज्वाइन करना इसी एजेंडे के तहत था।

सिनेमा-सिनेमा

हम ज़्यादातर लड़कियों की पहली पसन्द शाहरुख़ ख़ान ही था, बट निहारिका तो जैसे उसके लिए बावली हो रखी थी। 'द वे ही लुक्स', 'द वे ही स्माइल्स', 'द वे ही लव्ज़' इत्यादि की एक लम्बी फेहरिस्त हुआ करती थी हमेशा उसके पास। इधर शाहरुख़ की कोई नयी फ़िल्म रिलीज़ हुई नहीं कि मैडम सीपी-पालिका बाज़ार से उसकी पाइरेटेड डीवीडी या कभी घर से ज़्यादा पॉकेट मनी मिल रखी हुई हो तो किसी नज़दीकी पीवीआर के दो-तीन टिकिटें लेकर हाज़िर। शाहरुख़ की फ़िल्मों व ऑडियो-विडियो गानों से उसका लैपटॉप इस क़दर भरा पड़ा था कि उसमें दो-तीन एमबी भी और जगह नहीं बची होगी बाई गॉड! मैंने कहा न कि शाहरुख़ पसन्द तो हम सबको था, पर निहारिका उसे सुपर लाइक करती थी।

अभी हाल की ही घटना को लीजिए, शाहरुख़ की नयी पिक्चर आने वाली थी—रब ने बना दी जोड़ी। चैनलों पर 'हौले-हौले' वाला प्रोमो फ्लड हो रखा था। हमारी बिल्डिंग में जितनी भी लड़कियाँ थीं, उनके समेत टाइम्स ऑव इंडिया व हिन्दुस्तान टाइम्स के पेज थ्री तक—हर ओर शाहरुख़ के नये 'कॉमन मैन' लुक को लेकर भतेरी चर्चाएँ चल रही थीं। कुछ लड़कियों को शाहरुख़ की मूँछें भा रही थीं तो कुछ को नहीं। पहली बार निहारिका को हमने नाक-भौं सिकोड़ते देखा—नो

यार, जम नहीं रही हैं मूँछें। हम खिलखिला पड़ी थीं—डार्लिंग, हमें तो लगा था मूँछ ही नहीं, अगर वह पूँछ लगाकर भी आये तो तू उस पर मर-मिटेगी। अब क्या हुआ सिन्योरिटा!

लेकिन जब उसने फ़िल्म देखी, फिर देखी, फिर-फिर देखी, तो हम चौंके। आख़िर क्या है भई इस पिक्चर में? उसका वही सनातनी अलाप—द वे ही लव्ज़ हिज़ वाइफ! रियली यार, गौरी कित्ती लकी हैगी न!

"मैडम, दिस इज़ सिनेमा। रील में जो दिखता है, रियल में वैसा होता नहीं।"

"बट इन रियल लाइफ टू... अच्छा, आज तक तैने कभी सुना है उसका किसी हिरोइन से चक्कर-वक्कर?"

"हिरोइनों से तो नहीं, बट उसकी जोड़ी करण जोहर के साथ क्या फिट बैठती है!" कहते हुए बाजू वाले फ़्लैट की मीनल खिलखिला पड़ी।

"डिस्गस्टिंग!"

ए ल्लो! इतने भर से ही निहारिका मैडम का मुँह तसले की तरह हो गया। मैं जानती थी, अब उसे वापस ऑन ट्रैक नहीं लाया जा सकता, जब तक वह ख़ुद न चाहे। मीनल तो वैसे ही झल्ली है, उसकी बातों का क्या! हम सब आपसी चिट-चैट में उसे 'राधा ढूँढ़ रही है' कहते थे। इसके पीछे की दास्तान ये कि उसने 'राधा ढूँढ़ रही, किसी ने मेरा श्याम देखा' (निक्की—मानो श्याम कोई चवन्नी हो!) जैसा एक चीप सिंग-टोन लगा रखा था, और उसके भी पीछे की दास्तान ये कि शी इज़ डाइंग टु गेट फॉल इन लव (निक्की—इन बेड) विद समवन। लास्ट टाइम जब बंटी भइया आये थे तो उनके आगे बात-बेबात वह झुक-झुक के बेहाल हुई जा रही थी। निक्की कह रही थी—अरे सिर्फ़ झुकने से क्या होता है, भीतर कुछ होना भी चाहिए जो दिखे। मेरी हँसी छूट पड़ी थी, रियली शी हैज़ अ फ़्लैट...

लेकिन निक्की की बात पर निहारिका इसी तरह उखड़ गयी थी—डिस्गस्टिंग!

दरअसल थी तो वह हमारी ही उमर की, लेकिन मन से बड़ी भोली थी टच वुड। जैसे पहली बार जब उसने कुणाल से मेरे सम्बन्धों के बारे में जाना, बड़ी मासूमियत से उसने कहा था कि यह ग़लत है।

"क्या?"

"यही सब... तुम दादा से मिलने उनके हॉस्टल जाती हो।"

मैंने लाड़ से भरकर उसकी ठोड़ी छू ली थी, "किसी से मिलने-जुलने में भला क्या बुराई हो रखी है लाडो!"

सहसा वह सकुचा गयी, "मेरा मतलब सिर्फ़ मिलने-जुलने से नहीं था, तुम जो नाइट-स्टे करती हो वहाँ कभी-कभी..." मैं सीधे उसकी आँखों में देख रही थी, उसने अपनी आँखें नीची कर लीं, "आई मीन, शादी से पहले ये सब...।"

"बड़ा मज़ा आता है बाई गॉड!" मैं हँसने लगी थी, उसे चिढ़ाने का अपना ही मज़ा था। "दुनिया कहाँ से कहाँ चली गयी और तू छूट गयी वहीं के वहीं, अपने हरयाणे में।"

"नहीं, जानती तो मैं भी हूँ ये सब... लिव-इन रिलेशन और पता नहीं क्या-क्या जो चल रखा है आजकल!" उसकी हिचक थोड़ी कम हो गयी थी। "...बट न, मेरी तो हिम्मत ही न हो!" इस बार वह खुल के हँसी।

"चल अबकी जो जाऊँगी, तेरे दादा से बात करती हूँ कि उनके वहाँ कोई अच्छा-सा लड़का हो तो तेरे लिए..."

"नहीं, तै मार खायेगी जो उनसे... छीह!" वह आँखें दिखाने लगी, "बेशरम!"

मैं देर तक हँसती रही थी। बाद में एक बार जब मैं कुणाल से मिली, साकेत पीवीआर में, निहारिका भी मेरे साथ थी। मैंने उसे चिढ़ाने की गरज से पूछा था, "क्यों, बात करूँ क्या?"

"क्या?" कुणाल ने उत्सुकता से पूछा था।

"कुछ नहीं दादा, मस्ती चढ़ी है मरी को।" कुणाल से इतना कहने के बाद वह मुझसे मुख़ातिब हुई, "सुधर जा वर्ना बहुत बुरा हैगा कहे देती हूँ।"

"क्या भई, कुछ हमें भी तो पता चले!" कुणाल ने फिर से पूछा।

"कुछ नहीं, मैं मज़ाक कर रही थी।" हँसते हुए मैं कुणाल के कन्धे पे ओलर गयी।

तब तक हम यूसुफ़ सराय वाले फ़्लैट में शिफ़्ट हो गये थे और 'माई नेम इज़ ख़ान' रिलीज़ हो चुकी थी। निहारिका को राहुल से मिले हुए अभी दो-चार दिन ही हुए थे।

नये इलाक़े में

बीच में मेरी तबीयत कुछ ख़राब हो गयी थी, सो इंस्टीट्यूट जाना नहीं हो पाया। एक दिन गदबेरे चार सवा चार बजे के आसपास, जब मैं बिस्तरे पर पड़ा ऊँघ रहा था, अचानक तकिये के नीचे दबा फोन वाइब्रेट हुआ। निहारिका का फोन था,

पहली बार। ब्लैक ऐंड व्हाइट स्क्रीन पर उसका नाम चमकते देख मेरा दिल बल्लियों उछलने लगा। लेटा हुआ था, अचानक उठ बैठा। 'निहारिका एस. कॉलिंग...'—कुछ देर तक मैं स्क्रीन को यों ही तकता रहा, समझ में नहीं आ रहा था कि क्या करूँ! खाँस के एक बार गला साफ़ किया, अपने को सहज करते हुए रिसीव करने ही वाला था कि कॉल कट हो गया। ये क्या हुआ! मैंने सोचा कि कॉल बैक करूँ। फिर तुरन्त बैलेंस चेक करने के लिए वन-टू-थ्री पर डायल किया। घबराने की कोई बात नहीं थी, पाँच-सात मिनट तो आराम से बात हो सकती थी।

"हैलो?" उधर से निहारिका थी। बहुत शोर के बीच होने के कारण वह थोड़ा तेज़ बोल रही थी।

"हाँ, ये मैं बोल रहा हूँ—राहुल।"

"हाँ बोलो, नाम तो सुना ही है।" वह हँस रही थी।

"तुमने फोन किया था अभी। मुझसे मिस हो गया तुम्हारा कॉल।" मुझे भी उसी अनुपात में चीखना पड़ रहा था। फोन पर यह हमारी पहली बातचीत थी और तेज़-तेज़ बोलने के कारण हमारी आवाज़ों की सम्पूर्ण गरिमा ध्वस्त हो रही थी, जिसका मुझे अफ़सोस था। मैं चाहता था कि हमारी बातचीत में (और ख़ासकर तब, जब यह पहली बातचीत हो) एकान्त का सनसनाता हुआ सहलाव हो, मौन की मांसल और मानीखेज उपस्थिति। वह इंस्टीट्यूट से लौट रही थी, उसने बताया। मेट्रो की भीड़ ने अपने तमाम अनर्गल शोर को मेरे और निहारिका के बीच धकेल दिया था। इस भीड़ की शोर (शोर की भीड़) में हमारी आवाज़ों के हाथ एक-दूसरे से छूट रहे थे, और कहीं छूट ही न जाएँ इस डर से हमारी आवाज़ों ने एक-दूसरे के हाथ को ज़ोर से पकड़ रखा था, इतनी ज़ोर से कि कलाइयों पर नीले दाग़ उभरने लगे, रक्त का प्रवाह रुक-सा गया लगता था।

"क्या हुआ? कुछ बोलो तो!"

"क्या?"

"जो अभी मैंने पूछा। इंस्टीट्यूट क्यों नहीं आ रहे दो दिनों से? तबीयत... हैलो?"

"नहीं, तबीयत ठीक है।" मैंने झूठ कहा।

"हैलो? ...हाँ, तबीयत तो ठीक है न?"

"हाँ ठीक है, बिल्कुल।" मानो यह जतलाने के लिए ही मैं बिस्तरे से उठकर बगल की कुर्सी पर जा बैठा।

"ओके, मैं पहुँच के बात करती हूँ, अच्छा?"

“ओके-ओके।”

“टेक केयर, ब-बाई।”

हाँ, यह फोन पर हमारी पहली बातचीत थी। पिछले दिनों उसने मेरा नम्बर लिया था, फिर मेरे फोन पर एक मिस्ड कॉल देने के बाद कहा था कि मैं भी उसका नम्बर सेव कर लूँ। उससे बात करने के बाद मैं देर तक वैसे ही बुत बना बैठा रहा। काफी देर के बाद उठा और बाथरूम में आ गया। पानी अभी आ रहा था, सो मैंने बिना कुछ तय किये कि ऐसा क्यों कर रहा हूँ, शेव करने लगा। शेविंग करते हुए मेरे दिमाग़ में निहारिका से अभी-अभी हुई बातचीत के टुकड़े घुमड़ रहे थे। बार-बार के दोहराव से धीरे-धीरे उन शब्दों पर से अर्थ की पपड़ियाँ उधरने लगीं। एक समय ऐसा आया जब उन शब्दों से अर्थ की पूरी तरह निकासी हो गयी, और वे ख़ाली कनस्तरों-से बजने लगे। अब वही बातें मुझे हँसाने लगी थीं। उसका वह थोड़ा खींचकर ‘हैलो’ कहना ख़ासतौर से हँसा रहा था। मैंने तय किया कि नीचे बाज़ार जाकर एक सौ बीस रुपये का रिचार्ज करवा लूँगा। ब्रेड भी ख़त्म हो चुका है और टूथ पेस्ट ट्यूब का आकार कुछ ऐसा हो रहा था कि... अब मैं खुलकर हँसने लगा। फिर दिल्ली के कुछ स्थानों के नाम याद आये, जब मैं शुरू-शुरू में यहाँ आया था तो ये नाम मुझे ख़ूब हँसाते थे। नाँगलोई, ढाँसा बॉर्डर, कड़कड़ डूमा, पटपड़गंज, शादीपुर डिपो, मजनूँ का टीला, कड़कड़ी मोड़ (टूथ पेस्ट ट्यूब के लिए ये नाम बड़ा फिट है), नरेला, भोगल, झील, कापसहेड़ा, वेलकम, धौला कुआँ, शकरपुर, अधचीनी आदि।

“तुम कहाँ रहते हो?” एक दिन निहारिका ने पूछा था।

“तिलक नगर।” मैंने कहा, “वहाँ हमारी तरफ़ के दो-चार परिचित रहते हैं, सो यहाँ आया तब से वहीं रहता हूँ। अब सोच रहा हूँ इधर ही कहीं शिफ़्ट कर लूँ—लाजपत नगर या जंगपुरा साइड।”

“वैसे तुम हो कहाँ के?”

“बिहार से हूँ। प्रॉपर पटना का।”

मैं नहीं जानता वह कभी बिहार गयी भी होगी या नहीं, इसलिए पटना के साथ ‘प्रॉपर’ लगाने का कोई ख़ास मतलब नहीं था। पुरानी आदत की वजह से मुँह से निकल गया। किसी से कहो कि पटने से बिलॉन्ग करता हूँ और अगर वह वहीं आसपास का हो, तो ज़रूर उसका अगला सवाल होगा कि पटने में कहाँ से हो! ऐसा इसलिए कि आसपास सोनपुर-हाजीपुर तक के लोग भी सुभीते के लिए पटना का नाम ले लेते हैं। जैसे उस दिन निहारिका के मुँहबोले भाई कुणाल से बात हो

रही थी तो पता चला वे भी बिहार में कुछ साल बिता चुके हैं।

''पटना में कहाँ से हो?'' उन्होंने पूछा था।

''प्रॉपर पटने का ही हूँ।''

''हाँ-हाँ, प्रॉपर पटने में ही तुम्हारा घर कहाँ है?''

''मीठापुर का नाम सुना है?'' दिल्ली में ही नहीं, पटने में भी ऐसे-ऐसे हँसाने वाले नाम हैं। एक मिनट के लिए मैं सकुचा गया था, फिर बातचीत में मज़ाक का लहजा बहाल करते हुए बोला, ''बिहार में गुड़ को मीठा कहते हैं, इस प्रकार मीठापुर का अगर दिल्ली में अनुवाद किया जाए तो वह गुड़गाँव कहलाएगा।''

''क्या? बिहार में भी गुड़गाँव है?'' पद्माशा से बातचीत में व्यस्त निहारिका ने हमारी बातों के आधे-अधेले टुकड़े सुने तो टोका। कुणाल दा अभी तक हँस रहे थे। बाद में पता चला, वे बंगाल से हैं।

''पटना में मैं कंकड़बाग़ में रहा तक़रीबन दो-ढाई साल। वहाँ एक दैनिक में था। फिर दिल्ली आ गया।... वैसे मूलतः हमलोग बिहार के ही हैं, छपरे से, सन् 48 में, जिस साल गाँधीजी की हत्या हुई थी, कोलकाता माइग्रेट कर गये थे।''

निहारिका के ग्रुप में शामिल होकर जैसे मैं एक नयी दुनिया में पहुँच गया था। तिलक नगर में मेरे जो कुछ परिचित रहा करते थे, वे छोटे-मोटे काम करते थे, बल्कि अब आपसे क्या छिपाना, उनमें से दो ऑटो चलाते थे और एक जितेन्द्र करोलबाग़ में किसी प्राइवेट कम्पनी में काम करता था। मैं उसी के साथ रूम शेयर करता था। निहारिका की दुनिया अलहदा थी, वह दिल्ली विश्वविद्यालय से एमए कर चुकी थी, पद्माशा भी किसी हाईफाई जॉब में थीं। कुणाल दा जेएनयू से पी-एच.डी कर रहे थे, कहानी-वहानी लिखते थे। उनका सर्किल भी बड़ा था, अक्सर उनके कुछ कहानीकार दोस्त हॉस्टल के उनके कमरा नं. 105 में इकट्ठा होते रहते थे। एकाध को तो मैं भी पहचानने लगा था।

हमलोग अक्सर मिलते-जुलते थे, कभी जेएनयू में तो कभी यूसुफ़ सराय वाले फ़्लैट पर। पद्माशा बड़ी अच्छी कुक थीं, ख़ासकर मछली बड़ा स्वादिष्ट बनाती थीं। एक मनोज दा भी थे, जो आकाशवाणी में काम करते थे। वे ही पद्माशा की पाककला के 'शिक्षक' थे। आकाशवाणी में लगने से पेश्तर कलकत्ते की प्रसिद्ध नाट्य-संस्था 'रंगकर्मी' में कई साल बतौर एक्टर काम कर चुके थे। नाटकों का शौक़ अभी गया नहीं था, सो पूरा ग्रुप कभी-कभी मंडी हाउस की भी सैर कर आता उनके सौजन्य से। स्वीकार करता हूँ कि यहाँ आने से पेश्तर मैंने नौटंकी तो देखी थी, नाटक नहीं। बाद में लगा, एक भरी-पूरी दुनिया से अब तक अनजान था। एम.के.

रैना, पीयूष मिश्रा, यशपाल शर्मा, एनएसडी, ऐक्ट-वन, नादिरा बब्बर... मनोज दा पूरे डिटेल में नाटकों की एक-एक बारीकी को समझाते। ये लोग फ़िल्मों के बारे में भी ऐसी गहरी बातें करते कि मैं दंग रह जाता। कुणाल भाई को फ़िल्मों की अच्छी समझ थी। उनका एक ब्लॉग भी था। इंटरनेट वग़ैरह से भी मैं अब तक अनजान था। बाद में पद्माशा जी ने ही फेसबुक पर मेरा एक अकाउंट खोला और शुरुआती 'दीक्षा' दी। रोज़ मेरा कुछ वक़्त साइबर कैफे में बीतने लगा। कुछ समय मैं निहारिका से चैट करने में खर्च करता, बाक़ी के समयों में अनुराग, कुणाल दा, चन्दन भाई आदि के ब्लॉग्स में ताका-झाँकी। उन्हीं दिनों मैंने पहली बार एक कविता लिखी थी, जो निहारिका को बहुत पसन्द भी आई। उसने प्रस्ताव रखा कि अगली बार जब हम सब इकट्ठा हों तो उस कविता का मैं पाठ करूँ, लेकिन फिर न जाने कौन-सा संकोच था कि मैंने मना कर दिया।

"अगली बार जब लिखूँगा फिर...। तब तक कुछ और माँज लेता हूँ ख़ुद को।"

आईने, सपने और वसन्तसेना

रोज़ सुबह की तरह आज भी मेरी आँखें खुलने के लिए रविन्द्र आरोही के मैसेज का इन्तज़ार कर रही थीं। पिछले कुछ दिनों से यह एक नयी आदत निकल आई थी कि सुबह छः बजे के आसपास आरोही के मैसेज आते, महाचाट टाइप— क्या लिख रहे हैं, कहाँ तक लिख चुके, जितना लिखा उतना एसएमएस कर दीजिए इत्यादि। मैं इन सबका इतना अभ्यस्त हो चुका था कि अब सुबह उठने के लिए अलार्म लगाना बन्द कर चुका था। लेकिन आज जब छः से साढ़े छः हो गये और आरोही की कोई ख़बर नहीं तो हारकर मैंने ही उसे फोन कर लिया। पता चला, साहब भोरे-भोर से किसी कहानी में जुटे हुए हैं।

उदाहरण के लिए एक कहानी लिखी जाए। उस दिन दोपहर में जब पद्माशा मेरे साथ थी, निहारिका का फोन आया कि आज कमरे पर वह थोड़ी देर से पहुँचेगी, सो वह चिन्ता न करे। पद्माशा ने सीटी बजाते हुए शरारतन पूछा था, "हेई बैबी, व्हाट्स गोइंग ऑन?" उधर से क्या जवाब आया, पता नहीं, लेकिन पद्माशा की इस बात से मुझे एक सूत्र मिला कि एक कहानी शुरू हो चुकी है। एक कहानी जिसमें रोमांस है, ड्रामा है, सस्पेंस व थ्रिल है, सजनी अमीर साजन ग़रीब, लेकिन अन्त में हैप्पी एंड। 'अगर किसी फ़िल्म का अन्त सुखद न हो तो समझो कहानी

अभी बाक़ी है मेरे दोस्त!'—किसी फ़िल्म का यह डायलॉग इस कहानी को निर्धारित करे तो सबकुछ कितना ठीक है!

बाद में जब 'वागर्थ' में आरोही की वह कहानी पढ़ी, और मैंने पाया कि उसका अन्त त्रासद है, तो मैं भीतर-भीतर सहम गया। मुझे याद आया, जिस दिन उसने इस कहानी को लिखना शुरू किया था, उसी दिन मेरे ज़ेहन में राहुल और निहारिका की कहानी शुरू हुई थी।

पद्माशा आईने के सामने खड़ी होकर मुँह में क्लचर दबाये अपने बाल सँवार रही थी और मैं पेट के बल लेटा तकिये को सीने से लगाये हुए उसे देख रहा था। छोटा-सा चौकोर आईना मेरी ऊँचाई के अनुपात में दीवार से टँगा था और निचले क़द की होने के कारण वह एड़ियों को तनिक उठाये हुए थी। जब उसने बालों के निचले सिरे पर कंघी करने के लिए उन्हें आगे की तरफ़ कर लिया, लो-कट की कमीज़ से उसकी आधी पीठ नुमायाँ हो गयी। कंघी वाले हाथ के निरन्तर चलने से पीठ की मांसपेशियों में दायीं तरफ़ निपुण बल पड़ रहे थे। निहारिका का क़द पद्माशा से दो-चार इंच ऊँचा होगा। क्या वह भी अभी अपने बाल सँवार रही होगी? मुझे याद आया, एक बार हम चारों कहीं जा रहे थे। राहुल की बाइक आगे थी और मेरी ज़रा पीछे। अचानक मैंने देखा कि राहुल के पीछे बैठी निहारिका ने अपने हैंडबैग से कुछ निकाला, फिर उसे वापस कन्धे पर टाँग लिया। उसके बायें हाथ में एक छोटा-सा आईना था और दायें हाथ से वह बहुत ही सावधानीपूर्वक (अपनी एकाग्रता को बाइक की जर्क्स से बचाती हुई) अपने होठों पर लिप-ग्लॉस लगा रही थी। यह देखकर बड़ा भीना-सा अहसास हुआ। लगा, ज़माने के खुले ख़तरनाक के बीच दोपहिये पर सवार यह एक मधुर गार्हस्थिक दृश्य है—नितान्त गोपन। इतना कि ख़ुद राहुल को नहीं पता कि उसके न जानते निहारिका फ़िलहाल अपने होठों पर लिप-ग्लॉस लगा रही है। ठीक वैसे ही जैसे अभी पद्माशा को नहीं पता कि उसके न जानते मैं फ़िलहाल उसे बाल सँवारते देख रहा हूँ।

पद्माशा मेरी ज़िन्दगी में आने वाली दूसरी, तीसरी या कि चौथी लड़की होगी—कौन जाने! मेरे पास स्त्री-देह से सम्बन्धित ढेरों संस्मरण थे, अनगिन रोमांच; और मुझे ठीक-ठीक याद नहीं कि मेरे नथुनों में घर किये शैम्पू की ताज़ा गन्ध पद्माशा के बालों से ही उठी थी या उससे पहले की किसी लड़की से। पहले का जो कुछ हासिल था, उसकी रहनवारी अब पद्माशा की देह के कोनों-अँतरों में थी। पहले की ही क्यों, कभी रास्ता चलते किसी लड़की के होठों के ऊपर पसीने की झिलमिल रेख को मैं बाद की लिखी कहानियों में पद्माशा के होठों के आसपास

खोज निकालता। मेरी न जाने कितनी कहानियों के जिन्न वह चलते-फिरते, हँसते-बतियाते हुए ढोती रहती और तिस पर यह कि इसका उसे ख़ुद भान नहीं। स्वयं पद्माशा से सम्बद्ध ऐसे न जाने कितने आविष्कार थे जिन्हें मैंने उससे पहले अपनी कहानियों से साझा किया (मसलन अभी बालों में कंघी करते हुए उसकी पीठ पर पड़ते हुए बलों की शमूलियत ज़रूर मेरी किसी कहानी में होगी)। क्या पद्माशा ने कभी अपनी पीठ देखी है? उसकी रीढ़ पर निचली तरफ़ जो एक लहसन है—आईने में बड़ी मशक्कत के बाद ही उजागर हो सकेगा। अपनी देह के जिन हिस्सों को हम कभी नहीं देख पाते, वे हमारी अनदेखी से सुबकते रहते हैं। मौक़ा पाते ही वे हमारा आसरा छोड़ किसी और की निगहबानी में अपने लिए एक मुफ़ीद ठौर की खोज कर लेते हैं।

मसलन, मेरे ज़ेहन में जिस कहानी ने आकार लेना शुरू किया है, उसके शुरुआती हिस्से में ही इंस्टीट्यूट से निकलते हुए निहारिका को कुछ अच्छा-अच्छा-सा लगा था, तब, जब उसने जाना कि राहुल ने अपने लिए सोचे हुए जवाब को उसके लिए शहीद कर दिया था। उस वक़्त 'नयी जगह-नये माहौल-नये लोग' की अफरा-तफरी में अपने इस 'अच्छा लगने' पर वह ग़ौर नहीं कर सकी थी और राहुल की तरफ़ हाथ बढ़ा दिया था—फ्रेंड्स? लेकिन इतने भर से उस 'अच्छा लगने' को सन्तोष नहीं हुआ और उसने साज़िश रचकर सिर्फ़ अपने बूते एक कहानी की शुरुआत कर दी। अगर वह उसी दम इस 'अच्छा लगने' पर ग़ौर कर लेती तो बहुत सम्भव था वह तभी इस कहानी का अबॉर्शन करा देती। जैसे-जैसे वक़्त बीतता रहा, इस 'अच्छा लगने' ने हम सबको संक्रमित करना शुरू कर दिया। सबसे पहले राहुल इसकी चपेट में आया—दूसरे दिन क्लास में जब उसने निहारिका को अप्रत्याशित रूप से (बाहर पहले दिन वाली बीएमडब्ल्यू नहीं थी) पाया, तो उसे बहुत अच्छा लगा। फिर पद्माशा समेत हम सबको इन दोनों की जोड़ी अच्छी लगने लगी। मेरे ज़ेहन में एक कहानी की शुरुआत हुई और अब तक वह उपेक्षित रहा आया 'अच्छा लगना' अपनी पूरी स्फीति में 'ज्ञानोदय' के इन पृष्ठों पर फैल चुका है। पाठक उस अच्छा लगने को देखेंगे और उसे जो पत्र लिखेंगे तो केयर-ऑव में निहारिका का नाम न होकर 'सम्पादक : नया ज्ञानोदय' लिखा होगा।

इस प्रकार निहारिका के मन के किसी गहरे कुएँ में पनपे इस मीठे-नर्म-से भाव पर अब ख़ुद उसका कॉपीराइट नहीं रहा। जब हम किसी से प्रेम करते हैं तो उसे लेकर चर्चाएँ हम ख़ुद कम हमारे पड़ोसी ज़्यादा करते हैं। देखते-देखते हमारे ग्रुप में बिना किसी स्पष्ट उद्घोषणा के राहुल और निहारिका को कपल मान लिया

गया। पीवीआर में बैठते समय हम निहारिका की बगल वाली सीट को राहुल के लिए आरक्षित मान अगली सीट की तरफ़ बढ़ जाते। या फिर आपसी चुहल में जब निहारिका कोई शैतानी करती तो हम राहुल से कहते—बेटा समझा दे इसे कि हमसे पंगा न लिया करे। कभी राहुल को फोन करना हो और उसका फोन नॉट रीचेबल बताये (जो अक्सर बताता) तो हम री-डायल करने की बजाय निहारिका को फोन करते, अगर वह उसके साथ होता (जो वह अक्सर होता) तो सीधे बात ही हो जाती, वर्ना उसके लिए मैसेज छोड़ देना पर्याप्त होता—दोनों मियाँ-बीवी कल शाम सात बजे श्रीराम सेंटर पहुँच जाना।

मेरे ज़ेहन में आकार लेती कहानी के इस नुक्ते पर पहुँचकर हमें कल्पना करना चाहिए कि ख़ुद निहारिका और राहुल इस कहानी को किस रूप में रिसीव कर रहे होंगे। वे दोनों ही बहुत कल्पनाशील और प्रबुद्ध नहीं थे कि इस कहानी का कोई समाजशास्त्रीय इंटरप्रेटेशन या इसे लेकर कोई हाइपोथेसिस उनके पास हो। निश्चित रूप से यह सब उनके लिए एक गुदगुदाने वाले सपने की तरह था जिसका कोई सिरा अनिवार्यत: यथार्थ से जुड़ा होगा, यह तो वे जानते थे, हो सकता है वे इसकी तमाम आसन्न विभीषिकाओं से भी परिचित हों, लेकिन फ़िलहाल दोनों आस्वादन के उस मंच पर इतने मुब्तिला थे कि अगले अँधेरों की बाबत सोचना तत्काल के लिए स्थगित कर रखा था। और वैसे भी हम सब कम-अज़-कम निहारिका से तो बख़ूबी परिचित थे कि उसके पास ऐसे कई उदाहरण होंगे जहाँ अन्त में सबकुछ ठीक हो जाता है—हैप्पी एंडिंग!

आवाज़ भी एक जगह है

निहारिका के पास वोडाफोन का कनेक्शन था और मेरे पास एयरटेल का। एक दिन उसने बहुत रवा-दवाँ तरीक़े से कहा कि अगर जो मैं भी वोडाफोन का नम्बर ले लूँ तो कोई नयी स्कीम आई है, जिसके तहत रात दस से लगाकर सुबह छह बजे तक वोडाफोन टु वोडाफोन लोकल कॉल फ्री में हो सकेगा। उसी दिन इंस्टीट्यूट से लौटकर अपने लैंड-लॉर्ड से एड्रेस प्रूफ का ज़ेरॉक्स व अपना एक पासपोर्ट साइज फोटोग्राफ लेकर मैं बाज़ार गया और वोडाफोन का सिम ख़रीद लाया। एक दिन बाद जब सर्विस शुरू हो गयी तो मैंने सबसे पहला कॉल निहारिका को किया। सोचा था, नये नम्बर से उसे सरप्राइज़ दूँगा, अपना नाम नहीं बताकर कुछ देर तक उसे छेड़ूँगा, लेकिन मेरा 'हैलो' सुनते ही उसका प्रश्न था—किसके फोन से बोल रहे हो?

चौंकने की बारी मेरी थी, "तुमने मेरी आवाज़ कैसे पहचान ली?"

"तुमने नया नम्बर लिया?"

"तुमने कैसे जाना यार?"

"वोडाफोन का नम्बर लगता है। क्यों?"

मैंने हथियार डाल दिये, "हाँ! ...वो क्या है कि पहले वाले के नेटवर्क में थोड़ा प्रॉबलेम था, तो इसलिए..."

वह हँसी—खुलकर नहीं, साँसों ही में। फोन पर उसकी मांसल हँसी देर तक गूँजती रही। मैं चुप ही रहा आया। थोड़ी देर बाद उसने बड़े धीमे से कहा, "थैंक्यू!"

"किस बात के लिए?" यह मेरा सवाल था, हालाँकि इसमें प्रश्नवाचकता के तुर्श कोने नहीं थे। मेरे भीतर सुखद गोलाइयों वाला मुलायम-सा कुछ उमड़ रहा था। यह निश्चित था कि पहले हम जिस ज़मीन पर खड़े थे, उससे दो क़दम आगे निकल आये थे—एक-दूसरे के निकट। समीप होते जाने का यह अहसास फोन के दोनों सिरे था—इधर भी, उधर भी। यह अनुभव शर्म के एक भीगे वरक़ में लिपटा था। जैसे घाव से पट्टी उतारते हैं, उतने हल्के हाथों से हम इसे धीमे-धीमे अनावरित कर रहे थे, शनैः-शनैः हम एक-दूसरे के समक्ष नंगे हो रहे थे।

...और सहसा उसे लगा, अभी हमारे इर्द-गिर्द दिन का गर्म उजाला तिर रहा है। उसने कहा, "रात में बात करती हूँ। कितने बजे सोते हो?"

"कितने बजे... ?" मुझे जल्दी थी। "कितने बजे फोन करोगी?"

"दस बजे तक रुक जाओ।" उस छोर पर एक लचीला मनुहार था।

"ओके। मैं इन्तज़ार करूँगा।"

"इतने तुम डिनर ले लेना, अच्छा?"

"ओके। बाई।"

उस दिन उसने दस बजकर सैंतीस मिनट पर कॉल किया था। रात के भोजन के बाद आसपास के फ़्लैटों से कुछ लड़कियाँ आ जुटी थीं। "अरे मत पूछो, बड़ी मुश्किल से जान बचाकर आई हूँ!" उसका यह कहना मुझे बड़ा प्यारा लगा—खाँटी घरेलू जैसा कुछ। हुआ यों होगा कि डिनर के बाद निहारिका जल्दी-जल्दी बर्तनों को वॉश बेसिन में रख रही होगी। तौलिये से हाथ पोंछते हुए उसकी आँखें एक बार दीवार-घड़ी पर गयी होंगी तो वहाँ अभी पौने दस ही बजता देखकर उसने इत्मीनान की साँस ली होगी। कि इतने में डोर-बेल बजा होगा। भीतर कमरे से पद्माशा की हाँक, "निहारिका, देखना यार कौन है इत्ते समय?"

"क्या है? कभी ख़ुद उठके नईं देख सकती?" अकासी टॉप और सलेटी रंग के लोअर में निहारिका झमकते हुए दरवाज़े की तरफ़ बढ़ी होगी। निक्की, मीनल या रश्मि में से किसी को (बहुत सम्भव है तीनों को) देखकर एकबारगी वह झुँझला गयी होगी। इत्ती रात को अड्डेबाज़ी की सूझी है मरी को—मन-ही-मन उसने उन्हें कोसा होगा। उनसे बातचीत करते हुए भी उसका ध्यान रह-रहकर घड़ी की तरफ़ जाता होगा। कभी 'हाँ-हूँ' में जवाब देकर वह टाल जाती होगी तो कभी उबासी लेकर जतलाती होगी कि यार अब बस भी करो, फूटो यहाँ से।

यह सब सोचते हुए मैं हँसता भी जा रहा था—दिल के ख़ुश रखने का ग़ालिब ये ख़याल अच्छा है!

"खाना खा लिये?" निहारिका ने फिर उसी सिरे को पकड़ा, जहाँ हमारी पिछली बातचीत पर विराम लगा था।

"हाँ, कब का!"

"क्या खाये?"

इस तरह से उस दिन एक नयी शुरुआत हुई थी—बहुत धीमी गति में, हालाँकि उस दिन बस दस-पन्द्रह मिनट ही बातचीत हो पायी थी। दरअसल एकाएक हमें लगा था कि आगे बातचीत के लिए हमारे पास कुछ भी नहीं बचा। हम रोज़ ही इंस्टीट्यूट में मिलते थे, अक्सर उसके बाद भी हम दिल्ली की सड़कों पर देर शाम घूमते रहते थे। मैं अक्सर यूसुफ़ सराय तक उसे छोड़ आता, कभी-कदार थोड़ी देर के लिए उसके फ़्लैट में भी चला जाता। इस दौरान हमें एक-दूसरे से बाँधे रखने के लिए बस बातें ही हुआ करती थीं। हम एक-दूसरे के बारे में जितना सम्भव था, सब जान चुके थे। अब फोन पर अलग से कौन-सी बातें हों!

लेकिन फिर...

एक दिन उसे हल्का-सा सिर दर्द हुआ। मुझे याद है, उस दिन इंस्टीट्यूट में वह भली-चंगी थी, क्लास ओवर होने के बाद वह मेरी ज़िद पर एक छोटे ड्राइव पर भी चलने को राज़ी हो गयी—आउटर रिंग रोड का आधा-अधेला चक्कर। और अब वह बता रही थी कि इस पूरे दौरान लगातार उसका सिर दुखता रहा था।

"तुमने मुझे तभी क्यों नहीं बताया?" मुझे लगा था जैसे मेरे साथ छल हुआ हो।

"कुछ ख़ास नहीं, छोड़ो हटाओ न!"

"कोई दवा ली?"

"हूँ। अभी थोड़ी देर पहले।"

वह पूरे दिन मेरे साथ रही, और जो आठ-दस घंटे में न बता सकी, फोन पर बड़ी आसानी से कह दिया। दरअसल जब भी हम एक-दूसरे के आमने-सामने प्रत्यक्ष होते हैं, हमारा यों साक्षात् होना दूसरे को उसके और-से-और भीतर धकेलता जाता है। ऐसी कई बातें हैं, कितनी हँसी, कितनी रुलाइयाँ, उबासियाँ, झपकियाँ—जिन्हें हम बड़ी निर्ममता से बस इसलिए स्थगित कर देते हैं कि फिलहाल हमारे साथ कोई और भी है जिसकी आँखें हम पर टिकी हैं। इसके विपरीत फोन पर हमारे चेहरे अनुपस्थित होते हैं, वहाँ सिर्फ़ आवाज़ होती है, सामने वाले को सहलाती, पुचकारती, थपकियाँ देती। तब हम आसानी से कह देते हैं कि देखो न सुबह से मेरा सिर दुख रहा है।

जब मैंने निहारिका को फटकार लगायी कि उसने मुझे तब ही क्यों न बताया कि उसके सिर में दर्द है, हम किसी केमिस्ट शॉप से दवा ले लेते इत्यादि, तो उसे बुरा लगा। दरअसल मैं रात के सुखद अँधेरे में फोन पर उससे ये जो बातें कर रहा था, वे दिन की नुकीली धूप वाली वही बातें थीं जब वह लगातार दुखते सिर को बमुश्किल अपनी गरदन पर टिकाये अनिच्छापूर्वक मेरी बाइक पर बैठी (लदी) हुई थी। वह दिन के उस क्रूर संस्मरण को जल्द-अज़-जल्द भूल जाना चाहती थी, जबकि अपनी फटकारों के ज़रिये मैं वापस उसे उन्हीं गलियारों में घसीट रहा था। जल्दी ही मुझे इसका अहसास हुआ, लेकिन तब तक वह फोन काट चुकी थी।

दुबारे जब मैंने उसे फोन किया तब मैंने जिस सम्बोधन से उसे पुकारा, वह था—बाबू! एक रोंयेदार गर्म स्वेटर जैसा सम्बोधन, जो तत्काल के हिमानी आसपास से उसे बचा लेने की जुगत में अनायास मेरे मुँह से फूट पड़ा था। तब मुझे नहीं पता था कि इस स्वेटर को मैं उसकी देह पर नहीं, आत्मा पर पहना रहा हूँ। बाद के दिनों में मैंने हमेशा उसे इसी सम्बोधन से पुकारा।

इस तरह एक नये अध्याय की शुरुआत हुई। एक सत्य से साक्षात्कार हुआ कि फोन पर होने वाली बातचीत महज़ दिन में चुक गयीं बातों का विस्तार नहीं, बल्कि फोन पर हम वह भी कह सकते हैं जो आमने-सामने होने के आलोक में हमारी ज़ुबान पर नहीं आ पाता। कई बार ऐसा होता कि हम फोन पर बहुत ही अन्तरंग हो जाते—मेरे एक-दो बार पूछने पर वह यहाँ तक बता जाती कि उसके अंडर-गारमेंट्स किस कलर के हैं। लेकिन सुबह जब हमारी मुलाक़ात होती तो हमारे बीच रात की बातचीत का कोई रेशा कहीं अँटका नहीं होता। वहाँ हम दुबारे वहीं से शुरू होते जहाँ एक दिन पहले मैंने उसे यूसुफ़ सराय ड्रॉप किया था। इसी के समानान्तर जब रात में मैं उसे फिर फोन करता, तो वहाँ दिन के उजालों का कोई हवाला नहीं

होता, हम शुरुआत वहाँ से करते जहाँ एक रात पहले मैंने उसे प्यार से सहलाया था।

नाईन एट नाईन नाईन टू फोर...

मैं अपना मोबाइल कानों पर ज़ोर से सटा लेता था और रिंग-टोन सुनने लगता था, जैसे कम्बल में लिपटी हुई गझिन, गर्म-गुदाज आवाज़, जाने कौन-से स्वर में सुदूर बजती हुई। सचमुच की आवाज़ के बदले तब तक के लिए आवाज़ की एक प्रतिकृति—कॉलर-ट्यून। तब तक के लिए उतावली प्रतीक्षा में एक तुतलाता हुआ ढाँढस।

तब तक के लिए घिर आते हैं बादल, पृथ्वी अपने अक्ष पर दौड़ते-दौड़ते थम जाती है। कहीं एक चिड़िया का चहचहाना रुक जाता है और कहीं एक फूल का खिलना स्थगित हो जाता है तब तक के लिए। मसलन ट्रैफ़िक की बत्ती पीली है और अब तक अवरुद्ध-सा कुछ मचल पड़ता है खुल पड़ने को—चारों तरफ़ जहाँ तक मेरी नज़र जाती है। मेरी साँसें तेज़-तेज़ चलने लगती हैं, शिराओं-धमनियों में लहू का प्रवाह तेज़ हो जाता है। रोमकूपों में रोमांच के छोटे-छोटे अनगिन दाने समा जाते हैं।

यह सब एकदम शुरू-शुरू का होना है। ऊपर की सख़्त परत के एक बार हटते ही भीतर का तरल गरगर बहने लगेगा। लेकिन यह हर बार का होना है, ऐसे ही। हर बार का यह प्रतीक्षित, रुका-सा, हर बार ऐसे ही पुनर्नवा।

एकाएक सारे शब्द चुकने लगेंगे, सारी ध्वनियाँ, सारे अर्थ। भाषा का पृष्ठ जैसे कोरा हो चलेगा और पृथ्वी एकाएक नयी-नकोर बन जाएगी। अभी थोड़ी देर में यही बादल छँट जाएँगे, रोज़ का जाना-पहचाना सूरज भी यहीं से उदित होगा। यहीं से एक नयी सभ्यता विकसेगी, सन्तति के बीज अँखुवाने शुरू होंगे। अभी थोड़ी देर में सब फिर से शुरू होगा; एक भाषा का निर्माण होगा और पहली बार हव्वा कहेगी आदम से, भाषा का पहला पवित्र शब्द—हैलो!

नेपथ्य में हँसी

उन दिनों चन्दन आया हुआ था कुछ दिनों के लिए। मैं अपने उपन्यास 'आदिग्राम उपाख्यान' पर काम कर रहा था और कुछ प्वाइंट्स पर डिस्कशन की ज़रूरत महसूस हो रही थी। चन्दन भी उन दिनों 'रिवॉल्वर' नामक लम्बी कहानी का पहला ड्राफ़्ट तैयार कर चुका था। दिन में तो मैं दफ़्तर में होता, शामें बियर के हल्के सुरूर में देशी-विदेशी फ़िल्में देखते हुए बीततीं। इन्हीं दिनों एक सुबह कोई

आठ बजे के आसपास राहुल आया। ऐसा लग रहा था कि वह कुछ कहना चाह रहा है, लेकिन चन्दन की मौजूदगी उसे सहज नहीं होने दे रही। मुझे भी दफ़्तर के लिए निकलना था, सो उसे ज़्यादा वक़्त न दे सका। जब तक मैं स्नान वग़ैरह से निबटता, वह चन्दन से उसकी कहानी की बाबत कुछ बातें करता रहा था। मेरे साथ बाहर आते–आते उसने बस यही कहा कि सीपी में उसने किसी फर्म में जॉब ले ली है और जल्द ही कहीं और शिफ़्ट होने वाला है।

"लक्ष्मीनगर–प्रीतविहार के आसपास सस्ते में अगर वन बेडरूम फ्लैट मिल जाए तो सुविधा होगी।" उसने कहा था।

"तुम फिक्र मत करो, मेरा एक दोस्त है विनीत। मीडिया वग़ैरह पर लिखता है, तुमने पढ़ा होगा। अभी हाल ही में उसने उधर ही कहीं फ़्लैट लिया है मयूर विहार या कि पटपड़गंज में। उससे बात करके देखता हूँ, किसी डीलर–वीलर से तय कर देगा सस्ते में।"

"हाँ, अगर चार–पाँच हज़ार के बजट में हो तो..."

"लेकिन यार तुम जमना–पार क्यों जाना चाहते हो? सुना नहीं, सब तीरथ बार–बार जमना–पार एक बार!" मैंने उसे छेड़ा, लेकिन वह चुप ही रहा आया, "जहाँ पहले रहते थे... बदरपुर में थे न तुम! नहीं, तिलक नगर में। कुछ प्रॉब्लेम हो गया है क्या वहाँ?"

"नहीं, वो...। एक्चुअॅली, क्या है कि अभी किसी को बताया नहीं, हम लोग सोच रहे हैं कि... मेरा मतलब है, निहारिका का कहना है कि अब हमें शादी कर लेनी चाहिए।" वह नीचे की ओर आँखें किये–किये बोला।

"व्हाट!" यह जानकारी चौंकाने वाली थी। "अरे ब्बेटा जी! तुम तो छुपे रुस्तम निकले यार!" मैंने उसके कन्धे पर धौल जमाते हुए कहा।

"वो बस ऐसे ही!" वह बेतरह शरमा रहा था। "काफी सोच–समझकर लिया है ये डिसीजन।"

"पद्‌माशा को पता है?" मुझे अब भी आश्चर्य हो रहा था।

"निहारिका उन्हें बता चुकी होगी शायद।" वह निश्‍चित नहीं था।

"एनी वे, कांग्रेचुलेशन्स तुम दोनों को। मैं निहारिका को ख़ुद फोन करके बधाई दूँगा।" मैंने बाइक स्टार्ट करते हुए कहा। धन्यवाद देते हुए वह भी अपनी बाइक की तरफ़ मुड़ चुका था। जाते हुए उसकी पीठ मुझे बड़ी प्यारी लगी। मैंने तत्काल पद्‌माशा को फोन करके उसे सूचित किया। मेरी तरह वह भी हक्की–बक्की थी। उसने बताया कि कल रात ही निहारिका ने उसे इस बाबत बताया है।

"मैं तुम्हें ख़ुद फोन करने वाली थी।" उसने कहा, "सुनो, अगर राहुल से बात हो तो उसे समझाने की कोशिश करना।"

"राहुल ख़ुद आया था यह बताने।" मैंने बाइक धीमी कर ली, "बात क्या है? ...क्या समझाने को बोल रही हो तुम उसे?"

"यही कि... आई मीन तुम्हें कुछ अटपटा नहीं लग रहा?"

"नहीं।"

"मैं शाम को मिलती हूँ तुमसे। चन्दन अभी हैं कि लौट गये करनाल?"

"अभी रुकेगा दो-चार दिन। ...बात क्या है, साफ़-साफ़ बोलो।"

"शाम को तुम जब लौटना, मुझे पिक कर लेना। घर पर ही मिलूँगी।"

"ओके। निकलने से पहले फोन कर लूँगा। तुम तैयार रहना।"

पद्माशा की चिन्ताएँ पूरी तरह निर्मूल हों, ऐसा नहीं था। एमए के दिनों में निहारिका के साथ वह कई बार मानेसर जा चुकी थी, मैं भी एकाध दफ़े दुर्गपाल सिंह और बंटी से मिल चुका था। सीधे तौर पर तो बात इतनी-सी थी कि चूँकि निहारिका और राहुल के फैमिली बैकग्राउंड में ज़मीन-आसमान का अन्तर था सो यह रिश्ता एक तरह से ग़ैरमामूली था, लेकिन निहारिका के घरवालों को देखते हुए आसानी से कयास लगाया जा सकता है कि यह कहीं ज़्यादा पेंचीदा मामला है। यह निश्चित था कि वे लोग इस रिश्ते को सहज रूप से लेने वाले नहीं थे। निहारिका स्वभावतः ऑप्टीमिस्टिक लड़की थी, सो हो सकता है उसने सोचा हो कि शुरू-शुरू में थोड़ी-बहुत नाराज़गी के बाद उसके घरवाले अन्ततः मान जाएँगे और राहुल को जँवाई के रूप में स्वीकार कर लेंगे। लेकिन...

मैं दफ़्तर में पूरे दिन राहुल और निहारिका के बारे में ही सोचता रहा, पर किसी ठोस नतीजे तक नहीं पहुँच सका। पद्माशा का सोचना था कि यह सब अचानक नहीं होना चाहिए। और घरवालों को न बताकर तो हरगिज नहीं। आख़िर निहारिका और राहुल को मिले हुए कितने दिन ही हुए हैं! शादी एक बहुत बड़ा फ़ैसला है, सो जल्दबाज़ी न बरत कर दोनों को अभी और समय लेना चाहिए इस निर्णय तक पहुँचने में कि दोनों एक-दूसरे के लिए अप्रोप्रिएट हैं। इस बीच निहारिका अपने घरवालों को भी धीरे-धीरे कॉन्फीडेंस में ले सकती है।

"फ्रैंकली स्पीकिंग, शी इज़ अ बुलशिट!" पद्माशा बिफर रही थी, "वह बस राहुल के साथ... यू नो न! लेकिन यह सब वह शादी से पहले करना ग़लत समझती है, बस इसलिए शादी कर रही है।"

"अरे ऐसा न कहो।" मैंने कंसोलेशन के स्वर में कहा।

"नहीं, मैं इसे ग़लत नहीं मानती। इस उमर में किसके साथ ऐसा नहीं होता! बायलॉजिकल नीड है, इसे डिनाई नहीं करना चाहिए। लेकिन ये क्या मतलब हुआ कि बस इसी वजह से शादी... गॉड! ...और तुम कहते हो ऐसा न कहूँ! क्यों न कहूँ जब ऐसा ही है तो?"

"हो भी तो हमें ऐसा नहीं कहना चाहिए।"

अगले कुछ दिनों हमने ऐसा ही किया। मेरी विनीत से कमरा देखने की बाबत बात भी हुई। इधर पद्माशा के बार-बार समझाने का सुफल यह निकला कि निहारिका ने जो शादी-शादी की रट लगा रखी थी, वह सब बन्द हुआ। तय हुआ कि यद्यपि अभी घर में न बताया जाए, लेकिन उन्हें थोड़ा-थोड़ा हिंट देते रहना चाहिए। दूसरी तरफ़ राहुल और निहारिका एक साथ रहना शुरू करें, इससे उन्हें एक-दूसरे को अच्छी तरह देख-समझ लेने का मौक़ा मिलेगा। फिर जब घरवाले मान जाएँ (पद्माशा—होप सो!) तो धूम-धड़ाके से शादी हो।

अन्ततः ग्रुप में कई बार संकटमोचक की भूमिका सफलतापूर्वक निभाने वाले मनोज दा ही काम आये। आश्रम चौक पर सस्ते में सिंगल बेडरूम का फ़्लैट मिल गया। अच्छी बात यह थी कि मकान-मालिक वसन्त विहार में रहता था, सो रोज़-रोज़ की कोई चख-चख भी नहीं। निहारिका ने अपना कुछ सामान यूसुफ़ सराय वाले फ़्लैट पर ही छोड़ना ठीक समझा, ताकि अगर बिना पूर्वसूचना के अचानक मानेसर से कोई आ धमके तो उसे शक़ न हो। पहली तारीख़ को वे दोनों नये घर में शिफ़्ट हो गये। सबकुछ ठीक-ठीक लग रहा था, मगर...

साज़-नासाज़

देखते-देखते हम आश्रम में शिफ़्ट हो गये—सुबह नौ बजे ऑफ़िस के लिए निकलता, शाम को लौटते हुए ख़ुद को एक अधीर ख़ुशी से भरा हुआ पाता। पहले मेरे साथ ऐसा कभी नहीं था कि घर लौटते हुए उन सब सामानों की सूची मुँहज़बानी याद हो जिन्हें पिछले दिन चुक जाते हुए देखा-पाया था। घर लौटने की जल्दबाज़ी में भी मैं कभी नहीं भूलता कि एटीएम से कुछ पैसे निकालने हैं, अदरक-लहसुन का पेस्ट लेना है, दालचीनी भी ले ही लेता हूँ और सब्ज़ी में निहारिका को अरबी व करेला बहुत पसन्द है। लाइफ़ -ब्वॉय नहीं पियर्स, डाबर लाल दन्त मंजन नहीं पेप्सोडेंट दे दो यार। जनसत्ता नहीं, टाइम्स ऑव इंडिया। ये प्याज को क्यों आग लगी है, अस्सी रुपये किलो। घिये का क्या भाव है भाई? हार्पिक का एक डब्बा,

हाँ-हाँ छोटा वाला डब्बा।

एक अजीब बात यह थी कि आजकल घर के बाहर होते हुए मुझमें जितनी वाचालता आ गयी थी, घर में मैं ज़्यादातर चुप ही रहा करता। दफ़्तर में मैं आर्थिक मन्दी पर, राजनीतिक निर्णयों, घोटालों, आईपीएल, मल्लिका शेरावत, तसलीमा नसरीन, कास्टिंग काउच पर जमकर बातें करता, लेकिन कमरे में प्रवेश करते ही एक मीठे अबोले से हम दोनों बँध जाते। निहारिका भी थोड़ा संकोच कर रही थी, ऐसा स्पष्ट दिख-महसूस हो रहा था। मेरे परिवार में अम्मा-बाबूजी के अलावा एक दूर की बुआ भर ही थी : जब से घर छोड़ा, लोगों के बीच ही मेरी रहनवारी हुई। निहारिका के साथ रहना शुरू करने के शुरुआती दिनों में थोड़ा अटपटा-सा महसूस होता था हमेशा। सहज होकर रहना एकाएक सम्भव नहीं हो पा रहा था। अपनी हर हरक़त को मैं स्वयं से दूर छिटककर एक परीक्षक की नज़रों से देखता, सोचता कि इन्हें निहारिका किस रूप में ले रही होगी। शायद निहारिका के साथ भी ऐसा ही हो। हमें दो-चार दिन लग गये एक-दूसरे के आगे सहज होने में, बिला शर्म जम्हुआई लेने में, इस ख़्याल के बिना सुबह सोकर उठने में कि जब तक दूसरा उठे, फ्रेश हो लेना चाहिए।

कमरा सिंगल बेड-रूम का था, सो हम एक ही बिस्तर पर सोते थे। साथ-साथ सोते हुए भी हमारे बीच एक अवरोधक हमेशा बना रहा इन शुरू के दिनों में। कई बार हम देर रात तक जागे हुए होते, यह जानते हुए कि दूसरा भी बस सोने का नाटक ही कर रहा है। लेकिन एक सुबह जब मैं सो कर उठा, कुहनी पर चेहरा टिकाये निहारिका मुझे एकटुक ताक रही थी। मुझे बड़ा अजीब लगा, यह सोचकर कि जाने वह कितनी देर से मुझे यों सोता हुआ देख रही हो।

"क्या हुआ?" मैंने आँखें मींचते हुए पूछा। नींद के अँधेरे से निकलते ही आँखों के आगे धूप में उजलता हुआ उसका चेहरा मुझे चौंधिया गया था।

वह मुस्करा रही थी। उठकर जाने को हुई तो मैंने उसकी कलाई पकड़ ली। "क्या हुआ? तुम हँस क्यों रही हो?"

वह मुझ पर झुक गयी। झुकने की प्रक्रिया में उसकी जलद साँसों ने मेरे चेहरे पर छींटे मार दिये। मेरी नाक को पकड़ते हुए कहा, "तुम्हें पता है तुम सोते हुए बहुत धीमे-धीमे खर्राटे भरते हो!"

"अच्छा!" यह जानकारी मेरे लिए नयी थी। उसने अपने आपको पूरी तरह मुझ पर ढीला छोड़ दिया। उसकी उँगलियाँ मेरे सीने के बालों के लच्छे बना रही थीं। मैंने सोचा कि बचपन से लगाकर आज तक मैंने सोते हुए खर्राटे भरे होंगे और

मुझे आज यह पता चल रहा है!

"...और मैं?"

"तुम क्या...?"

"क्या मैं भी खर्राटे लेती हूँ सोते हुए?"

मैंने उसे अपनी बाँहों में समेट लिया, वह किसी गर्म ख़रगोश की मानिन्द दुबक आयी। उसके बाल मेरे चेहरे के आगे अँधियारा कर रहे थे। "उहूँ, तुम खर्राटे नहीं भरती। तुम बहुत गहरी साँसें लेती हो।"

"आवाज़ आती है?" उसने ठोड़ी को मेरे सीने पर टिकाकर फिर से मुझे देखना शुरू कर दिया।

मैंने हामी में सिर हिलाया। पहले जब हम साथ नहीं रहते थे, तब अगर उसने मुझसे यह पूछा होता तो मैं 'न' कर देता, लेकिन अब हमारे बीच साथ रहने की सुखद लापरवाही आ गयी थी।

"सॉरी, तुम्हें सोने में परेशानी तो नहीं होती?"

"तुम बहुत जल्द सो जाती हो। बिस्तरे में आते ही।"

उसके होठ एक शैतानी हँसी से रँग गये, "क्या करूँ, तुम जगाये भी तो नहीं रखते!" अबकी वह एक झटके से उठ गयी। चुन्नी को कमर पर बाँधकर किचन की तरफ़ बढ़ते हुए बोली, "चाय बनाती हूँ, तुम फ्रेश हो लो इतने।"

निहारिका मेरे जीवन में आने वाली पहली लड़की थी। इससे पेश्तर मैं किसी के भी इतने पास नहीं रहा। स्त्री-देह को लेकर मेरे मन में अब तक जिन तमाम फन्तासियों ने घर किया हुआ था, उनकी आमद दूरस्थ स्रोतों से हुई थी। फ़िल्मों, पत्रिकाओं, विज्ञापनों से निर्मित ये स्त्री-छवियाँ जितनी उत्तेजक और सनसनीखेज थीं, एकदम इतने पास से निहारिका को वैसा न पाकर पहले-पहल मुझे थोड़ी निराशा हुई थी। मसलन पहली बार उसकी देह की गर्म गाँठों को खोलते हुए, वहाँ गहरे उतरते हुए मुझे पीड़ा और क्लान्ति महसूस हुई। चेहरा, पसीना, राल, हवा, चेहरा, गर्मी, होठ, आँखें, साँसें, फिर से चेहरा। मुझे आश्चर्य हुआ कि अपनी कविताई में जिन स्थितियों की निर्मिति मैं बड़ी आसानी से कर लेता हूँ, ऐन उन्हीं सबकुछ से साक्षात् गुज़रते हुए मुझे नयी राहों पर चलना पड़ रहा है। 'लिखे हुए यथार्थ' से 'भोगे हुए यथार्थ' का कहीं कोई मेल न था। कँटीले बीहड़ के बीच एक नयी पगडंडी बनाते हुए मेरे पैर लहुलुहान हुए जा रहे हैं। उन गर्म उच्छवासों के बीच हाँफते हुए कभी-कभी हमें किन्हीं अप्रासंगिक कार्यों की तरफ़ मुड़ना पड़ता, मसलन कभी हमारे मुँह में टूटे हुए बाल आ जाते जो एकाएक नहीं निकलते और

हमें ठहरकर उन्हें हटाना होता, कभी हमारे बीच तकिया आ जाता या कोई बिसराया जा चुका रूमाल जिसे दूर फेंकना होता, और कभी-कभी हमारी समझ में यह बिल्कुल न आता कि हम इन हाथों का आख़िर करें क्या!

तब हम रुक जाते, एक-दूसरे की आँखों में झाँकते और बरबस ही हँसी फूट पड़ती। दिन के उजालों में किन्हीं अवान्तर प्रसंग में जब रात के वाक़ये का जिक्र आ जाता, तो हम फिर से हँसने लगते। लेकिन फिर धीरे-धीरे एक तरतीब बनी, सुर सधने लगे, लय व भंगिमाएँ सुनिश्चित हुईं। अपने अंगों को लेकर हमारे पसोपेश दूर हुए, संकोच का पर्दा हटा। हमने उन्हें प्यार करना सीखा, पुचकारना, पहचानना सीखा। एक-दूसरे के पसीने का स्वाद, देह से हिलगी हुई ख़ुशबू, छिपे हुए तिल हमारे लिए अब अजाने नहीं रहे। हमने अपने विश्राम के लिए एक-दूसरे के शरीर में ख़ुद के लिए एक आरामदायक, पुरसुकूनी कोने का आविष्कार कर लिया। हम वहाँ देर तक टेक लिये हुए बैठे रहते आँखें मूँदकर, और कभी-कभी तो सो ही जाते।

यह याद आना सुबह-सकारे होता था कि रात में हम खाना ही भूल गये थे। फिर यह याद कर हम हँसते-हँसते दोहरे हुए जाते।

ब्रह्महत्या तथा अन्य कहानियाँ

जब पूरे पाँच दिन हो गये तो मुझे कुछ शक़ हुआ। मैंने कुणाल को फोन किया और सारा वाक़या कह सुनाया।

"...मुझे तो पैले से ही डाउट था। उसका सेल भी कभी स्विच्ड-ऑफ तो कभी नॉट रीचेबल बता रहा है।" अन्त में मैंने जोड़ा।

"तुमने राहुल से बात की इस बाबत?"

"नहीं।"

"उससे कुछ कहना भी मत।" कुणाल ने फ़ैसलाकुन स्वर में कहा, "मुझे लगता है ऐसी कोई बात नहीं। वैसे भी रिसेशन की वजह से उसकी कम्पनी की हालत ख़राब हो रखी है, कब उसकी छँटाई हो जाए कोई ठीक नहीं। ऐसे में उससे यह सब कहोगी तो उसकी परेशानी और बढ़ेगी ही।"

"आई आल्सो प्रे कि ऐसा कुछ न हुआ हो, बट तुम इस चीज़ को पूरी तरह से इग्नोर करके भी मत चलना।"

कुणाल कुछ देर तक चुप रहा। फिर अचानक उसकी आवाज़ में एक चहक बसर कर गयी, जैसे उसे कुछ सूझ गया हो, "वहाँ का लैंड-लाइन नम्बर भी तो है

न तेरे पास, यू कॉल हर अप। कोई पूछे तो कहना, यों ही रूटीन कॉल है। काफी दिन हो गये उसे मानेसर गये हुए तो तुम्हें चिन्ता हुई कि कहीं वह बीमार-वीमार तो नहीं पड़ गयी! ...या ऐसा कुछ मत कहना, जस्ट से कि यू मिस हर। क्यों?...''

''हम्म! ट्राई करके देखती हूँ।''

दरअसल कुछ दिनों पहले बंटी भैया चले आये थे एकाएक। रात के कोई नौ-साढ़े नौ बज रहे थे। बताया, नोएडा आये हुए थे किसी काम के सिलसिले में, लौटते हुए सोचा कि निहारिका से मिलते चलें। मैंने बहाना बनाया कि वह अपनी किसी फ्रेंड की शादी में गयी है। ''जाना मुझे भी था भैया, बट कल से मेरी तबीयत कुछ ठीक नहीं लग रही थी। दोनों में से कोई एक भी न जाए तो कितना ऑड लगेगा आप ही बोलो, यही सोचकर मैंने उसे इतनी देर बाहर रहने की इजाज़त दे दी।''

''क्यों तुम्हें क्या हुआ?''

''मुझे क्या होगा?'' एकाएक मैं समझी नहीं।

''अभी तो कैह री थी तुम्हारी तबीयत ठीक णा है। क्या हुआ तुम्हें? चंगी-भली तो दिख री हो!'' कहते हुए वह मुझे घूरे जा रहे थे। मैंने थोड़े बड़े गले का टॉप और ढीली-ढाली कैप्री पहनी हुई थी।

बालों को आगे की तरफ़ लाते हुए मैंने एक पल को सोचा कि क्या जवाब दूँ, फिर मुस्कराकर बोली, ''वो भैया, हम लड़कियों को तो आप जानते ही हैं, तबीयत तो ख़राब होती ही रहती है।'' मैंने थोड़ा मटकते हुए ख़ुद को किचन की तरफ़ धकेल दिया। इडियट साला!

किचन में आकर मैंने फौरन निहारिका को एसएमएस किया— jitni jldi ho sake yha aa ja, tera ujjad bhai aaya hua hai itni rat.maine kaha hai 2 kisi frnd ki shadi men gyi hui hai, isliye thoda saj sanwar k aana.aate hi mujhpe jhallana ki meri wajah se 2jhe kin kin musibton men fansna pdta hai.jaldi aana meri jaan, tera ye bhai mujhe aankhon se hi...hihi. chal 2 aa, main kaise v kr k apni izzat bachati hun tb tk.bye.

अभी चाय के पानी में उबाल भी नहीं आया होगा कि बंटी भैया किचन के गेट पर नमूदार हुए। मुझे इसकी उम्मीद थी। मैं जानती थी कि इतनी रात को निहारिका के यहाँ न होने के पीछे मैंने जो कैफ़ियत दी है, बंटी-लोगों के लिए वह नाकाफ़ी है। जब तक वह यहाँ नहीं आ जाती, तब तक उनके सवाल और प्रवचन जारी रहेंगे। मैं फिलहाल इस बहस में पड़ना नहीं चाहती थी, इसलिए मैंने यह नहीं कहा कि मुझे सरदर्द या कि अल्सर है। किचन की तरफ़ आते हुए मेरे कूल्हों या टॉप के पिछले गले से झाँकते टैटू पर उनकी आँखें चिपकी हुई थीं, इसका भान मुझे था,

लेकिन यह मेरे लिए आसान था बनिस्पत इसके कि मैं घंटे भर तक उनके सवालों का जवाब देती और झूठ पर झूठ गढ़ती रहूँ।

निहारिका को राहुल छोड़ गया बाइक से, यद्यपि वह भीतर नहीं आया, नीचे से ही लौट गया। वाक़ई निहारिका का मेक-अप किसी बोरिंग रिसेप्शन से लौटी लड़की जैसा था। जैसा मैंने कहा था, वह मुझ पर झुँझलाई भी कि मैं उसे कहाँ-कहाँ फँसा देती हूँ। लेकिन एक गड़बड़ बहुत पहले ही हो चुकी थी जिसका मुझे आभास नहीं था, न ही बंटी भैया ने बताया था। एक्चुअॅली यहाँ आने से पैले वे इंस्टीट्यूट का चक्कर भी लगा चुके थे, जहाँ उन्हें पता चला था कि निहारिका पिछले एक सप्ताह से वहाँ नहीं गयी। निहारिका के बदले मैंने ही जवाब दिया, "भइया मैंने आपको बताया था न वो लड़कियों वाला प्रॉब्लम। ...मैं तो जैसे-तैसे मैनेज कर लेती हूँ, बट निहारिका तो अभी बच्ची है न! इसे बहुत पेन होता है, सो जेनेरली अवॉइड करती है बाहर-वाहर निकलना।"

लेकिन यह मेरी भूल साबित हुई। बंटी जैसे लोगों को दूसरी लड़कियों में जो चीज़ें अच्छी लगती हैं, ऐन वहीं चीज़ें वे अपनी माँ-बहन के सन्दर्भ में पायें तो आपे से बाहर हो जाते हैं। वे ख़ुद दसियों बारी प्रेम कर सकते हैं, लेकिन उनकी बहनें एक बारी किसी की तरफ़ आँख उठाकर भी देख ले तो बाप और खाप की पंचायत उसकी क़त्ल का फ़रमान निकाल देती है।

"राजवीर की भैण की शादी है। परसों की डेट निकली है। तू अभी त्यार हो जा। मैं नीचे गाड़ी में तेरा वेट कर रा हूँ।" उन्होंने निहारिका की तरफ़ ग़ुस्सैल आँखों से देखते हुए कहा।

"ओह नो भइया, मैं अभी एक पार्टी से लौटी हूँ। थकान के मारे पैर नहीं बढ़ाये जा रहे, और तुम कहते हो कि अभी निकलना है।"

"रै जादे संवाद लेकर बक-बक णा कर, पैदल जाणे की णा कैह रा। गाड़ी में वेट कर रा, पाँच-सात मिन्ट में आ जा।" एक बार फिर से मेरी तरफ़ भरपूर नज़रों से देखने के बाद वह नीचे चले गये।

निहारिका सामने पड़ी कुर्सी पर धम्म-से बैठ गयी। सिर पर हाथ रखकर आँखें मूँद ली उसने। मैंने कुर्सी की पुश्त से टिककर उसके कन्धे सहलाये, "देख, शुक्र है कि उन्हें शक़ नहीं हुआ। इसलिए चुपचाप निकल ले, ज़्यादा ना-नुकुर करेगी तो गड़बड़ होने के चांसेज़ हैं।" मैंने यह कह कर एक और भूल कर दी, जिसका मुझे बाद में अहसास होना था। राहुल को फोन पर सारी स्थितियों को समझाने के बाद उसने चेहरे से मेक-अप उतारा और उन्हीं कपड़ों में वह मानेसर के

लिए रवाना हो गयी।

और आज उसे गये हुए पूरे पाँच दिन हो गये, कोई अता-पता नहीं उसका।

"हलो, अं... बंटी भइया? हलो? सॉरी अंकल, मैं पद्माशा बोल रही हूँ। ...हलो, हलो?"

इसके बाद मैंने दो या तीन दफ़े फोन मिलाया, लेकिन पूरा रिंग होने के बाद कॉल बन्द हो जाता था। मैंने कुणाल को बताया, तब रात के दस बज रहे थे।

"यार वो दिल्ली नहीं, मानेसर है। रात के दस बजे क्यों किया था फोन? समझा करो यार, इस टाइम तक तो वहाँ पूरा सन्नाटा हो जाता होगा, लोगबाग ही नहीं, कुत्ते-बिल्लियाँ तक सो जाती होंगी।"

"दस तो अभी बज रहे हैं, मैं तो पिछले घंटे भर से ट्राई कर रही हूँ।" लेकिन यह कहते हुए भी मुझे भीतर-भीतर लग रहा था कि कुणाल की बात ठीक है। तमाम डेवलप्मेंट के बाद भी आख़िर वह है तो गाँव ही न!

"तुम कल सुबह ट्राई करना।... चलो कल बात होती है, ओके?"

"तुम इतनी जल्दी में क्यों हो? कहीं कोई और तो नहीं तुम्हारे साथ?" मैंने नक़ली गुस्सा दिखाया। पूरे दिन का तनाव गरगर बहने लगा था।

"कौन होगा भला इतनी रात को?"

"भई कॉमन हॉस्टल है, कोई मिल गयी होगी चाइनीज़ या ब्रज़ीलियन आइटम!" अब मैं अपनी हँसी नहीं दबा पायी। जब कभी हम पोर्न देखते तो कुणाल कभी भी किसी चाइनीज़ या ब्लैक को डाइजेस्ट नहीं कर पाता था, और उसे चिढ़ाने के लिए मैं अक्सर ऐसे पोर्न्स ही डाउनलोड करती।

"हटाओ यार, क्या मैं ही मिला था! ...कल फोन पर जो बातें हों, बताना याद से।"

"ओके स्वीट! गुडनाइट, टेककेयर!"

"बाई।"

रात जैसे-तैसे बीती। दूसरे दिन जब मैंने क़रीब दस बजे सुबह फोन मिलाया तो एक-दो रिंग के बाद ही बंटी भैया ने फोन उठा लिया—"हैलो!"

"हलो कौन बोल रहे हैं?" मैंने हड़बड़ाकर पूछा, फिर सँभलकर आगे जोड़ा, "बंटी भैया...?"

"कौन?"

हाँ वही साला है। "मैं पद्माशा बोल रही हूँ बंटी भैया!" मैंने अपनी आवाज़ को अत्यधिक मुलायम बनाते हुए बताया।

"हांजी, बोलो। ...अब कैसी है तुम्हारी तबीयत?"

"हॉऽऽ... बहुत नॉटी हो गये हो भैया आप!" मैंने झूठमूठ हँसते हुए कहा।

"बोलो जी, कैसे याद किया?"

"वो..." मुझे सहसा सूझा नहीं कि बात की शुरुआत कैसे हो। "...वो शादी अच्छे से निबट गयी?"

"हाँ, भोत अच्छे से।" उधर से हँसने की अश्लील आवाज़ आई।

"तो... मैं कह रही थी कि निहारिका है घर पे?"

"णा जी, वो तो णा है।"

"कहीं बाहर निकली है क्या?"

"..."

"हलो? ...एक्चुअॅली इत्ते दिन हो गये, उसकी कोई ख़बर नहीं। फोन भी नॉट रीचेबल बता रहा है उसका। तो... तो मैंने सोचा कहीं वह बीमार-वीमार तो नहीं पड़ गयी!"

"..."

"हलो, हलो... हाँ बंटी भैया, आप सुन पा रहे हैं मेरी आवाज़? मैं पूछ रही थी कि कब तक लौटेगी वो?"

"हैंजी?"

साला कुत्ता कहीं का! मैंने मन ही मन उसे गाली दी।

"क्या कैह री हो? कुछ सुनाई णा पड़ रा ठीक से।" उसने ज़रा ज़ोर से कहा तो मैंने अपनी बात दोहराई। लेकिन बीच में ही उसने दो-तीन बारी 'हैलो-हैलो' कहने के बाद फोन काट दिया। दुबारा-तिबारा फोन किया, लेकिन उसने फिर फोन नहीं उठाया।

अब मेरा शक़ यक़ीन में बदल गया।

...और अन्त में प्रार्थना

अभी मैं दफ़्तर पहुँचा ही था कि मनोज दा का फोन आया, राहुल का एक्सीडेंट हो गया है।

"कब? कैसे?"

पता चला कि राहुल दफ़्तर के रास्ते था, निज़ामुद्दीन दरगाह के पास उसकी बाइक को सामने से आती डीटीसी ने टक्कर मार दी। "माइनर है, एम्स में। मैं

उसके साथ ही हूँ। तुम भी आ जाओ, अगर आ सको तो।'' मनोज दा ने बताया।

मैंने कोई आधे घंटे वेट किया बॉस के आने का, फिर उनसे इजाज़त लेकर एम्स के लिए निकल पड़ा। चन्दन अभी यहीं था, मैंने उसे बता दिया था। वह भी पहुँच चुका था तब तक। ज़्यादा चोट नहीं आई थी, लेकिन पैर ज़ख़्मी हो गया था। शुक्र है, ब्लीडिंग ज़्यादा नहीं हुई। ऐडमिट नहीं करेंगे, प्लास्टर वग़ैरह के बाद छोड़ देंगे। दिन भर हम उसके साथ ही रहें। लौटते हुए चन्दन मेरी बाइक लेता गया, मैं राहुल और मनोज दा के साथ थ्री-व्हीलर से आश्रम आ गया।

''दादा, निहारिका की कोई ख़बर मिली?'' घर पहुँचकर राहुल ने पूछा। मैं चुप ही रहा, क्या जवाब दे सकता था! सात बजे के आसपास पद्माशा आई, सीधे अपने ऑफ़िस से। तय हुआ कि आज की रात हम तीनों वहीं बिताएँगे। कुछ देर बातें करने के बाद पद्माशा किचन में चली गयी।

मेरी समझ में नहीं आ रहा था कि राहुल से क्या बातें हों! शायद वह मेरे शशोपंज को समझ चुका था। थोड़ी देर इधर-उधर की बातें करने के बाद आराम करने के बहाने आँखें मूँद लेट गया। मैं उसे देर तक देखता रहा, फिर उठकर खिड़की के पास आ गया। अलमारी में वोडका का अद्धा पड़ा था। एक लार्ज बनाकर धीरे-धीरे सिप करने लगा।

आज़ निहारिका को गये हुए दो हफ़्ते हो रहे हैं। राहुल को न मैंने बताया, न पद्माशा ने ही कि दो दिन पहले हम दोनों मानेसर गये हुए थे। वहाँ काफी देर इन्तज़ार करने के बाद दुर्गपाल सिंह मिलने आये। पद्माशा को तो वे जानते ही थे, मुझसे एकाध दफ़े पहले भी मिल चुके थे, सो किसी तरह के परिचय-सत्र का झमेला नहीं हुआ। उम्मीद के उलट काफी ज़िन्दादिली से मिले वे।

''अंकल, निहारिका को क्या हुआ? वो ठीक तो है न!'' बड़ी देर तक जब उन्होंने हमारे इस तरह अचानक चले आने का कारण नहीं पूछा तो पद्माशा को ही शुरुआत करनी पड़ी।

''हाँ-हाँ, ठीक है।'' वे मुस्करा रहे थे।

''फिर उसका फोन क्यों बन्द है?'' पद्माशा ने पूछा।

चाय की प्याली मेज़ पर रखते हुए मैंने कहा, ''कहाँ है वो, दिख नहीं रही?'' मेरे इस सवाल को वे ग़लत न समझें, इसलिए आगे जोड़ा, ''भई हमने तो समझा कि अनजाने में हमसे कोई भूल-चूक तो नहीं हो गयी, जो वह नाराज़ होकर मुँह फुलाये यहाँ पड़ी है।''

''अरे ना-ना, आप लोगों की बच्ची है, नाराज़ क्यों होगी आप सब से?''

उन्होंने भी अपनी चाय ख़त्म की।

उनका यह मुलायम रुख़ देखते हुए पद्माशा ने हिम्मत करके पूछा, "फिर वो इतने दिन से यहाँ क्यों पड़ी है? उधर उसकी पढ़ाई का कितना नुकसान हो रहा है!"

"वैसे भी वो उधर रहके पढ़ाई कहाँ कर री थी?" हमने नज़र घुमाई तो सीढ़ियों पर खड़ा बंटी दिखा। पता नहीं वह कब से हमारी बातचीत को सुन रहा था।

"अंकल क्या हम उससे मिल सकते हैं?" उसकी अनदेखी करते हुए मैंने दुर्गपाल सिंह से पूछा।

"णा भाई, मिल तो णा सकते।" बंटी एकदम मेरे सामने आ खड़ा हुआ। उसके रुख़ से लगा, अभी वह मेरी कॉलर पकड़कर बाहर धकेल देगा।

"देखिए, बात यह है कि हमने पिछले दिनों उसकी शादी कर दी।" यह दुर्गपाल सिंह थे।

"व्हाट!" पद्माशा उछलकर खड़ी हो गयी। "शादी कर दी?"

"हांजी, कर दी शादी, और बोलो?" बंटी ने उसे घूरते हुए कहा।

"लेकिन ऐसे कैसे कर दी शादी?" मैं था।

"जा भाई जा, क्यों मैंने मजबूर कर रे हो कि एक चमेटे में तुम्हारा हुलिया बिगाड़ दूँ भैण के! साले लड़की हमारी, हम चाहें उसकी शादी करें या उसे काट कर फेंक दें, तेरी क्यों फटती है!"

अब मुझसे रहा न गया, मैं उठकर ठीक उसके सामने खड़ा हो गया। शर्ट की उपरली जेब से अपनी प्रेस आईडी निकालकर दिखाते हुए पूछा, "काट कर फेंक देने का मतलब भी समझते हो?"

"फेंक चुका हूँ साले, अपने इन्हीं हाथों से। अब बोल कै कर लेगा तू?" उसने मेरे चेहरे के सामने अपनी हथेली को लहराते हुए कहा, "और सुण, क्या नाम है उस लौंडे का, उस साले राहुल को कै देणा, जिस दिन हत्थे चढ़ गया, उसकी...!"

अचानक दुर्गपाल सिंह ने उसका कन्धा पकड़कर उसे पीछे धकेला। "देखिए बेटे, हमारा तो बड़ा मन था कि शादी में आप सबको भी बुलाएँ, लेकिन वो क्या है जी कि लड़के वालों ने इतना टाइम ही न दिया। ...आप बैठिए, खड़े क्यों हैं!"

मैं बैठ गया, पद्माशा भी। तो इन्हें राहुल के बारे में भी सब पता चल चुका है। इसका मतलब उस दिन बंटी ने कैजुअॅल विज़िट नहीं की थी, बल्कि दुर्गपाल

सिंह ने उसे बहाने से निहारिका को ले आने के लिए भेजा था।

"...उन्हें मॉरिशस लौटना था, सो सबकुछ जल्दी-जल्दी करना पड़ा।"

लौटते हुए हम निहारिका की माँ से भी मिले, वह न जाने क्यों पद्माशा से लगकर देर तक रोती रहीं। निकलते वक़्त दुर्गपाल सिंह के साथ वे बाहर तक हमें छोड़ने के लिए आईं।

"बेटा अब निहारिका तो नहीं रही, तुम कभी-कभी आ जाना, मन लग जाएगा हमारा।"

"नहीं रही मतलब?" मैं चौंक गया।

"मतलब ये कि अब तो वो मॉरिशस में है न!" दुर्गपाल सिंह ने हँसते हुए कहा था।

मैंने देखा कि राहुल को नींद आ गयी है। थोड़ी देर में किचन से पद्माशा आई तो मैंने उसे राहुल को जगाने से बरज दिया। वोडका ख़त्म हो चुकी थी।

दोस्तो, राहुल को तो आप जानते ही हैं, अगर उससे कहीं मुलाक़ात हो तो आपसे मेरी यही प्रार्थना है कि उसे कभी मत बताइयेगा, निहारिका के साथ क्या हुआ। एक-दो दिन में सारे दोस्तों को अपने हॉस्टल बुलाऊँगा, तय करेंगे कि आगे क्या करना है। आप सब भी सादर आमन्त्रित हैं। हमें आप लोगों की बहुत ज़रूरत है।

(नया ज्ञानोदय, 9 लम्बी कहानियाँ विशेषांक, मई 2011)

❑❑❑